Fantasy Frontier Spirit

김운영 판타지 장편 소설

흑사자
Dark
Leonal
黑獅子

흑사자 6

김운영 판타지 장편 소설

초판 1쇄 찍은 날 § 2006년 3월 3일
초판 1쇄 펴낸 날 § 2006년 3월 13일

지은이 § 김운영
펴낸이 § 서경석

편집장 § 문혜영
편집책임 § 최하나
편집 § 문정흠

펴낸곳 § 도서출판 청어람
등록번호 § 제1081-1-89호
등록일자 § 1999. 5. 31
어람번호 § 제1-0685호

주소 § 경기도 부천시 원미구 심곡1동 350-1 남성B/D 3F (우) 420-011
전화 § 032-656-4452 팩스 § 032-656-4453
http://www.chungeoram.com
E-mail § eoram99@chollian.net

ISBN 89-251-0012-6 04810
ISBN 89-5831-759-0 (SET)

6

모든 것을 건 전략

Fantasy Frontier Spirit

김운영 판타지 장편 소설

흑사자
Dark
Leonal

黑獅子

도서출판

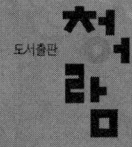
청어람

CONTENTS

❖ Chap 1 ❖
영토 확장

영토 확장

발렌은 긴장한 얼굴로 눈앞에 보이는 성벽과 성문을 응시하고 있었다.

항상 차분하게 가라앉아 적과 아군을 모두 살피는 눈이다. 그러나 마지막 전투라고 생각하니 조급함이 가슴속에 차 올랐다.

'후우, 이러면 안 된다!'

그는 얼른 마음을 가다듬었다. 그 누구도 그가 순간적으로 감상적이 되었다고 알아차리지 못할 정도로 빠르게.

"준비가 다 되었습니다."

부관이 와서 전투 준비가 다 되었음을 알렸다. 그다지 길지 않은 원정이었지만 한시도 긴장을 풀 수 없는 전투의 연속이었다.

'하이번 후작은 사람을 혹사시키는군.'

발렌은 씁쓸한 웃음을 지으며 그렇게 속으로 중얼거렸다.

단 3개월 만에 하나의 왕국을 점령하는 일은 결코 만만하지 않았다. 그것도 제국의 군을 총동원한 것이 아닌, 단지 5분의 1만으로 방어하는 왕국의 병력과 거의 비슷한 수준으로 정복을 하는 전쟁이었다.

하이번이 내놓은 전략에 의해 가이안 제국의 군대는 지금 5군으로 나뉘어 있다. 각 군은 모두 정해진 목표를 향해 숨 가쁘게 밀어붙이는 상황이다.

이 중에서도 발렌이 이끌고 있는 제3군은 그야말로 불가능해 보일 정도로 전격적인 진군 계획을 가지고 있었다. 다른 무장들이 모두 제3군의 지휘만큼은 맡지 않겠다고 말할 정도였다.

'결국 그래서 일개 자작인 내가 이런 대규모 군의 지휘관이 된 거지만…….'

발렌은 전략이 발표된 당시를 떠올리며 속으로 생각했다.

5분의 1이라고 해도 보통 왕국의 전군에 해당되는 규모다. 그가 황제의 심복이라는 점과 트루 나이트라는 명성을 감안하더라도 이런 군을 지휘할 자격은 없다.

하지만 제3군을 지휘하고 싶어 하는 사람이 없었기에 결국 발렌이 총지휘를 맡게 되었다.

"휴케바인에게 뒤지면 안 되겠지. 잘해보게."

황제의 목소리가 아직도 귀에 생생하다. 레오는 발렌이 지휘관으로 결정되었다고 하자 웃으면서 그렇게 말했다.

"휴케바인이라… 후훗."

이 황당한 후배 기사를 떠올리자 발렌은 자신도 모르게 웃음을 터뜨렸다. 옆에 있던 참모가 놀란 눈으로 그를 보았다.

발렌은 얼른 다시 진지한 인상을 하며 모른 척했다. 하지만 어느새 긴장이 풀어져 그의 입가에는 가는 미소가 어려 있었다.

휴케바인 대공, 그것이 현재 그의 작위이다. 제국 최고의 귀족인 셈이다.

레오가 돌아와서 휴케바인에 대해 말한 내용은 이랬다.

"그놈이 밀림에서 여자애 하나를 건드렸는데, 그 아이가 밀림의 여왕이더군."

"예? 폐하를 수행하는 중에 여자를 건드렸다고요?"

에고른이 경악과 분노의 음성으로 말했다.

"여자 아이라고요? 몇 살인데요?"

로엔도 놀라 물었다.

"16살."

레오는 뭘 그렇게 놀라냐는 듯 로엔의 질문에 대답했다. 그리고 다시 말했다.

"그놈 작위를 올려야 하지 않을까? 그래도 여왕의 남편인데."

싸아아아아아.

마치 썰물이 빠지듯 그 자리의 온도가 급격히 내려갔다. 사람들은 입만 벌린 채 아무런 말도 하지 못했다.

그리고 그 후 며칠간의 회의 끝에 에고른이 말했다.

"어쩔 수 없이 휴케바인 경에게 공작의 작위를 내려야 합니다. 밀림의 여왕의 남편이라면 그 정도 지위는 인정해 줘야 합니다."

그러면서 그는 이를 가는 소리로 덧붙였다.

"휴케바인 경에게 공작으로서 가져야 할 예의와 규범을 친절하게 가르쳐 드려야겠군요. 공작이 길 가다 여자애를 건드리면 제국의 수치이지요."

그렇게 선언한 에고른은 그날부터 철저한 준비를 하기 시작했다. 모든 사람들이 그런 에고른을 응원하고 다 함께 머리를 짜내 휴케바인을 위해 더욱 많은 교육 내용을 궁리하기 시작했다.

"시작할까요?"

부관은 마음이 급한 듯 다시 말했다. 발렌은 생각을 접고 그를 보았다. 전투를 서두를 필요는 없다. 일단 전투가 시작되면 잠시도 다른 생각을 할 여유가 없기 때문이다.

그런데 이 부관은 아직 그런 것을 깨닫지 못한 모양이다. 어쩔 수 없다 생각한 발렌은 고개를 끄덕이며 말했다.

"작전대로 공성차를 전면으로 바짝 이동시켜라."

"옛!"

부관은 발렌의 낮은 억양의 말투에 오히려 정신이 바짝 드는 듯 기합이 든 경례를 하고 달려갔다.

전격적으로 수도의 성을 공략하는 작전이다. 성문을 파괴하고 수도를 점령할 때까지 휴식은 없다.

"괜찮겠습니까? 공성차를 너무 접근시키면 저들이 성문을 열고 공격해 올지도 모릅니다."

옆에서 대기하고 있던 참모가 조심스럽게 의견을 말했다. 발렌의 명령은 어젯밤 작전 회의 때 결정된 것과는 전혀 달랐다.

오늘 아침 발렌의 말에 따라 전투를 코앞에 둔 상태에서 갑작스럽게 작전이 변경되었다. 자신을 믿고 따르라는 발렌의 말에 이의를 제기하는 장군은 없었다.

'그래도 이렇게 상식에 어긋나는 일을 시키면 저런 질문이 나오기 마련이지.'

주군의 옆에 있을 때 자신도 다르지 않았기에 발렌은 참모의 기분을 충분히 이해할 수 있었다. 지금의 질문은 확인일 따름이다. 결코 지휘관에 대한 불신에서 비롯된 것은 아니다.

"이번 작전은 원래 하이번 후작이 낸 것이다. 말하자면 계략이지."

"아, 그렇군요."

참모는 이해했다는 듯 고개를 끄덕였다. 지금까지는 모두 발렌과 참모의 작전대로 전투를 벌였는데, 마지막 수도 공략은 따로 계략이 있었나 보다.

그렇다면 절대로 남에게 발설할 수 없을 것이다. 작전 회의실에 참석한 참모들을 의심하는 것은 아니지만, 계략은 알고 있는 사람이 많을수록 실패하기 쉬우니까.

"그럼 그렇게 알고 시행하겠습니다."

"수고해 주게."

발렌은 여전히 무뚝뚝한 얼굴로 시선도 돌리지 않은 채 고개를 끄덕였다. 군의 선두로 공성차가 나아가는 모습이 그의 눈에 보이고 있었다.

"두빌 왕국의 젊은 국왕은 호전적인 성격입니다. 이길 확률이 더 높다고 생각하면 절대 참지 않지요. 패배했을 때에 잃을 것이 자신의 왕국이라고 해도 말입니다."

하이번은 그렇게 말했다. 그래서 이 상식을 벗어나는 작전이 탄생했다.

"공성차를 미끼로 삼으면 그들은 성문을 열고 공격해 올 겁니다. 일단 공성차가 파괴되면 우리 군이 수도의 방어 성채를 공략하는 것이 거의 불가능해지는 건 틀림없으니까요. 하지만 말입니다. 일단 성문이 열리면 아군이 적을 밀어붙여서 성문 안까지 단번에 들어갈 확률이 3할은 됩니다. 발렌 경의 지휘라면 더욱 올라가겠지요."

하이번의 말에 발렌은 물었다. 만약 성안으로 진입하지 못할 경우에는 어떻게 하냐고. 그러자 하이번은 웃으면서 말했다. 미련없이 바로 군을 회군하라고.

"사실은 도박입니다. 이쪽은 겨울이 되어서까지 느긋하게 공성전을 벌일 상황이 못 됩니다. 다섯 군세 중 발렌 경께서 맡으신 제3군이 가장 어렵더군요. 단기 함락이 아니면 바로 회군, 이것이 바로 제3군의 작전 지침입니다. 물론 적군이 그걸 모르게 하는 것이 중요하지요."

완벽을 주장하는 하이번답지 않게 성공 확률 3할의 작전을 낸 셈이다.

물론 실패해도 아군의 피해는 경미할 것이 분명했다. 성공 확률이 낮은 만큼 철저하게 대비해 놓았다.

'하지만 일단 군을 빼는 순간 아군의 사기는 땅으로 떨어지겠지.'

발렌은 속으로 생각했다. 그렇게 된다면 당분간 이 왕국을 공격하는 것은 불가능하다.

발렌은 자신의 검을 꾸욱 쥐었다. 다른 사람들 앞에서 한 번이라도 실수를 하면 자신의 목을 치라고 호언장담한 하이번 후작이 도박이라고 스스로 말한 작전이다.

그러니 이것이 성공하지 않으면 하이번 후작의 능력이 의심받기 시작할 것이고, 그럴 경우 지금 가이안 제국의 무장들은 하이번의 통제를 받으려 하지 않을 것이다.

"정말 힘들게 하는 사람이군."

"예?"

발렌이 갑자기 영문을 알 수 없는 소리를 중얼거리자 한껏 긴장하여 앞을 살피던 부관이 당황한 표정으로 반문했다. 그러나 발렌은 그 질문에는 대답하지 않고 검을 들어 앞을 가리키며 말했다.

"적이 움직인다! 기마대 준비하라."

"예? 옛!"

아직 성문이 열리지도 않았다. 그러나 발렌은 성 위쪽 병사들의 모습으로 안쪽의 움직임을 추측할 수 있었다. 대규모의 군이 성문 안쪽으로 모이고 있는 것이 틀림없었다.

투투투퉁!

콰콰콰콰콰콰쾅!

공성차가 공격을 시작하고 있었다. 공성차 중 태반은 급조된 것들이다. 공격 능력은 정식 공성차의 3분의 1에도 미치지 못하지만, 이런 식으로 수많은 공성차가 일제히 공격을 가하면 적들은 쉽게 구별하지 못한다.

바윗덩어리가 성벽 안으로 무작위로 쏟아져 들어가자 안쪽에서 비명 소리가 연신 울려 퍼졌다.

성에서도 대응 사격을 하기 시작했지만, 역시 이쪽의 수가 많으니 그 기세를 감당하기 어려운 것 같았다.

그그그그그궁.

이윽고 성문이 열렸다. 동시에 안쪽에 나열해 있던 기마대가 이쪽을 향해 돌진하기 시작했다.

전면을 기마대로 강습하고, 그사이 경보병들이 달려나와 재빨리 공성차를 부술 생각이었을 것이다. 그것이 정공법이니까.

그러나 그들은 돌격을 시작하자마자 무엇인가 잘못되었다는 것을 느꼈다. 맞은편에서 가이엔 제국 측의 기병들이 마주 돌격해 오는 것이 보였다.

발렌의 지휘로 기병들은 성문이 열리기도 전에 진을 갖추고 한발 먼저 돌격을 감행한 것이다.

"와아아아아아아!"

함성과 함께 양군의 기마대가 정면으로 부딪쳤다. 애초의 계획과는 전혀 다른 전개였다. 그리고 단지 얼마의 순간이라도 먼저 돌진을 시작한 가이안 제국군의 기마대가 상대를 부순 것은 어떻게 생각하면 당연한 일이었다.

"장군, 기마대의 돌격은 성공적입니다! 적의 움직임이 멎었습니다."

참모가 흥분한 듯 큰 목소리로 외쳤다. 그 목소리는 참으로 아름다워 주변에 듣고 있던 모든 사람들을 기쁘게 만들었다.

기마병이 일단 움직임을 멈추면 그 힘은 몇 분의 일로 감소된다. 적의 기마대는 이미 패배한 셈이다.

"와아아아!"

가이안 측의 병사들의 함성 소리가 들렸다.

일단 적의 기마대를 관통한 제국의 기마대는 기세를 잃지 않고 뒤쪽에서 따라 나오려는 보병대를 덮쳤다. 창병도 아닌 소검과 방패로 무장한 경보병이다. 랜스에 찔리지 않아도 말의 돌진에 휘말리면 육체가 산산조각이 나버린다.

"전군, 돌격하라!"

발렌은 즉시 검을 들어 올리며 외쳤다. 기마대가 성문 안쪽까지 돌격해 들어간 이상 양군의 사기 면에서 커다란 차이가 생겼다.

"적이 스스로 성문을 열어주었다! 이제 우리는 성을 함락시킨다!"

승부는 이미 났다! 그의 목소리에는 그런 의지가 담겨 있었다.

"와아아아아아!"

대기하고 있던 보병들이 함성을 지르며 돌격하기 시작했다. 기마대의 선두는 이미 성안으로 진입하고 있었다.

이런 경우 공성차로 성문을 부순 것보다 더욱 효과가 크다. 성문을 억지로 부쉈다면 그 뒤에 있는 적의 병사들이 밀집 대형으로 사람의 벽을 만들었을 것이다.

그러나 지금 성문 뒤쪽은 텅텅 비어 있었다. 기마대가 나열하고 돌진한 직후라 방어진을 짤 시간적 여유가 없었다.

"장군, 아군의 승리입니다. 적이 전의를 잃고 항복하기 시작했습니다."

부관은 흥분한 듯 떨리는 목소리로 보고해 왔다. 불안한 마음이 컸던 만큼 통쾌한 승리의 기쁨은 더욱 감격적일 수밖에 없었다. 하지만 정작 승리의 주역이라 할 수 있는 발렌은 표정 하나 변하지 않은 채로 낮게 명했다.

"항복하는 자는 절대 죽이지 마라. 그리고 진군 속도가 너무 빠르다. 적이 도망갈 수 있는 시간적 여유를 두고 밀어붙여라."

부관은 끝까지 냉정함을 잃지 않고 지휘를 하는 발렌의 태도에 감탄하는 표정을 감추지 않고 더욱 정중하게 명을 받았다.

"알겠습니다."

발렌은 명령을 하달하기 위해 달려가는 부관의 뒷모습을 보며 꼿꼿한 자세를 풀지 않고 있었다. 승리를 확신한 그 순간에도 그는 방심할 수 없었다. 덕분에 가이안 제국군은 공성전을 했다고는 생각할 수 없을 정도의 경미한 피해만으로 거의 완벽한 승리를 거둘 수 있었다.

"과연 트루 나이트 발렌 경이오."

"이 작전이 하이번 경의 생각이라고 하던데, 정말 알면 알수록 무서운 사람입니다."

"하이번 경도 그렇지만, 이건 발렌 경의 뛰어난 능력이 일궈낸 결과라고 생각하오."

"맞습니다. 이런 무모한 작전을 이토록 완벽하게 수행할 수 있다니, 정말 대단합니다!'

힘겨우리라 생각했던 전투가 의외로 손쉽게 끝나자 장군들은 하나 같이 발렌의 능력을 칭찬했다. 실행되지 못한 지난밤의 작전을 짰던 참모들 또한 다를 바 없었다.

이제 그 누구도 발렌의 자격을 의심하는 이는 없었다. 10만의 군을 지휘할 수 있는 능력을 가진 이는 대륙에서도 손에 꼽을 정도에 불과하다.

발렌은 이 순간 바로 그 소수의 지휘관 중 선두의 몇 명에 속하게 되었다고 할 수 있다.

'후훗, 하이번 경, 그대는 정말 무서운 사람이군요.'

쏟아지는 찬사를 겸손히 받으면서 발렌은 생각했다. 웬만해서는 모험을 하지 않는 발렌의 성격을 정반대로 이용한 작전이다. 성공률이 30%라고 했지만, 지금 이 순간 발렌은 깨닫고 있었다.

하이번은 99% 승산을 점쳤을 것이다.

적군의 움직임을 먼저 읽고 한발 앞서 움직이는 것은 지휘관으로서의 발렌의 장기. 발렌 스스로도 이 정도 위력을 낼 것이라고는 생각하지 못했던 부분이다.

'필사적인 마음으로 모험을 감행하게 한 그대의 계략에 진심으로 감탄하는 바요.'

발렌은 조용히 하이번이 있는 방향을 향해 살짝 고개를 기울였다.

그렇게 두빌 왕국은 모든 사람들이 예상했던 것과는 전혀 다르게 단

하루 만에 수도 공략이 끝나면서 가이안 제국에 점령당했다.

*   *   *

"제3군으로부터 연락입니다. 작전이 성공하여 무사히 성을 점령했답니다."

하이번의 보고에 레오는 그로서는 드물게 미소를 지으며 말했다.

"발렌 경이 공을 세웠군. 작위를 올려줘야겠어."

"백작의 작위를 받을 수 있는 충분한 공입니다. 과연 발렌 경다운 훌륭한 지휘였다는 보고입니다."

"그런가? 잘됐군."

레오는 이제 그만 가보라는 듯 손을 저으며 대답했다. 하이번은 오늘은 여기까지인가 하고 속으로 중얼거리며 방을 나서서 자신의 집무실로 갔다.

전쟁은 가을이 되어 추수가 끝난 시기에 발발한다. 군량이 풍족해진 정복자는 겨울이 되기 전에 영토를 확장하려는 욕망을 참기 어려운 법이다.

가이안 제국도, 미노 제국도 모두 그랬다. 한겨울의 혹한이 몰아쳐 더 이상의 군사 활동이 불가능해지기 전에 철저하게 군을 움직여 최대한의 영지를 확보하려 했다.

특히 가이안 제국 같은 경우는 아직 많지 않은 병력을 총동원하다시피 해서 단번에 다섯 왕국을 쳤다.

처음 제국을 선포하고 발도어 왕국을 쳐 공국으로 삼은 이후, 첫 번째 대규모 실력 행사인 셈이다. 그리고 놀랍게도 그 모든 전투에서 승리했다.

평소 미노의 편을 들어 가이안의 권고를 받아들이지 않았던 왕국들에게는 정말로 충격적인 일이 아닐 수 없었다.

첫눈이 내리고 약 보름쯤 지난 날, 레오는 하이번으로부터 전군의 승전 보고를 들을 수 있었다. 다섯 갈래의 군대가 현재 있는 위치는 훌륭하게 처음 목표했던 것처럼 대상 왕국의 수도였다.

"그런가? 잘했다, 하이번."

레오는 그럴 줄 알았다는 듯 대답했다. 별로 기뻐하는 표정도 아니었다.

"폐하께서 저를 믿어주신 덕분입니다."

하이번 역시 별것 아니라는 듯 대답했다. 옆에서 보고 있는 네로는 '놀고 있네'라는 눈빛으로 그들을 보다가 크게 하품을 했다.

"그럼 그렇게 알고 있겠네."

레오는 고개를 끄덕이며 하이번에게 말했다. 이제 그만 나가보라는 의미가 분명히 담긴 몸짓이다. 그러나 하이번은 아직 할 말이 남은 듯 그대로 서 있었다.

"뭐지?"

레오가 속으로 귀찮다고 투덜거리면서 묻자 기다렸다는 듯한 대답이 돌아왔다.

"내년 계획입니다."

"말해봐라."

"지금의 다섯 군을 더욱 진군시키는 것이 좋겠습니다."

"그렇게 해라."

하이번은 단번에 승낙하는 레오를 잠시 보았다.

'폐하는 지금 내가 한 말을 정말 제대로 이해하고 계시는 건가?'

하이번은 속으로 생각해 보았지만 어떤 판단도 내릴 수 없었다. 적이었을 때부터 이 한 사람에 대해서만큼은 어떤 예측도 맞아본 일이 없었지 않은가?

'물론 완전히 신뢰를 받는다는 것은 좋지만……'

만약 황제가 잘 알지도 못하는데 무조건 승낙을 한 것이라면 그건 진정한 재가를 얻었다고는 할 수 없다. 이는 황제를 속이고 허투루 허락을 얻어낸 얄팍한 수단이 될 수도 있는 것이다.

여기까지 생각하던 하이번은 다시 말을 이었다.

"봄이 되자마자 다섯 경로의 군을 그대로 전진시켜 각각 다음 목표를 향하게 합니다. 그중에서도 가장 중요한 것은 제3군으로, 그들의 목표는 구 카라엘 제국의 수도였던 스틸문입니다."

"좀 멀군. 그곳까지 진군하려면 상당히 힘들겠는데?"

10년간 직접 대륙을 몸으로 체험한 레오에게 지도 따위는 필요치 않았다. 황제가 약간의 관심을 보이자 하이번은 자신의 판단이 옳았다고 생각하면서 담담하게 설명을 계속했다.

"쉽지는 않습니다. 그리고 더 큰 문제는 진군이 성공한다고 해도 지키기는 더욱 어렵다는 것입니다."

"당연히 그렇겠지. 그 정도면 아마 미노 제국의 군과 맞닿을 것이다.

그렇지?"

'역시 폐하는 바보가 아니군. 다행이다.'

하이번은 레오가 나름대로 군의 움직임을 읽고 있다는 것을 알 수 있었다.

물론 미리부터 알고는 있었지만 평소의 레오의 반응이 하도 기괴하기 때문에 가끔씩 이렇게 확인을 하면서 안도의 한숨을 쉬고는 했다.

레오는 그렇게 서 있는 하이번을 보면서 빨리 말을 끝내고 싶어 하는 눈치를 숨기지 않았다.

"그래서? 결론만 말해라."

"스틸문에 새로 가이안 제국의 수도를 건립하는 겁니다."

"흠?"

레오는 그건 생각지 못했다는 듯 고개를 갸웃거렸다. 현재 제국의 수도는 이곳 헬룬, 구 슈란 왕국의 수도다. 그런데 하이번은 수도를 옮기자고 말하고 있었다. 그것도 봄에 새로 점령할 곳에 말이다.

"군의 뒤를 따라서 수도 건설에 필요한 재물을 보내는 겁니다. 그렇기 때문에 지금부터 일을 추진하지 않으면 안 됩니다. 폐하의 허가가 필요합니다."

군의 일이 아니라 수도를 옮기는 일은 하이번 독단으로 할 수 없는 일이다. 당연히 황제의 재가가 있어야 한다. 아니, 사실 이러한 중대사라면 당연히 어전 회의를 개최하여 모든 대신들의 의견을 들어야 할 일이었다.

물론 레오는 귀찮은 회의 따위를 자청해서 하고 싶은 생각은 없었다. 단지 이 순간 허가를 낼 것인지에 대한 판단이 필요했다.

"그럴 필요가 있나?"

레오의 질문에 하이번은 살짝 고개를 끄덕이며 말했다.

"이곳은 왕국의 수도입니다. 중요한 요충지임에 틀림이 없지요. 하지만 대륙 전체를 놓고 볼 때, 너무 남쪽으로 치우쳐 있습니다. 군이나 물자를 움직이기에도 불편함이 많습니다."

"그렇군. 대륙 전체라."

레오는 그제야 알겠다는 듯 고개를 끄덕이며 중얼거렸다. 사실 헬룬을 수도로 한 것도 대동소이한 이유였다. 안 그랬다면 그의 고향인 가이안 자작령을 수도로 삼았을 것이다.

물론 가이안 자작령은 흑사자의 출생지로 거의 성지화 된 상황이고, 남동부의 주요 식량 보관 요새가 건설되고 있는 실정이다. 동부의 식량이 모두 그곳을 통해 이쪽으로 운반되어 오는 셈이다.

꼭 그럴 필요는 없는데 아마 신하들이 레오의 기분을 좋게 하기 위해 가능한 한 최대한도로 그곳을 발전시키고 있는 모양이다.

"그렇다면 좋다. 가녠과 상의해서 실행에 옮기도록."

레오는 즉시 승낙했다. 어차피 옮겨야 하니까 그가 말을 했을 것이다. 그렇게 판단하고 믿기로 했다.

그러나 하이번은 아직 끝나지 않은 말이 있었다. 수도를 옮겨야 하는 진짜 이유, 그걸 설명해야 했다.

하지만 막 하이번이 말을 이으려고 할 때 레오가 그를 보았다. 그리고는 말했다.

"자세한 보고는 나중에 해라, 하이번."

두 번은 봐줄 수 없다는 투였다. 하이번은 오늘은 여기까지인가 하고 생각하며 정중하게 인사를 하고 물러섰다.

이제는 가넨을 찾아가서 실무적인 상의를 해야 한다. 이 일은 실행 단계에 이를 때까지 필요 이상의 사람들이 알면 안 되는 극비이기에 모든 일을 그가 처리해야 하는 것이다.

사실 그는 바빴다.

탁.

문이 닫히고 이제 방 안에는 레오 혼자만이 남았다. 물론 그의 고양이인 네로는 옆에 있었다. 레오는 약간 질렸다는 듯 네로를 보며 투덜댔다.

"그는 요즘 따라 더욱 질기군. 그렇지 않니, 네로야?"

야옹.

네로는 레오의 질문에 웃긴다는 듯 짧게 코웃음 쳤다. 세상에 이토록 정무를 돌보지 않는 자가 제국을 건설할 수 있다는 것이 믿기 어려웠다.

'밑에서 일하는 신하들이 불쌍하다.'

그녀는 속으로 그렇게 생각했지만 반면에 레오가 하이번을 비롯한 자신의 부하들을 의외로 적재적소에 잘 써먹고 있다는 것만큼은 인정할 수밖에 없었다.

'우연인지 실력인지 모르겠단 말이야. 이 남자, 역시 연구해 볼 가치가 있어.'

그녀는 그렇게 결론을 내리고는 고개를 길게 늘어뜨려 편한 자세를 취한 채 레오를 지켜보기 시작했다.

레오는 그런 네로를 귀엽다는 듯 보다가 다시 고개를 돌려 정면을 보면서 한쪽에 걸어놓은 검을 뽑아 들었다.

"자, 그럼 시작해 볼까? 어디까지 했더라?"

우우우웅.

검이 울리며 눈에는 보이지 않는 힘이 서서히 뿜어져 나왔다. 예리하다기보다는 오히려 부드러워 보이는 기운, 그것은 검강이었다. 무색의 검강, 레오가 가진 가장 순수한 힘의 발현이었다.

검기가 눈에 보이지 않는 것과 달리 모든 마스터들의 검강은 색깔을 가진다.

처음 오러를 검에 실을 수 있게 되면 검기를 사용할 수 있다. 그것은 검의 예리함을 강화시킨다.

그 이후에 얻는 경지로, 검기가 검끝의 예리함에 서서히 마치 실처럼 가는 모양이 되어 나오는 것을 검사라고 한다. 이 검사는 흐리지만 색이 있다. 그래서 눈에도 보인다.

그리고 기가 더욱 강해져서 완벽하게 물리력을 행사할 수 있게 된 것이 검강이다. 모든 무사가 꿈에서라도 원하는 경지!

검강은 검사 때 나타난 색깔이 그대로 고정되어 나타난다. 단지 더욱 진하고 검 전체를 덮을 뿐이다.

하지만 레오의 검강은 색이 없었다. 완벽한 무색, 그리고 몇 미터나 떨어진 상대의 피부를 곤두서게 만드는 예리함도 느껴지지 않는다.

보통 사람은 절대로 알아차릴 수 없는 검강! 그래서 레오와 싸워본 마스터들은 레오를 오러를 초월한 자라고 부르기도 했다.

마스터들이 투명한 검강은 완벽하게 순수한 마나의 결정체라고 생각하게 된 이유가 바로 레오의 검강 때문이다.

위이이이잉.

검강은 점점 굵어져서 방의 반대편 벽에 거의 근접할 정도까지 커졌다. 마치 거대한 기둥과도 같은 모습이었다.

스피리트 나가와 싸울 때에 처음으로 전력으로 힘을 발현해 본 레오는 그 이후 혼자 있을 때에는 이런 검강을 만들어 감상하고는 했다.

자신이 막연하게 생각했던 스스로의 강함이 도대체 얼마 정도인지를 알고 싶었다.

"일단 힘의 크기는 이 정도인가? 더 크면 오히려 불편하겠군."

레오는 자신이 쓰기에 최적의 상태로 크기를 조절했다. 그 이상은 불필요하다고 본능이 말하고 있었다. 필요한 순간이 되면 더욱 강하게 할 수도 있을 것 같았는데, 지금은 그러고 싶지 않았다.

"그럼."

그는 그렇게 중얼거리고는 서서히 손을 펴서 검을 놓았다. 그러면서 정신을 집중하여 검을 계속 쥐고 있다는 생각을 했다.

그러자 정말로 검은 땅에 떨어지지 않고 허공에 뜬 채로 있었다. 그리고 더욱 놀랍게도 검에서 뿜어져 나오는 기운도 사라지지 않았다.

아아아옹!

네로는 감탄한 표정으로 길게 울었다. 그녀의 눈이 약간 붉게 빛나고 있었다.

눈에 마법을 걸고, 또 정령의 도움을 받게 되자 주변의 마나가 흐르는 모습까지 볼 수 있었다. 그래서 그 마나의 흐름이 막히는 모양에서 레오의 검강의 크기를 알았다.

'에코 블레이드가 되잖아! 저 멍청이는 도대체 지금까지 저걸 안 쓰고 뭐 한 거지?'

에코 블레이드는 검을 던진 후, 자신의 기로 그 검을 자유자재로 조종하는 수법을 말한다. 전설상에나 전해져 내려오는 것으로, 지금 사람들 중 대부분은 그런 거짓말 같은 검법이 있을 수 있냐고 코웃음 칠 것이다.

하지만 틀림없이 있다.

그랜드 마스터라고 불린 고대의 검호들이 사용했다는 기록도 있고, 네로로 변한 티모라의 경우 드래곤 로드 카르티오스를 만나 그 전설상의 그랜드 마스터라고 불린 세 명의 검호에 대해 직접 듣기까지 했다.

5천 년도 더 전 대륙에 오러의 사용법을 전했다는 슾족의 시조 무한검선, 그리고 마신과 싸우기 위해 인간의 몸으로 현신한 투신 아론, 그리고 아직까지 사람들의 기억 속에 남아 있는 검성 샤샤. 그들은 틀림없이 에코 블레이드를 사용했다고 들었다.

그녀가 살았던 하이엔드 산의 엘프 마을 위쪽에 있는 슾족의 마을이 있다. 드래곤 로드의 영역이기에 아무도 접근하지 못하는 그곳에 이라시아 대륙에 오러를 이용한 검법을 처음 전한 그들이 살고 있는 것이다.

슾족의 언어로 에코 블레이드는 이기어검이라고 한다. 검강을 소드 오러라고 하듯 이제는 대부분의 사람들이 슾족의 언어를 잊어가고 있지만, 그녀만큼은 과거의 사람들과 다름없이 그들의 언어를 대부분 알고 있었다.

슈슈슈슉.

허공에 뜬 레오의 검이 좌우로 흔들리기 시작했다. 비록 레오의 검이 마음대로 움직일 정도로 방 안이 넓지는 않았지만, 그의 의지에 따라 나름대로 자유롭게 움직이고 있는 것만큼은 확실했다.

"되는군."

레오는 처음 알았다는 듯 고개를 끄덕였다. 그리고는 검을 그대로 허공에 띄운 채 품속에서 하나의 책자를 꺼내 펼치며 중얼거렸다.

"다음은……."

네로는 그 광경을 보면서 한숨을 쉬었다.

'저 책자를 보여준 것이 과연 잘한 짓일까?'

문득 후회가 되었다. 레오가 보고 있는 책자의 제목은 바로 '그랜드 마스터의 경지'라는 것으로 근래에 네로가 써서 정리한 것이었다.

그녀가 갑자기 그런 책자를 만든 이유는 정말로 레오의 경지가 어떤 수준인지를 알고 싶다는 순수한 호기심 때문이었다.

언뜻언뜻 보이는 경지는 분명히 드래곤 로드에게 들은 그 사기적인 초인 검사들의 수준이다.

'그런데 정작 싸움이 벌어지면 검으로 베고 찌르면서 무식하게 싸운단 말야. 뼈를 가르고 피를 사방으로 퍼뜨리는 것이 즐거운 것일까?'

이런 생각을 하던 네로는 곧바로 설레설레 고개를 저었다. 그녀가 본 레오는 결코 살육을 즐기는 모습은 아니었다.

'도대체 저 인간의 한계는 어디까지지? 사용하는 걸 봐야 알겠는데

그럴 기회가 없으니…….'

분명히 필요하면 더 큰 능력을 보여줄 것이다. 하지만 언제까지고 그때를 기다리기는 싫었다. 결국 호기심을 참지 못한 그녀가 택한 방법이 바로 지금 레오가 들고 있는 책자였다. 그녀가 아는 전설적인 경지를 모두 정리하여 레오의 방 책상에 슬쩍 올려놓은 것이다.

물론 수련법이나 오러의 구체적인 이용법 같은 것은 그녀도 전혀 알 수 없었기에 그냥 명칭과 모습만 서술해 놓았다.

그 결과 레오는 수련을 시작했고, 네로는 맹렬하게 후회하기 시작했다.

'내가 미쳤지. 사자에게 날개를 달아준 꼴이잖아? 아니, 날개는 원래부터 달려 있었는데 쓸 줄 모르는 자에게 나는 방법을 가르쳐 준 건가?'

수련이라고 해봐야 책을 보고 하나하나 시험해 보면서 그게 된다는 것을 확인하는 수준이다.

레오가 피땀 흘리며 수련에 수련을 거듭해서 얻는다면 그녀도 이렇게까지 황당한 기분이 들지는 않았으리라. 그러나 이미 늦었다. 망연자실해하는 네로의 귀로 레오의 음성이 다시 들려왔다.

"윌 블레이드(Will Blade)? 슘족의 언어로 심검이라고? 호, 검이 없어도 오러만 가지고 검의 형태를 만든다? 그럼으로써 완벽하게 원하는 모양으로 구현하고 오러의 힘도 훨씬 증가된다. 어디……."

우우우웅.

"되는군."

레오는 지금까지 자신이 가진 힘이 구체적으로 어떤 일을 할 수 있는지 하나하나 깨달아가기 시작했다.

*   *   *

하이번은 레오에게 작전의 허락을 얻고 우선적으로 가넨과 대략적인 소요 자금에 대한 합의를 마쳤다. 그 후 곧바로 다시 발렌과 에고른, 그리고 발튼 후작을 거치며 각 군부의 적극적인 협조를 얻기 위해 노력해야 했다.

하지만 그들에게는 추가 파병에 관하여만 상의하고 새로운 수도의 건설에 대해서는 말하지 않았다.

이미 회의가 서너 번이나 열렸고, 수많은 변수에 대한 논의가 이루어진 상황이었다. 결국 제장들은 발튼 후작을 군의 대표로 정해 하이번에게 발튼과의 단독 면담을 요구했다.

그렇게 벌어진 두 사람만의 회의가 오늘 아침부터 시작되었다. 하이번은 오전 내내 군대의 진군 방침에 대해 설명을 했다. 그러나 발튼 후작은 아직까지 하이번의 작전에 대해 완벽한 확신을 가질 수 없었다.

"너무 무모한 진군이 아니오?"

하이번의 기적 같은 작전 지휘 능력은 이미 마음속으로부터 인정한 그였다. 하지만 발튼 후작은 아직까지도 작전에 스스로가 납득이 가지 않으면 절대로 그냥 넘어가지 않았다.

하이번은 진지한 표정으로 발튼 후작을 보았다. 믿음직한 노장이다. 그가 군부의 중심이 되어주었기에 자신의 작전이 거의 완벽하게 실행되고 있다.

바늘구멍 같은 허점도 용납하지 않는 성격인지라 제삼, 제사 설명을 해야 하지만, 일단 납득을 하면 개인 감정을 버리고 두말없이 지원을 해주는 것이다.

덕분에 지금은 구 슈란 왕국의 장군들도 하이번에게 특별히 적대감을 품지 않게 되었다.

그들은 위대한 흑사자의 가이안 제국이라는 새로운 충성의 대상을 가슴속으로부터 받아들이고 있었다.

'폐하와 티모라님, 그리고 휴케바인, 이렇게 3명의 비상식적인 인물과 발렌, 발튼, 에고른, 유스, 가넨, 로엔의 다섯 명의 지극히 상식적인 인물이 현재 제국의 내각을 움직이고 있는 셈인가? 그다지 비율이 나쁘지 않군.'

하이번은 그렇게 속으로 중얼거렸다. 하지만 자기 자신은 어느 쪽에도 두지 않았다. 상황에 따라 맞추어갈 수 있다고 생각하지만 어떻게 생각하면 비정상적인 쪽에 가깝다고 할 수 있었다.

"확실히 위험합니다. 정상적인 지휘관이라면, 이대로 1년 정도는 현재의 점령지에 군을 주둔시키며 주변의 민심을 안정시키는 데 주력할 것입니다."

하이번은 발튼의 말이 타당하다는 듯 미소를 지으며 부드럽게 수긍했다. 상식적으로 생각하면 발튼의 말에는 틀린 점이 하나도 없었기에 당연한 반응이라고 할 수 있었다.

하지만 바로 그 위험한 작전을 계속 밀어붙이고 있는 당사자가 너무 손쉽게 이렇게 말하자 발튼은 순간적으로 맥이 빠졌다.

"그렇소. 지금 군을 더 진군시킨다는 것은 어서 보급을 끊어달라고 적에게 부탁하는 것과 같지 않겠소?"

발튼 후작은 상대가 자신의 말을 받아들였다고 생각하여 일부러 농담 비슷한 어조로 맞장구를 쳤다. 하지만 그렇다고 해서 그의 말에 담긴 뜻이 웃으며 들을 수 있는 성질의 것은 아니었다.

단 한 군데라도 군에 손실이 생기면 위험하다는 것은 지난 몇 차례에 걸친 회의 중에 전제로 한 사실이다.

다섯으로 나뉜 군은 하나가 무너지면 모두가 위험하다. 다른 왕국에서 그들을 섣불리 건드리지 못하는 것은 바로 무적 전설의 흑사자의 위명과 함께 그들 모두가 완벽한 승리를 거두었기 때문이 아닌가?

"꼭 진군해야 할 필요가 있겠소? 물론 스틸문이 전략적으로 중요한 곳이기는 하지만, 전선의 효율적인 관리상 너무 무리한 일이 되지 않겠소? 꼭 그곳을 점령하려 한다면 제3군만 보강하여 진군하는 것은 어떻겠소?"

발튼 후작은 다시 한 번 하이번을 설득하려는 듯 말했다. 3군만 움직일 경우 어떻게든 지원군을 보내 현재의 점령지를 관리할 수는 있을 것 같았다. 반면에 5개 군이 모두 나아가면 그 빈자리를 메울 병력은 없다.

그러나 하이번은 꼭 전군이 진군해야 할 이유가 있는 모양이었다. 그는 책상 위에 펼쳐진 지도 위에 자신의 손을 펴서 덮었다.

"보십시오. 지금 우리 군의 포진 형태는 이 손과 같습니다. 그리고 제가 말씀드리는 것은 손가락의 길이를 두 배로 늘리자는 것입니다."

"그런 모양이 되겠지요."

알기 쉬운 설명이다. 발튼은 동의했다. 하이번은 다시 한 손으로 손가락 사이의 빈 공간을 일일이 찍으며 말했다.

"그럴 경우 손가락 사이에 가려지지 않은 영토의 넓이는 그전에 비해 네 배가 됩니다. 그리고 손가락이 무사하기만 하면 그 사이에 낀 영토는 빠른 시일 내에 가이안 제국에 귀속될 것입니다."

"그걸 누가 모르겠소? 하지만 반대로 손가락 중에 하나라도 끊어지면 가이안 제국의 영토는 원형이 아닌 찌그러진 모양이 되어 방어에 필요한 군이 두 배나 되는 것이 아니오?'

발튼 후작은 답답하다는 듯 말했다. 지금 벌어진 손가락 사이의 영토도 무사히 복속시키리라 장담할 수 없는 상황이다.

그런데 손가락을 더 뻗자니? 원래 제국의 영토인 손바닥 부분마저 위험해질 수도 있다. 아니, 틀림없이 그렇게 될 것이다.

'어차피 위험은 항상 있지. 그걸 이 고지식한 영감이 알아야 할 텐데.'

하이번은 발튼 후작의 말이 틀리지 않다는 듯 온화한 표정으로 고개를 끄덕이면서 속으로 투덜거렸다. 그리고 다시 차분한 음성으로 설명을 계속했다.

"진군은 꼭 해야 합니다. 그리고 다음 점령지에서 다섯 군은 모두 목표한 전략 요새에 틀어박혀 성을 보강하고 군량을 비축하여 장기간 주둔을 준비해야 합니다."

"으음? 장기간 주둔? 그렇다면 본국에서의 보급을 끊겠다는 말이오?"

"그렇습니다. 일단 가장 중요한 다섯 지점을 점령한 후, 따로 병력을 키워 보낼 동안 그들에게 그곳을 지키게 합니다. 그때까지 그들은 스스로의 힘으로 버티면 됩니다. 내년 가을의 식량 소출을 예상해 보면 가을에는 우리 군의 충분한 확장이 가능합니다."

"그러니까 일단 지금 있는 군으로 점령부터 하고, 그 사이에 낀 적군은 나중에 늘어난 군으로 다시 공략을 하자는 의견이구려?"

"그렇습니다. 고비는 바로 여름과 가을, 그때까지 오군이 모두 버틸 수만 있다면 그 뒤에는 일이 쉬워질 겁니다."

하이번은 당당하게 설명했다. 모험을 하는 대가로 일 년 동안 정복할 지역이 네 배로 늘어난다면 해볼 만하지 않겠는가 하는 눈으로 발튼을 보았다.

"으음, 그대는 어찌하여 지금까지의 회의에는 그런 생각을 말하지 않았소?"

발튼은 신중하게 반문했다. 하이번의 의견에 찬반을 표명하기 전에 일단 그의 사정을 모두 알고 싶었다.

적어도 그의 직감은 하이번이 아직 말하지 않은 것이 있다고 속삭이는 중이었다.

하지만 하이번은 더 이상은 자신의 가슴속에 있는 말을 꺼낼 생각이 없는 것 같았다. 그는 조용히 고개를 저으며 말했다.

"모험이기 때문입니다. 실패를 각오한 모험이지요."

"실패하면?"

"그건 그때에."

"그렇군. 알았소."

실패했을 때의 생각도 있다는 것을 알았으니 더 이상의 반대는 무의미하다. 적어도 하이번이 생각을 해둔 범주 내에서 일이 일어난다면 그는 패배하지 않을 것이다. 발튼 후작은 그렇게 판단을 내리며 한쪽 손을 내밀었다.

"군부는 그대의 작전에 적극적으로 협조를 하겠소. 적지 않은 피해가 있을지도 모르겠군."

"최대한 피해가 없길 바랄 뿐입니다."

하이번은 그것만큼은 자신도 어쩔 수 없다는 듯 가볍게 한숨을 쉬며 대답했다.

그는 전쟁을 벌이면서 아군의 희생을 각오하지 않을 정도로 낙천주의자는 아니었다. 하지만 이번 작전은 성공해도 혹은 실패해도 뒤끝은 별로 좋지 못할 것이다.

'제국의 흥망이 걸린 작전이다. 어떤 일이 있어도 모두 성공하는 작전이 필요하지. 희생은……'

하이번은 약해지려는 마음을 다잡으며 중얼거렸다. 또 한 가지 관문을 넘겼으니 이제는 준비와 실행만이 남았다.

그는 발튼에게 몇 장의 서류를 내밀며 사인을 부탁했다. 그리고는 발튼이 서류를 읽는 사이 고개를 돌려 창밖을 보았다. 겨울의 하늘은 구름 한 점 없이 맑아 밝은 태양의 빛이 하늘 전체를 더욱 푸르게 만들고 있었다.

하이번은 감상적인 얼굴이 되어 그 하늘을 응시하다가 발튼이 서류에 사인을 끝마치자 그를 보며 자조하듯 중얼거렸다.

"내년 여름은 무척 뜨겁겠군요."

"무슨 소리요?"

"아니요. 그냥 그렇단 말입니다."

전쟁은 봄에 있다. 여름부터는 수성을 하면 된다. 가장 격렬한 전투는 봄에 있지 않겠는가? 발튼 후작은 알 수 없다는 표정으로 하이번을 보았다.

❖ Chap 2 ❖
블루 호크 궁기사단

블루 호크 궁기사단

둥, 둥, 둥, 둥, 둥.

수천 개의 깃발이 나란히 정렬한 채 바람에 펄럭이고 있었다. 연이어서 울려 퍼지는 북소리는 사람의 고동을 더욱 빠르게 만들었다.

첫눈이 녹자마자 바로 출군하는 이들은 바로 가이안 제국의 남은 병력 중 대부분이다. 또한 그들이 보호하고 있는 것은 일 년간 모아놓은 군량 전부라고 할 수 있었다.

레오는 자리에 앉아 나열한 병사들의 모습을 보고 있었다. 그 옆에는 근위기사단장이자 마스터인 바로크가 서서 커다란 깃발을 들고 있었다.

황제를 나타내는 포효하는 검은 사자의 기와 가이안 제국의 상징기인 검을 껴안고 있는 날개 달린 사자의 기였다.

양쪽 다 사자이기는 한데, 흑사자는 흑사자 전용의 표식이 있어야 한다는 사람들의 절대적인 의견에 의해 그의 기는 두 개가 되었다.

레오 이후에 황위를 잇는 사람은 날개 달린 사자의 기만을 사용하게 될 것이다. 물론 그도 마음이 내킨다면 따로 표식을 만들겠지만, 그건 그때 결정할 문제다.

"시작해라."

레오가 허락하자 하이번이 자신의 지휘봉으로 나팔수를 가리켰다.

부웅, 부웅, 부웅.

나팔이 세 번 울리고 병사들의 환성이 시작되었다. 그리고 레오가 그 환성에 보답하듯 자리에서 일어나 한 손을 들어올렸다.

순간 병사들은 일제히 입을 다물고 그들의 우상인 황제를 보았다.

레오의 눈에 급격히 높아져 가는 병사들의 투지가 선명하게 보였다. 그는 천천히 그들을 끝에서 끝까지 보았다. 그리고는 입을 열어 큰 목소리로 외쳤다.

"제군들의 투혼을 나에게 바쳐라!"

"와아아아아아!"

딱 한 마디로 병사들은 황명을 받았다.

사실 그 한마디도 로엔이 권한 대사이지만 그들이 그런 사실까지 알 리는 없었다. 레오는 할 일을 다 했다는 듯 다시 자리로 가서 앉았다. 그리고 군은 헬룬을 떠나기 시작했다.

*　　　*　　　*

레오는 자신의 방으로 돌아와 지친 표정으로 침대에 몸을 던졌다. 그로서는 정말로 희귀한 표정이었는데, 육체적인 체력의 소모가 아닌 정신적인 피로라고 할 수 있었다.

야옹.

네로가 다가와 침대에 머리를 박은 채 움직이지 않고 있는 레오를 툭툭 건드렸다. 그새 잠들었는지 확인하는 것이다.

일단 레오가 잠들면 그녀도 잠을 자거나 혹은 본래의 모습으로 돌아가 로엔과 놀기도 하는데, 다른 건 몰라도 본래의 모습으로 변하는 것은 레오가 깨어 있을 때에는 하면 안 되는 일이기 때문에 꼭 확인을 해야 했다.

그러나 여느 때와는 달리 레오는 침대에 엎드린 상태에서도 잠들지 않고 있었다.

"네로야, 황제도 쉽지 않구나."

레오답지 않은 말, 네로는 놀라 레오를 건드리던 앞발을 든 채 굳었다.

'이 남자도 감상적인 말을 할 수 있었나?'

자신의 귀를 의심하려다 세차게 고개를 저어 그 생각을 털어냈다. 마법사가 자신의 감각을 의심하면 큰 문제가 발생한다. 적어도 고위 마법사라면 그렇다.

"내가 나서서 다 쓸어버리고 싶다. 검을 들고 나가서……."

레오는 몸을 뒤집어 침대 위에 큰대자로 누웠다. 수하들 앞에서는 여전히 태연한 체하고 있었지만, 사실은 직접 싸우고 싶었다.

야옹.

네로는 그럼 그렇지라고 생각하며 들어올렸던 앞발로 레오의 머리를 툭툭 쳤다. 욕구불만이라면 사냥이나 나가라 충고하고 싶었다.

하지만 레오는 자신이 말해놓고도 그것에 의혹을 느낀 듯했다.

"이상하군. 싸우고 싶다고 생각한 적은 거의 없었는데?"

야옹?

네로는 다시 앞발을 멈추고 짧게 울었다. 그러고 보니 이 남자는 싸우는 것을 좋아하지 않았다. 그저 필요에 의해서 무력을 휘두를 뿐이었다.

"으음, 그 뱀하고 싸운 이후 조금 이상하군."

일단 의구심이 생기자 그것이 점점 부풀어 올랐다. 평소라면 싸움에 나가지 말라고 하면 좋다구나 하고 계속 잠을 자면서 놀고먹을 터인데, 일단 전쟁에 나가면 이렇게 편하게 잠을 잘 수는 없지 않은가?

그러고 보니 요전에는 영문을 알 수 없는 무공에 대한 책자가 책상 위에 있기도 했다.

벌떡.

"어떻게 된 거지?"

레오는 곧 침대에서 일어나 심각하게 고민하기 시작했다. 왠지 모르게 누군가가 싸우라고 말하는 것 같았다.

새로운 검법을 시험해 보고 싶은 건가? 한계에 달할 때까지 힘을 발산하는 것의 즐거움을 알았기 때문일까?

"아니야."

레오는 사색에 잠겼다. 네로는 그 모습을 신기하다는 듯 쳐다보았다. 그러나 곧 레오는 고개를 갸웃거리며 중얼거렸다.

"배가 고프군."

야옹(15분)!

네로는 그게 한계냐는 듯 고개를 절레절레 저었다. 하지만 네로의 마음속을 알 수 없는 레오는 침대에서 일어나 로엔을 만나러 갔다.

그의 점심 식사는 로엔에게 있어서 저녁 식사이지만, 그래도 항상 함께하기로 했다.

"그래서 내일은 사냥을 가기로 했다. 너도 갈래?"

레오는 로엔에게 오늘 느낀 답답함을 솔직하게 고백했다. 평소 식사 시간에는 거의 무방비로 로엔의 말에 대답을 하는 그였기에, 레오의 표정에서 어둠을 발견한 로엔에게 속을 숨길 수 없었다.

"사냥이오? 그거 좋겠네요. 저도 요즘 삼촌께서 답답해하시리라 생각하고 있었어요."

로엔은 즐거운 표정으로 대답했다. 사냥을 즐기는 것은 아니지만 레오가 사냥하는 모습을 보는 것은 좋았다. 그리고 하이번으로부터 혹시라도 레오가 답답해하면 알아서 잘 관.리.해 달라는 특별 부탁까지 받았지 않은가?

"그럼 같이 가자. 오랜만에 멧돼지 고기와 함께 술을 마실 수 있겠구나."

레오는 외출할 생각을 하자 갑자기 기분이 좋아진 듯 웃기 시작했다. 가만히 생각해 보면 요즘 하이번의 페이스에 말려서 그답지 않게 인내라는 글자를 가슴속에 품고 살지 않았던가?

"그건 정말 나답지 않은 일이었지."

레오는 이제는 절대 그런 멍청한 짓을 하지 말아야겠다고 결심하며 스테이크를 씩씩하게 씹었다.

　다음날 오후, 레오는 전날 결심한 대로 사냥을 나갔다. 하이번도 반대하지 않았다. 오히려 잘됐다는 듯 새로운 근위기사들에게 황제의 숲 경비를 빙자한 훈련 실습을 시행했다.

　사냥터의 경호는 결코 쉬운 일이 아니다. 일단 황제의 눈에 거슬릴 정도로 모여 있어도 안 되고, 사냥감이 도망가는 데에도 방해가 되면 안 된다.

　그러면서도 언제 있을지 모를 암살자로부터 말을 타고 달리는 황제를 지켜야 하는 것이다.

　그런 만큼 중갑옷의 정화라고 할 수 있는 전신 판금 갑옷을 입고 사냥터의 경호를 서는 것은 결코 현명한 일이 아니다.

　하이번은 과감하게 근위기사들에게 가죽 갑옷을 착용시켰다. 그리고 유명한 명궁인 에고른에게 그들을 지휘하게 했다.

　이것은 의외로 좋은 반응을 일으켰는데, 특히 형식에 얽매이기 싫어하는 젊은 기사들이 더 좋아했다.

　젊은 근위기사들 중 쾌검으로 이름 높은 피터슨의 경우, 아예 정식으로 근위기사용 경갑옷을 지정하여 평소에도 입게 해달라고 청했을 정도다.

　"사냥감을 풀어라!"

　에고른이 크게 외치자 황궁에 고용된 몰이꾼들이 여우와 사슴, 그리고 멧돼지를 풀었다.

　두두두두.

"꺄악! 이쪽으로 와요!"

사냥에 참가한 귀부인들 중 한 명이 비명을 질렀다. 레오는 고개를 살짝 돌려 하이번을 노려보았다.

그가 원했던 사냥은 이게 아니었다. 여자가 참가하고, 미리 잡아놓은 사냥감을 풀어놓는 사냥이라니?

하지만 하이번의 상식으로 사냥이란 것은 바로 이런 것이다. 귀족의 사냥은 바로 사교 스포츠에 불과하다.

레오가 원했던 것처럼 그냥 막무가내로 숲에 들어가 숨어 있는 사냥감을 잡아 구워서 술과 함께 마시는 것은 귀족이라면 절대로 할 수 없는 일이었다.

물론 가끔씩 우연히 마물을 만나 그놈들을 상대하는 일 따위는 더 더욱 상상도 할 수 없다. 황제가 사냥을 하는 장소에 마물이 나타나기만 해도 숲지기를 비롯한 관계자는 처벌을 피할 수 없는 큰 죄이기 때문이다.

"폐하, 어서 쏘세요."

로엔이 재촉했다. 레오의 기분이 더욱 나빠졌다.

그동안 피나는 노력에 의해 둘만이 있는 장소에서는 삼촌이라고 부르게 된 로엔이었지만, 이런 공석에서는 꼬박꼬박 폐하라고 부른다. 그게 은근히 귀에 거슬리고 있었다.

레오는 천천히 화살을 활에 걸고 당겼다. 멧돼지를 푼 몰이꾼의 실력이 뛰어났는지, 멧돼지는 레오가 있는 쪽을 향해 일직선으로 달려오고 있었다.

달리면서 체중에 의해 가속이 붙었는지 점점 빨라져 이제는 눈으로 보기 어려울 정도가 되었다. 주변에서 귀부인들이 질러대는 비명 소리가 더욱 커졌다.

그때 레오의 손가락이 풀리며 활에서 화살이 발사됐다.

슈욱, 픽.

꾸에에에에엑!

단말마의 돼지 비명 소리가 숲을 울렸다. 동시에 사람들이 경탄하는 소리가 여기저기서 들렸다.

화살은 단번에 멧돼지의 미간을 뚫었다. 돌진하는 멧돼지의 미간을 정확하게 명중시키는 것은 가장 숙련된 사냥꾼이라고 해도 어려운 일이다.

그리고 놀랍게도 화살에 맞은 멧돼지의 몸이 허공으로 떠올랐다. 공성용 대형 석궁인 발리스터에 맞아도 그럴 수는 없을 것이다.

휘익, 픽!

무려 10여 미터나 날아간 멧돼지의 몸이 땅에 처박혔다.

"어떻게 저럴 수가⋯⋯."

약간 뒤쪽에 서 있던 에고른은 크게 충격을 받은 듯 멍하니 중얼거렸다. 활에 대해서는 그 누구보다 뒤떨어지지 않는다고 자신하는 에고른이다. 그의 상식으로는 마스터라고 해도 화살에 이런 힘을 싣지 못한다.

하지만 대부분의 사람들은 흑사자니까 그럴 수도 있다고 단순하게 생각하면서 일제히 박수를 쳤다.

레오는 형식적으로 활을 든 손을 들어올려 인사를 하며 중얼거렸다.

"음, 힘을 너무 줬군."

"대단해요! 화살에 오러를 주입한 건가요?"

로엔이 신기하다는 듯 물었다.

"아니, 활에 오러를 주입하는 거란다. 오러의 힘으로 탄성을 강화시키는 거지."

"탄성을 강화한다고요?"

"음, 검의 오러는 날카로움을 강화하는 데 쓰이지. 하지만 몸을 보호하는 오러는 질김과 단단함을 강화하거든. 그러니까 활에는 탄성을 강화시켜서 화살의 힘을 늘릴 수 있단다."

"그런가요? 저는 전혀 몰랐어요."

"마스터는 되어야 알 수 있다. 하지만 수련을 하면서 오러의 성질에 대해 계속 생각하면 조금은 도움이 될 거다."

"예."

로엔은 그렇게 말하면서 바로크 백작 쪽을 보았다. 백작께서는 아세요? 그런 질문이 담겨 있는 눈빛이었다.

그러나 바로크 백작은 살며시 고개를 저었다. 오러의 성질을 조절하여 활의 탄성을 강화한다는 것은 금시초문이었다.

'탄성의 강화, 질김의 강화, 탄성의 강화, 질김의 강화……'

그는 혹시라도 잊어버릴까 봐 연신 중얼거리고 있었다. 새로운 수련에 대한 길이 열릴지도 모른다는 생각으로 흥분하였다.

에고른 역시 크게 감동한 얼굴로 고개를 끄덕였다.

그의 경우에는 마법의 활을 가지고 있어서 유명해졌지만, 사실 검법에 비해 궁술은 기사들에게 있어서 어느 정도 천시되어 온 것이 사실이다.

검은 마스터라는 궁극의 경지가 있는데 궁술은 그렇지 못하기 때문이다. 일단 마스터가 되면 화살은 거의 위협이 되지 못하는 것도 큰 이유다.

그런데 만약 화살로 방금 레오가 보인 수준의 파괴력을 보일 수만 있다면 마스터라고 해도 무사할 수 없다! 에고른은 입술을 가볍게 깨물었다. 그리고는 바로크 백작을 보았다.

바로크 백작은 에고른의 눈을 보고는 그의 심중을 파악했는지 가능하다는 듯 무겁게 고개를 끄덕였다.

그것은 에고른의 일생을 결정짓는 고갯짓이었다.

하지만 지금 해야 할 일은 사냥이다. 레오가 다음 사냥감을 노리고 말을 달리기 시작했다. 그들은 바로 정신을 차리고 열심히 레오의 뒤를 따랐다.

"궁기사?"

"예, 저는 검을 포기하고 궁술에 대한 수련에 몰두하고 싶습니다. 폐하께서 보여주신 것처럼 오러로 활의 탄성을 강화할 수만 있다면, 궁술을 전문으로 하는 기사인 궁기사가 탄생할 수도 있다고 봅니다."

"그런가? 알았다."

레오는 에고른과 바로크가 찾아온 이유를 듣고는 단번에 승낙했다. 사실 에고른이 검 수련을 그만두고 궁술에 전념하든 말든 그는 전혀 상관할 마음이 없었다.

그러나 일반적으로 기사는 검을 수련해야 한다. 도끼도 가능하지만 둔기는 안 된다. 오러를 수련하는 방법은 오직 검이나 도끼, 그리고 아주 드물게 창에만 있기 때문이다.

궁이라는 것은 일반 병사의 병과에 불과하다. 기사가 궁을 수련하는 것은 일종의 취미 생활이라는 것은 상식이다.

그런 만큼 검의 수련을 그만두겠다는 것은 기사를 때려치우겠다는 것과 같은 의미이기에 주군에 대한 불충일 수 있었다.

"허락해 주셔서 감사합니다, 폐하."

에고른은 레오의 호쾌한 승낙에 감동하여 깊이 고개를 숙였다. 레오는 뭐 그렇게까지 감동하는지 이해할 수 없다는 표정으로 형식적으로 그의 인사를 받았다.

그리고는 할 말 다 했으면 이제 가보라는 듯 고개를 돌려 네로를 보며 손가락으로 목을 간질였다.

하지만 에고른은 갈 수 없었다.

"저, 그런데 말입니다, 폐하."

"뭐지?"

또 뭐지? 라고 들렸다. 에고른은 긴장했다. 그도 요즘 레오의 기분을 살피는 능력이 생기기 시작했는데, 지금 황제의 기분은 최악이라고 할 수 있었다.

'그냥 갈까?'

본능은 그렇게 하라고 속삭이고 있었다. 황제의 심기를 거슬리는 것은 신하 된 도리가 아니다.

그러나 다른 한편으론 가슴속에서 불처럼 피어오르기 시작한 욕망이 죽어도 포기하지 말라고 강력하게 주장했다.

지금을 놓치면 넌 평생 후회할 거다. 응석을 부려라! 상대가 황제라고 해도 할 때는 해야 한다!

에고른은 스스로 평생을 지켜온 예의와 범절, 그리고 충의에 정면으로 반하는 이 불길의 부르짖음에 놀랐지만, 결국 그것에 따르기로 결심했다.

탁!

두 손을 세차게 탁자 위에 올려놓은 에고른은 반쯤 허리를 숙인 채 레오에게 사정하듯 말했다.

"가르쳐 달라고는 하지 않겠습니다. 한 번만 보여주십시오."

"뭘 말인가?"

"폐하께서 화살을 쏘시면서 할 수 있는 경지를 보고 싶습니다."

"응? 경지?"

레오는 무슨 소리인가 하고 잠시 이해할 수 없다는 표정을 지었지만 곧 고개를 끄덕였다.

"알았다. 그럼 가자."

"예!"

통했다! 에고른은 기쁨에 겨운 목소리로 대답했다. 이미 중년을 넘어선 나이이지만 어린아이처럼 심장이 두근거리기 시작했다.

바로크 백작도 역시 같이 오기를 잘했다고 생각하면서 얼른 레오의 뒤를 따랐다.

원래 그가 에고른과 같이 온 이유는 궁기사가 경지에 오르면 마스터에게도 위협이 될 수 있는 존재라는 것을 레오에게 말하여 에고른이 궁 수련을 할 수 있도록 응원하는 것이었다.

그런데 이제 레오의 궁술을 보게 되었으니, 그걸 검에 응용할 수 있는가를 연구해 보기로 했다.

두 사람 다 알고 보면 자신의 검과 활에 미쳐 있는 무관이라고 할 수 있었다.

레오는 그들을 이끌고 황제 전용 수련장으로 갔다. 넓은 잔디밭에 갖가지 무기와 수련 시설이 완벽하게 구비되어 있는 곳으로, 근위기사들의 수련장 바로 옆에 있었다.

레오는 벽에 걸려 있는 활 중 하나를 되는 대로 잡은 다음에 말했다.

"생각나는 대로 하나씩 해보일 테니 잘 봐라. 한 번씩만 하겠다."

그리고는 화살통에서 열 대의 화살을 꺼냈다. 에고른은 그걸 보고 무려 열 가지나 되는 기술을 보게 되었다고 속으로 좋아했다. 그런데 레오는 그 열 대의 화살을 모두 한꺼번에 활에 걸었다.

끼이이익, 파파파파파파팍!

"앗!"

가볍게 당겼다가 놓아진 활에서 열 대의 화살이 동시에 발사되었다. 그런데 놀랍게도 그 열 대의 화살은 모두 움직임이 달랐다.

콰콰콰콰쾅!

전면에 있는 과녁판이 흔적도 없이 사라져 버렸다. 그리고 그 뒤에 있던 유탄 방지용 벽도 산산조각이 되어 무너졌다.

"활의 탄성을 강화하는 것은 알고 있겠지? 동시에 다른 한쪽 손으로 화살에 오러를 주입한다. 다른 성격의 오러인데, 회전을 시키거나 폭발하거나 하는 등의 힘이다. 단지 이것은 오러가 손을 떠나서도 유지되지 않으면 쓸 수 없는 기술이다."

에고른은 아무런 말도 하지 못했다.

레오의 말을 잘 음미해 보면 방금 쏜 열 개의 화살에 모두 다른 성질의 오러가 주입되었다는 것 같았다.

그러나 어떤 성질인지는 물론이고, 오러가 손을 떠나서도 유지된다는 것은 더 더욱 이해할 수 없었다.

"그 다음."

레오는 다시 활을 당겼다. 그런데 화살이 없었다.

숙, 쾅!

전면에 있는 바위가 산산조각이 나버렸다. 활을 퉁기기만 했는데 무엇인가가 발사되었다. 눈에 보이지 않는 화살인가? 에고른은 그렇게 생각하며 레오를 보았다.

"순수한 오러로 뭉쳐진 화살을 만들어서 쏜 거다. 다음."

"잠깐만 기다려 주십시오."

바로크 백작이 급히 레오를 만류했다.

"왜 그러지?"

"혹시 지금 폐하께서 보여주신 경지는 마스터의 경지를 넘어서는 것이 아닙니까?"

"응? 음, 그런가?"

생각해 보니 소위 말하는 마스터의 오러를 다루는 수준으로는 지금의 수법을 쓰지 못할 것 같았다. 레오는 순순히 인정했다.

바로크는 역시 그랬군이라 생각하며 안도의 한숨을 쉬었다. 만약 궁술로 이러한 경지를 보일 수 있다면, 마스터라고 해도 절대 감당하지 못한다.

에고른 역시 안도의 한숨을 쉬었다. 어떻게 되는지 짐작이라도 할 수 있어야 연구를 해볼 텐데 레오가 보여준 경지는 도무지 상상도 가지 않았다. 그는 얼른 레오에게 말했다.

"조금 낮은 수준이 필요합니다. 마스터의 경지에 오르기 전의 사람이나 마스터가 된 사람이 수련해야 할 궁술 말입니다."

"그런 게 어디 있지?"

"예?"

"들어본 적도 없다, 마스터용의 궁술이라는 것은."

"아, 그게……."

레오의 말은 사실이다. 그렇기에 에고른이 염치불구하고 레오를 조른 것이 아닌가?

레오는 말했다.

"있다면 어제 내가 보여준 활에 오러를 주입하여 탄성을 강화하는 것뿐이지. 그럴 경우 화살을 통째로 강철로 만들어도 충분히 쏠 수 있거든. 그걸로 충분하지 않나?"

"화살의 활대까지 강철로 만든다는 말씀이십니까?"

그건 정말로 공성용 발리스터 수준의 화살이라고 할 수 있다. 그걸 그냥 화살처럼 다룰 수 있다면 충분히 인생을 걸 만하다.

에고른의 눈은 미래의 목표를 찾아 빛났다. 생각해 보니 활에 오러를 주입하는 것을 연구하는 데에도 평생이 걸릴 것 같았다. 일단 그게 된 후에 다른 생각을 하는 것이 나을지도 모른다.

"그래, 그 이상은 나도 모른다."

레오는 그렇게 답하고는 괜히 시간 낭비했다고 생각하며 자신의 침실로 걸어 들어가기 시작했다.

모처럼 저 딱딱한 성격의 에고른이 부탁하기에 큰 맘먹고 어떻게 하는지 가르칠 순 없지만 보여줄 수는 있겠다는 생각에 시범을 보였다. 그런데 알고 보니 에고른이 원한 것은 어제 보여준 거였다.

'잠이나 자고 나중에 조용히 사상이나 가야겠군. 그리고 더 이상 하이번에게 사냥 얘기는 안 해야지.'

레오는 밤에 조용히 가출을 해서 혼자 사냥을 즐기기로 결심하고는 그때를 대비해서 자기로 했다.

며칠 후, 에고른은 기사들 중 궁술에 관심이 있는 여섯 명을 모아 정식으로 궁기사단을 발족했다. 그들이 가장 우선으로 삼는 무기는 검이 아니라 궁이었다.

사람들 중에는 그런 그들을 비웃는 자도 있었다. 그러나 사냥터에서 레오의 신위를 본 사람들은 에고른의 마음을 이해했다. 그리고 깊은 관심을 가지고 그들의 수련을 지켜봤다.

블루 호크 궁기사단, 에고른과 여섯 명의 기사가 세운 이 기사단이 가야 할 길은 결코 쉽지 않은 험로라 할 수 있었지만 그들에게는 신념이 있었다.

보우 마스터, 그것이 과연 존재하는지는 모르지만 존재하기만 하면 꼭 자신들 중에서 탄생하리라! 그것이 그들이 푸른 매의 깃발 앞에서 한 맹세였다.

                    *   *   *

사박, 사박.

"네로야, 조용히 걸어야 목표가 알아차리지 못한다."

야옹.

네로는 더럽고 치사하다는 표정을 지으며 걸음을 멈추고 레오의 어깨 위로 뛰어올랐다.

'무슨 인간이 숲에서 걷는데 발소리도 나지 않지?'

고양이로 변한 자신의 소리가 오히려 더 크게 난다는 것은 정말 수치였다. 그래, 너 잘났다 라고 속으로 욕을 했지만 상대가 상대이니만큼 대놓고 불평할 수도 없다.

그녀는 그저 레오의 어깨 위에서 뾰루퉁한 표정을 지은 채 그가 노리는 표적을 보았다.

슈욱, 팍.

사슴 한 마리가 레오가 쏜 화살에 정확하게 목이 뚫려 쓰러졌다. 고통을 느낄 사이도 없이 즉사했을 것이다. 레오는 만족스러운 듯 미소 띤 얼굴로 말했다.

"고기가 마련됐군. 그럼 구워볼까?"

그리고는 즉석에서 나뭇가지를 모아 모닥불을 피웠다. 칼을 꺼내 가죽을 벗기고 살을 발라내는 것은 정말 순간에 가까울 정도로 빨랐다.

미리 준비해서 가지고 나온 향초를 고기에 바른 후 나뭇가지에 꽂아 구웠다. 숙련된 모습이 마치 사냥을 업으로 하는 사람과도 같았다.

일단 고기가 익기 시작하자 레오는 곧 술병을 꺼내 벌컥벌컥 마셨다.

"후아! 바로 이 맛이지."

술이 한잔 들어가자 기분이 좋아지면서 과거의 추억이 새록새록 되살아났다.

옆에서 지켜보고 있던 네로가 너 황제 맞아? 라고 묻는 표정으로 보고 있는 것은 조금도 상관하지 않았다.

16세까지 영지에서 지낸 시간은 그에게 있어서 정말 소중하고, 더불어 가장 행복한 기간이었다.

술을 몇 모금 마시고 고기를 먹으니, 그 맛이 황궁의 진미도 따라올 수 없을 정도였다. 레오는 다시 사슴의 고기 한 덩어리를 나뭇가지에 꽂아 불 위에 걸었다.

"으음, 혼자서 하려니 불편하군. 그렇다고 딱딱한 놈들을 데려올 수도 없고."

레오는 한탄했다. 수많은 수하들 중에 같이 사냥을 나올 인재가 없다니?

황제인 자신이 손수 고기를 굽는다는 것은 문제가 있지 않은가? 어렸을 때 영지의 공자로 있을 때에도 부하들이 알아서 구워서 가장 맛있는 부분을 대령하면 그는 먹기만 했다.

하지만 어쩔 수 없다. 과거 자신의 부하들은 대부분 평민들이라 지금은 수도 방어 성채에서 고참 병사로 지내고 있었다.

그곳까지 갈 수는 없기에 기사들 중에서 골라야 하는데, 귀족인 기사는 이런 사냥에 어울리지 않았다.

라이안 같은 놈은 황궁을 빠져나오자고 말하면 거의 기절을 할 거다. 거절이야 하지 않겠지만, 이런 짓을 할 경우 항상 불안한 얼굴로 긴장하고 있을 것이 틀림없는 놈과 같이 일을 벌일 수는 없다.

피터슨은 조금 낫다. 하지만 공교롭게도 그는 술을 잘 마시지 못한다.

"쓸 만한 놈이 없군."

필요할 때에 쓸 수 있는 신하가 없으니 제국의 황제도 다 헛것이라는 생각이 들었다.

"휴케바인을 불러야겠군."

레오는 자신을 대신해서 고기를 구울 사람이 필요했다. 그리고 보증수표처럼 확실하게 자신의 시중을 잘 드는 남자를 한 명 알고 있었다.

술을 준비하는 것도, 고기를 굽는 것도 휴케바인보다 잘하는 사람은 별로 없다.

그가 현재 제국에서 가장 높은 작위를 가진 사람 중 한 명이라는 것은 조금도 생각하지 않았다. 사실 휴케바인 자신도 별로 신경을 안 쓰고 있을 것이다.

야옹.

그나마 상식적이라고 스스로 믿고 있는 네로가 레오를 말리기 위해 울었다. 그놈은 신혼이야. 그리고 공작이라고! 그 많은 의미가 울음소리 속에 함축되어 있었다.

하지만 레오에게는 그녀의 울음소리가 찬성의 표시로 들렸다.

"그래, 역시 그놈이 있어야 편하지. 부르자."

레오는 그렇게 말하며 네로의 목을 간질렀다.

야옹! 그륵그륵.

네로는 아니라는 듯 목을 저으며 계속 울려고 했지만, 결국 레오의 집요한 손가락 놀림에 될 대로 되라는 심정이 되어 포기했다.

그로 인해 휴케바인의 귀환이 결정되어 버렸다. 아무도 짐작하지 못한 이유였다.

"그럼, 갈까?"

식사를 끝낸 레오는 잠시 밤하늘의 별과 두 개의 달을 감상하다가 슬슬 돌아갈 때가 되었다는 듯 발에 기를 모아 모닥불을 끄며 말했다.

그래도 며칠씩 외박을 할 생각은 없었다. 과거의 영지 생활이나 지금의 황제 생활이나 같은 패턴으로 움직이기로 결심한 이상 나올 때는 마음대로이지만, 그래도 잠은 집인 황궁에서 잘 것이다.

그런데 그때 레오의 감각에 무엇인가가 잡혔다.

"응?"

황제의 숲이다. 아무도 들어올 수가 없다. 들어오면서 숲지기의 몸에 약간의 충격을 주었기 때문에 날이 밝을 때까지 절대로 깨어나지 못한다. 그렇다면?

레오는 웃었다. 그리고는 조용히 네로를 어깨 위에 얹고 걸음을 옮기기 시작했다.

사사사사사.

바람을 가르는 소리가 희미하게 울려 퍼졌지만, 그것은 레오의 귀에나 들릴 정도로 미약한 소리였다. 그나마 레오가 주의를 하지 않아서 발생하는 소리였다.

'저기군.'

레오는 커다란 나무의 그늘 아래 몇몇 사람이 모여 있는 것을 볼 수 있었다. 그들 중 몇 명은 가죽 갑옷을 입고 무기를 지니고 있었다. 많이 보던 차림과 행동, 레오는 그들이 도둑임을 알 수 있었다.

'킬번의 부하들인가? 그놈이 설마 내 허락도 받지 않고 숲을 이용하고 있었나?'

만약 그렇다면 약간의 벌을 가해야 한다. 허락을 구하고 쓰는 것과는 엄연한 차이가 있는 것이다.

레오는 귀를 기울여 그들의 대화를 듣기 시작했다.

"보스의 귀환이 가까워졌다. 모두 긴장하도록."

"드디어 돌아오시는군요. 그분께서 돌아오시면 조직이 다시 살아날 것입니다."

"아무렴, 지금처럼 도둑 길드에 눌려 눈치를 보며 살지 않아도 되지."

"하하하, 그분의 능력이면 도둑 길드를 뒤집어엎고 우리가 헬룬을 장악할 수도 있을 걸세."

"정말입니다. 무엇보다 우리가 이렇게 황제의 숲에서 모임을 가지는 것도 그분의 결단이 아닙니까?"

"그러게 말이야. 정말 이곳은 아무도 오지 않으니 숲지기만 잠재우면 최고로 은밀한 장소라고 할 수 있겠군."

레오는 크게 호기심이 이는 것을 느꼈다.

'킬번의 경쟁자인가? 세력 다툼이라, 재미있군.'

그들의 싸움에 끼어들 생각은 없었다. 도둑 길드 간의 세력 다툼에 외부의 사람이 끼어들면 안 된다는 것은 아주 기초적인 상식이다.

단지 킬번에게 누군가가 수도의 도둑 길드를 장악하려 하고 있다는 것 정도는 말해줄 수도 있다.

그리고 승리자는 자신에게 인사를 하러 오라고 미리 선언한다. 그때 킬번의 얼굴이 볼 만할 것이다.

'아니지, 그게 아니야. 구경만 하다니? 좋지 않아.'

레오는 그렇게 생각하며 그들의 얼굴을 살폈다.

'저놈들을 내가 접수하자. 저놈들이라면 충분히 쓸 만할 거야.'

황제의 숲에서 비밀 회의를 할 정도로 대담한 놈들이다. 일단 굴복시켜서 부하로 삼은 다음, 심심할 때마다 이곳에서 사냥을 할 때 부려 먹으면 편할 것 같았다.

그리고 나중에 짬을 봐서 아예 헬룬의 뒷거리를 장악하면 신분을 감추고 놀러 나왔을 때 좋을 것 같았다.

'음, 이거야. 영지의 동네를 장악했던 것처럼 이곳도 장악하는 거지.'

레오는 과거의 추억에 빠졌다. 그리고는 나무 아래에서 비밀 집회를 하는 자들의 회의가 끝나기를 기다려 그들 중 가장 지위가 높아 보이는 자를 미행하기 시작했다.

일단 레오가 마음먹고 미행을 시작하니 상대는 알 도리가 없었다. 아무리 용의주도하게 빈 집을 몇 차례나 지나쳐 뒷문으로 빠져나가도 레오는 놓치지 않았다.

결국 레오는 날이 밝을 무렵 그가 최종적으로 들어가 침대에 누워 잠자리에 든 집을 확인하고는 황궁으로 돌아왔다.

다음날부터 매일 밤 레오의 외출은 시작되었다. 밤만 되면 사라져 날이 밝은 후에야 돌아오는 레오를 보며 궁 안의 사람들은 온갖 상상의 나래를 폈다.

그중 압도적인 예상 평은 '새로운 여자가 생겼다'였다. 그러나 몇 명의 측근들은 절대로 아닐 것이라고 생각했다. 왜냐하면 항상 네로와 같이 사라졌기 때문이다.

　결국 며칠이 지났을 무렵, 로엔의 부탁을 받은 유스가 레오를 찾아가 물었다.

　로엔이 직접 묻지 못한 것은 혹시라도 레오가 정말로 여자를 만나러 가는 것인지도 몰랐기 때문이다.

　"매일 밤마다 외출을 하신다고 들었습니다."

　유스는 아예 대놓고 물었다.

　"그렇다."

　레오는 딱 부러지게 시인했다.

　"이유를 들을 수 있을까요?"

　"놀러 나갔다고 해야겠지."

　"놀러… 말입니까?"

　"그렇다."

　유스는 잠시 말을 멈췄다. 마음을 가라앉히고 냉정하게 레오의 얼굴을 살폈다. 그리고는 곧 조심스럽게 물었다.

　"혹시 과거 영지에서의 놀이와 비슷한 것입니까?"

　"……."

　레오는 대답하지 않았다. 유스는 가볍게 한숨을 쉬고는 정중하게 인사를 하고 방을 나섰다. 그리고는 그 길로 하이번을 찾아갔다.

　"밤거리를 장악하신다고요? 폐하께서 말입니까?"

　하이번은 그야말로 자신의 귀를 의심했다. 황제가 뭐가 아쉬워서 밤의 거리를 장악하려 한단 말인가?

그러나 유스는 레오의 과거를 모두 알고 있는 사람이다. 오직 흑사자로서의 레오만을 알고 있는 하이번에게 그가 어린 시절을 어떻게 보냈는지 차분하게 설명했다.

"아무래도 과거 영지에서의 놀이를 다시 시작하신 것 같소. 문제는 그때는 신분을 들켜도 크게 상관이 없었지만, 지금은 폐하의 신분이 드러나면 별로 좋지 못할 것 같다는 생각이 드는구려."

"그거야 말할 필요도 없지요. 무슨 수를 써서라도 폐하께서 그 일을 포기하시도록 막아야 합니다."

황제가 알고 보니 뒷골목의 두목이었다, 라고 한다면 그야말로 난리가 난다. 특히 하이번이 필사적으로 추진하고 있는 흑사자의 신성화는 완벽하게 깨진다고 봐야 한다.

하이번은 등에서 식은땀이 흐르는 것을 느꼈다. 다섯 왕국을 일제히 쳐서 정복하는 계획을 짤 때에도, 그 다음에 다시 원정군을 진군시키는 작전을 수립할 때에도 이토록 위기감에 빠지지는 않은 것 같았다.

'으으으, 역시 폐하께서는 인간의 상식으로는 제어할 수 없는 분인가? 요즘에는 비교적 잘되어간다고 생각했는데.'

하이번은 이런 식으로 뒤통수를 치는 레오를 원망하는 마음이 들었다. 하지만 이런 식으로 상상하지 못했던 일이 벌어지리라는 것은 항상 예상하고 있었지 않은가?

단지 정말로 생각지 못한 일이었기에 순간적으로 당황했을 뿐이다.

그는 곧 안색을 가다듬고 유스에게 말했다.

"알겠습니다. 나름대로 대처 방안을 마련하겠습니다."

어느새 그의 얼굴은 평소와 다름없는, 약간은 건방지게 보일 정도로 여유로운 미소를 짓고 있었다. 유스는 그런 하이번을 계속 지켜보다가 문득 생각난 듯 말했다.

"만약에 경이 마법을 배웠다면, 나보다 훨씬 높은 경지에 도달했을 것이오."

유스가 보기에 하이번은 그가 그토록 노력해서 겨우 어느 정도 익숙해진 감정의 조절을 천부적으로 타고난 것 같았다.

머리가 좋은 것은 천하가 다 아는 일이니 만약 마나에 대한 상성만 좋다면 고위 마법사가 되는 것은 그다지 어렵지 않을 것 같았다.

그러나 하이번은 별말씀을 다 한다는 표정을 지으며 대답했다.

"저는 마나에 대한 상성이 별로 좋지 못합니다. 마법사의 자질이라는 게 누구나에게 다 있는 것은 아니지요."

"그렇구려. 허허허."

유스는 미안한 듯 웃음을 지으며 고개를 끄덕였다. 하지만 하이번은 속으로 덧붙였다.

'속여서 죄송합니다, 유스 경.'

사실 그는 마나에 상성이 극히 좋아 궁중 마법사가 하이번의 아버지에게 그를 제자로 달라고 몇 번이나 간청했던 적도 있다. 기사보다는 오히려 마법사로서의 자질이 높았다.

그러나 그가 선택한 것은 어디까지나 기사의 길, 마법사인 유스의 자존심이 상하지 않도록 하기 위해 거짓말을 한 셈이다.

사람들은 자신이 가지지 못한 재능을 가진 자를 원망한다. 그런 자는 남의 위에 서서 지휘를 할 수 없다.

마법사란 존재는 신비와 경외의 대상이지만 대부분의 기사들에게 있어서 충성의 대상이 될 수는 없었다.

검은 누구나 다 수련할 수 있다. 그렇기 때문에 검으로 높은 경지에 이르면 높은 경지에 도달하지 못한 백 명의 사람들에게 마음속으로부터 인정을 받는다.

그러나 마법은 천 명의 사람 중에 하나도 수련하기 힘든 학문, 수련이 아무리 힘들어도 사람들은 마법사들을 별개의 존재로 본다. 그리고 일종의 선택받은 운 좋은 사람으로밖에 평가하지 않는다.

하이번은 열 살도 되기 전에 제왕학과 용병학에 대한 책을 읽고 이해할 수 있었기에 마법사는 결코 되지 않기로 결심했다.

그리고 마법보다 더 오묘하고 어려운, 사람을 다루는 법을 연구했다. 그것은 바로 병법과 처세술이었다.

하지만 그걸 알 수 없는 유스는 자신은 미처 인식하지 못했지만 하이번에 대한 호감을 더욱 증가시킬 수 있었다. 마법사도 하이번의 처세술을 피하지 못한 셈이다.

"허허허, 그럼 나는 이만 가보겠소. 바쁜 시간에 실례가 많았구려."

"천만의 말씀이십니다. 중요한 정보를 신속하게 전해주셔서 큰일이 일어날지도 모르는 상황을 미연에 방지하게 되었습니다."

유스는 웃으면서 하이번과 이런저런 담소를 나누다가 그의 집무실을 나섰다. 하이번이 그 건에 대해서는 자신이 알아서 하겠다고 말한 이상 무슨 수를 쓸 것이라고 믿었다.

하이번도 유스의 믿음을 저버릴 생각이 없었다. 유스가 나가자마자 그는 즉시 비서를 불렀다.

"부르셨습니까?"

"이 서신을 킬번 상회에 전하도록."

"알겠습니다."

비서는 하이번이 준 편지를 들고 밖으로 나갔다. 킬번 상회는 요 근래에 두각을 나타내고 있는 곳으로, 그들의 적극적인 투자는 제국 경제에 상당한 도움이 되고 있었다.

그러나 한편으로는 다른 귀족들의 견제를 받을 정도로 그 세력이 강해지고 있는데, 그럼에도 불구하고 그들은 언제나 새로운 사업을 벌였다.

그런 이유로 사람들은 킬번 상회의 뒤에는 어떤 고위 귀족의 도움이 있을 것이라고 조심스럽게 추측하고는 했다.

물론 그들의 추측은 어느 정도 들어맞았다고 할 수 있다. 그러나 레오와 하이번이 킬번 상회의 뒤에 있다고는 아무도 예상할 수 없는 일이기도 했다.

일단 편지를 보낸 하이번은 곧 다른 일을 처리하기 위해 쌓여 있는 서류를 한 장 한 장 읽기 시작했다. 그러면서 그는 혼잣말을 하듯 중얼거렸다.

"자, 킬번, 어서 오시는 것이 좋을 겁니다. 안 그러면 그대의 길드가 상당히 곤란해질지도 모르니까요."

레오가 수도의 밤거리를 장악할 경우 필연적으로 연관이 되어야만 하는 남자, 그 당사자가 바로 킬번이었다.

하이번은 당사자에게 이 정보를 알려주는 것으로 일이 원만하게 해결될 것이라고 판단했다.

❖ Chap 3 ❖
새로운 도둑 길드장

새로운 도둑 길드장

레오는 오늘도 여느 때와 같이 밤에 황궁을 빠져나가 해가 하늘 높이 뜨고서야 돌아왔다. 황궁 내에서 그의 외유는 이미 공공연한 비밀이었기에 아무도 걱정하지 않았다.

단지 하이번이 소문이 황궁 밖으로 퍼지지 않도록 필사적으로 막고 있을 뿐이었다.

"폐하, 돌아오셨습니까?"

로엔은 아침 수련을 마치고 내궁으로 들어오다가 레오를 보고 반갑게 인사를 했다.

"그래, 수련이 끝났나 보구나. 같이 식사를 하자."

딱 아침 식사 시간이다. 요즘 레오와 로엔은 같이 아침 식사를 먹는 경우가 많았다.

그 대신 점심과 저녁은 로엔 혼자 먹게 되었다. 왜냐하면 아침 식사를 마친 레오가 완전히 밤이 될 때까지 침실에서 나오지 않기 때문이다.

　밤과 낮이 바뀐 생활을 주침야활이라고 한다. 그것이 바로 요즘 레오의 새로운 생활 패턴이었다.

　"말씀하신 조직이 상당히 커다란 규모인가 보네요? 삼촌께서 아직 손을 쓰시지 않으시는 것을 보면요."

　로엔은 앞에 놓인 스테이크를 네모 반듯하게 자르며 슬쩍 물었다.

　황제의 명으로 일단 식사가 나오면 시중을 드는 하녀들은 모두 밖으로 나가기 때문에 식당에는 레오와 로엔, 그리고 네로만이 있었다.

　이런 상황에서는 자연스럽게 친밀한 단어를 구사하는 로엔이었다.

　"응, 예상외더구나. 아주 은밀하고, 또 조직원들의 능력도 쓸 만한 수준이다."

　"킬번님이 힘드시겠군요."

　"그놈에게 존칭 쓰지 마라. 아마 네가 존칭을 쓰면 오히려 그가 크게 부담스러워할 거다."

　"그런가요? 알겠습니다."

　"아무튼 킬번, 그놈도 방심하면 당할 만큼 뛰어난 조직이더라."

　레오의 말에 로엔은 입에 넣은 스테이크 조각을 삼키며 잠시 생각에 잠겼다. 적어도 삼촌인 레오가 칭찬을 할 정도면 정말로 뛰어난 자들이 그 조직에 있을 것 같았다.

　"언제 그들을 장악하실 거예요?"

　솔직하게 말하면 따라가고 싶었다. 그러나 그건 불가능하다. 로엔은 단지 레오가 어떻게 수도의 밤거리를 장악하는지 자세히 알고 싶었다.

하이번이 뭐라고 말해도 레오가 하는 일은 로엔에게 있어서 모두 멋있어 보였기에 말릴 생각도 없었다.

레오는 그런 로엔의 눈빛에서 얘가 또 쓸데없는 데 흥미를 가지는구나, 하고 속으로 한숨을 쉬었다.

로엔만큼은 형님처럼 뛰어난 영주, 지금은 황제감으로 교육을 시켜야 한다고 생각했다.

그러나 자신의 일에 흥미를 가지는 조카를 나무랄 수는 없다. 레오는 지나가는 말투로 말했다.

"글쎄, 사실 언제 하든 상관없지만 현재 그 조직의 보스란 놈이 헬룬에 없어서 기다리는 중이지."

"두목이 없다고요?"

"다른 왕국으로 갔다고 하더군. 지금은 세 명의 장로들에 의해 유지되고 있는 상황인가 보더군."

"다른 왕국이요? 그럼 단순한 수도의 조직이 아닌 인근 왕국에서 세력을 형성한 건가요?"

"그럴지도 모르겠다. 조직의 기밀을 유지하는 방법이라던가 하는 게, 오히려 현재 도둑 길드보다 체계적인 부분도 있더라. 그래서 그런지 도둑 길드 쪽에서는 아직 이 조직의 존재도 모르는 상황이거든."

로엔은 레오의 말에 문득 의문이 생겼다. 그런 은밀한 조직을 삼촌은 어떻게 찾아냈을까? 아이는 머리 속의 의문을 바로 입으로 꺼낸다. 로엔도 그런 면에서는 아직 성인이라고 할 수 없었다.

"삼촌은 어떻게 그 조직을 알게 되셨어요?"

"응? 아, 그거야 대충 찾으니 있더라."

레오는 자세한 설명은 비밀이라는 듯 얼버무렸다. 황제가 황제의 숲에서 몰래 사냥을 하다가 마찬가지로 불법 침입자를 발견했다.

그런데 그자들을 잡는 것도 아니고, 오히려 수하로 거두려 했다고 설명을 하기에는 아무리 레오의 뻔뻔스러운 신경이라고 해도 쉬운 일이 아니었다.

로엔은 약간 불만스러운 표정을 지었지만 곧 평소의 레오의 성격을 생각해 내고는 다시 미소를 지었다.

'하기야 삼촌의 경지로 사람을 찾으려면 누구를 못 찾겠어? 그 경지를 나에게 설명하기가 힘드신 걸 거야.'

최소한 검기라도 다룰 수준이 되어야 그나마 레오의 대화 상대가 될 수 있다. 로엔은 그렇게 생각하고 있었다.

그 후 몇 마디의 담소를 동반한 식사가 끝나자 레오는 곧 자리에서 일어나 그대로 침실로 향했다. 더 이상은 졸음을 참기 힘들었다. 참고 싶지도 않았다.

로엔은 삼촌에게 인사를 하고 행정부로 일을 처리하러 갔다. 뭔가 역할이 뒤바뀐 그들이었지만, 두 사람 다 그걸 신경 쓰지 않았다.

얼마가 지났을까? 레오는 눈을 떴다. 뒷목이 뻐근한 것이 조금 더 잠을 자고 싶었다. 그러나 몸을 일으키며 한 손으로 잠시 목과 어깨를 주무르자 거짓말처럼 전신에 활력이 돌았다.

"밤인가? 나갈 시간이군."

그의 감각이 어제와 거의 같은 시각에 일어났다고 알려주고 있었다.

야옹.

어느새 네로도 잠에서 깨어나 어두운 방 안에서 투명하게 빛나는 두 눈으로 레오를 보고 울었다.

신기하게도 그녀는 레오의 머리맡에서 자다가 그가 깨어나면 즉시 같이 깨어났다. 가끔씩은 졸린 듯 레오의 어깨에 올라탄 채 다시 잠들기도 했지만 일단 눈을 뜨는 것만큼은 확실했다.

"갈까?"

야옹.

휘익, 턱.

레오의 말에 네로는 짧게 울며 그대로 레오의 어깨 위에 올라탔다. 일단 어깨 위에 오르면 용케도 균형을 잡아 그 위에서 웅크리거나 서거나 엎드려서 몸을 뒤집기도 하는 그녀였다.

레오는 옷을 입고는 침실의 문을 열고 나왔다. 바깥에는 근위기사들이 대기하고 있었지만 그들은 레오를 말릴 수 없다. 말리면 그대로 기절시켜 버리기 때문에 이제 그들도 황제의 외출을 그냥 인정하는 태도였다.

그런데 오늘은 근위기사 말고도 또 한 사람이 대기하고 있었다.

"어르신을 뵙습니다!"

킬번은 레오가 나오자마자 알현을 하는 것만으로도 그저 영광이라는 듯 넙죽 엎드리며 말했다. 그것은 완벽한 오체투지의 자세였다

레오는 의외라는 듯 그를 보고 물었다.

"넌 또 웬일이냐?"

"위대하신 어르신께서 송구스럽게도 제 구역에 자리잡은 자들을 발

견하시어, 둔한 저를 위해 그들의 뒤를 캐고 계시다는 말을 들었습니다."

"응?"

레오는 킬번의 뜬금없는 말에 잠시 이해를 하지 못하고 고개를 갸웃거렸다. 그러나 곧 인상을 살짝 찡그리며 작은 목소리로 중얼거렸다.

"유스, 하이번, 이자들이 쓸데없는 놈에게 쓸데없는 소리를!"

엎드려 있는 킬번은 레오의 말을 분명히 들을 수 있었다. 그의 심장이 뛰었다.

위험하다. 어르신이 화를 내고 있다! 이럴 때에는 한시도 지체할 수 없다는 생각이 그의 뇌리를 스쳤다. 판단이 서자 그는 즉시 행동으로 옮겼다.

와락.

"어르신! 저를 벌하여 주십시오. 조그만 구역 하나 제대로 관리하지 못했습니다. 만약 그자들에 의해 기습을 당하기라도 했다면, 저는 당해도 싸지만 무고한 제 수하들만 속절없이 죽어나갔을 것 아닙니까? 조직을 제대로 관리하지 못하고 어르신께 수고를 하게 한 죄는 용서받지 못한 죄임을 압니다!"

"뇌라!"

퍽!

"어쿠!"

레오는 자신의 발을 붙잡고 매달리는 킬번을 사정없이 발로 찼다. 킬번의 몸이 허공에서 한 바퀴 뒤집히며 방 한쪽 구석에 처박혔다. 가볍게 찬 것 같은데 전신의 뼈마디가 모두 뒤틀리는 고통이 느껴졌다.

하지만 킬번은 고통에 굴하지 않았다. 그가 오늘날의 이 지위를 얻기까지 겪은 경험은 결코 만만한 것이 아니었다. 때에 따라서는 얼마든지 고통을 참을 수 있었다.

오히려 고통의 순간에도 항상 어르신에게 차이고도 멀쩡한 휴케바인의 강건함에 감탄했을 정도의 여유가 그에게는 있었다.

다다다다, 와락.

"어르신!"

빡!

"……!"

엎드린 자세로 다시 질주하듯 달려와 매달린 킬번은 두 번째 발길질에 비명도 지르지 못하고 그대로 기절했다.

아직 레오의 습관을 정확하게는 모르는 그였기에 한 번만 차이면 그 다음에는 대화로 해결할 수 있다는 것을 미처 몰랐다.

그래도 정신을 잃는 순간 두 번째 매달린 것은 실수였다고 그는 깨달았다.

발에 실린 힘이 세 배나 높아져서 거의 죽을 정도로 충격이 심했기 때문이다.

다음부터는 한 번만 차이고 그 다음에는 멀찌감치 엎드려서 말로 때워야지. 그는 그렇게 속으로 결심하며 정신을 잃었다.

과거 휴케바인이 몸으로 때워서 레오의 성격을 알아냈듯이 그도 똑같은 전철을 밟고 있는 것이다.

하지만 킬번의 노력은 그래도 모종의 성과를 거두었다고 할 수 있었다.

레오는 바닥에 완전히 대자로 뻗은 킬번을 보며 씁쓸한 표정을 지었다. 성격상 이런 식으로 매달리는 놈에게는 매정하게 대하지 못한다.

"수도 내에 두 개의 도둑 길드가 있으면 안 되겠지?"

그래도 도둑 길드의 규칙을 잘 알고 있는 레오는 혀를 차며 소파에 앉아 탁자에 놓은 꿀물을 벌컥벌컥 마셨다.

아무래도 킬번이 눈치를 챈 이상 그 조직에 대해 말을 해주어야 하는 것이 의리인 것 같았다.

그러나 막상 그렇게 생각을 하고 보니 정말로 킬번의 말대로 자신이 그를 위해 일부러 그 조직에 대해 열심히 조사를 한 것 같은 기분이 들었다.

솔직히 별로 그럴 마음은 없었다. 반대로 킬번을 골탕 먹일 생각은 강하게 있었다. 원한이 있거나 그런 것이 아니라 단지 장난을 치려는 생각이었지만, 일을 시작하기도 전에 들키니 기분이 좋을 리가 없었다.

벌컥벌컥.

꿀물을 큰 컵으로 하나 가득 마시니 약간은 기분이 좋아졌다. 레오는 다시 고개를 돌려 아직도 바닥에 쓰러져 있는 킬번을 보았다. 옆쪽에 서 있는 근위기사들이 곤란한 표정으로 레오의 눈치를 보고 있었다.

"깨워라."

"옛!"

다행히도 황제의 명이 떨어지자 그들은 얼른 킬번에게 다가가 그의 목 뒤와 심장 쪽의 근육에 자극을 가했다.

그러자 확실히 킬번도 단련된 자답게 약간만 몸을 풀어주자 즉시 정신을 차렸다.

"어르신!"

그는 아직 포기하지 않았다. 깨어나자마자 다시 달려들지는 않았지만 여전히 바닥에 넙죽 엎드린 채 비장한 어조로 레오를 불렀다.

레오는 그런 그를 거들떠보지도 않은 채 다시 컵에 꿀물을 따르며 나직한 목소리로 말했다.

"조용히 안 하면 정말로 죽여 버린다."

"넵!"

누구의 명이라고 거역하겠는가? 킬번은 짧게 대답을 하고는 완전히 머리를 박고 엎드린 채 조용히 있었다.

잠시 동안의 정적이 흘렀다. 일단 레오가 명을 내린 이상 그가 말을 꺼낼 때까지 아무도 입을 열지 않았다.

레오는 그동안 여러 가지 생각을 했다.

"그놈들을 어떻게 할 생각이냐?"

"규율에 따라 처리해야겠지요."

"두목은 제거하고, 부하에게는 선택권을 주고?"

"예."

"두목 놈은 살려서 숲지기를 시켜라."

"예?"

"그 조직이 움직이는 걸 보니 쓸 만한 놈인 거 같더라."

"예!"

킬번은 즉시 대답했다. 사실 그런 자를 살려두는 것은 그가 원하는 바가 아니지만 어르신이 그렇게 하라면 하는 수밖에 없다.

하지만 황제의 숲에서 숲지기를 하면서 레오의 사냥 시중을 드는 것은 어떻게 생각하면 가장 측근이 되는 것이기 때문에 마음에 부담이 되었다.

'쩝, 너무 심하게 하면 안 되겠군.'

킬번은 감히 자신의 구역에서 둥지를 틀려는 자들을 온화하게 상대해야 한다는 것에 약간 기운이 빠졌지만 얼른 마음을 비웠다. 그리고는 무척 비굴하게 웃으며 레오에게 물었다.

"그 두목이라는 자는 명성이 있는 자인지요? 혹시 제가 아는 사람인지 모르겠군요."

도둑 길드의 생리에 정통한 레오이다. 웬만큼 이름이 있는 자라면 레오도 알고 있을 것이다.

다시 말해서 이름있는 길드장이라면 한 번 이상씩 레오에게 털렸다는 뜻이 되지만, 결론적으로 레오는 대륙의 유명한 길드장은 모두 얼굴과 이름을 알고 있었다.

하지만 킬번의 예상과는 달리 레오는 고개를 저었다.

"모르는 놈인 것 같다. 팔콘이라는 놈인데, 도둑 길드 출신은 아닌 모양이더군."

"아, 예, 팔콘이란 별명으로 불린단 말씀이시군요. 도둑 길드 쪽에도 그런 별명을 쓰는 자들이 몇 명 있기는 하지만, 대부분 암살자 출신이니 조직의 수장을 할 정도는 아닐 겁니다."

"그렇겠지."

"누군지 수하들에게 가명을 쓰고 있는 건지도 모르겠군요. 다른 간부들 중에서는 혹시 아는 자가 있었습니까?"

"없었다. 아, 그리고 보니 이번에 그 팔콘이라는 두목이 귀환을 한다고 하던데, 새로 조직의 부두목이 될 자를 데려온다고 하더군. 그자는 아는 자였다."

킬번의 눈이 날카롭게 빛났다. 레오의 말에서 그는 새로운 사실을 알 수 있었다. 귀환이라고 했다. 그렇다면 그가 떠나기 전에 이미 조직이 존재했었다는 말이 된다.

'아무리 내가 멍청해도 그렇게 오래 다른 조직이 존재했다는 것을 눈치채지 못할 리는 없는데? 그렇다면 과거 수도에 있었던 조직 중에 지금은 없는 조직이 무엇이지?

그는 열심히 머리를 돌렸다. 하지만 레오는 그 사정을 알 수 없기에 자신이 아는 바를 계속 말했다.

"아자크라는 자가 새로운 부두목이다. 너도 알고 있겠지?"

"빅후크 아자크 말입니까? 흠, 확실히 그자라면 알고 있습니다만."

과거 제법 큰 도둑 길드의 수장까지 했던 자이다. 흑사자인 레오와의 전쟁 때 무리를 해서 고액을 들여 암살단을 동원했다가 싹 털어먹고 잠적한 자이다.

도둑 길드가 흑사자에게 굴복한 다음에도 그는 나타나지 않았다. 하지만 이미 모든 것을 날리고 목숨만을 부지한 채 잠적한 그에게 관심을 가진 자는 없었다.

곧 그의 구역에는 새로운 길드가 생겨났고, 과거의 길드원들은 새로운 길드장에게 충성을 맹세했다.

"흐음, 그자가 살아 있었군요."

"간부들의 회의를 들어보니 팔콘은 그자를 새로운 도둑 길드장으로 내세울 생각인 듯하더군."

"자신은 뒤에서 조종을 한다는 말이군요. 확실히 팔콘이란 자는 도둑 길드 출신이 아닌 것 같습니다."

킬번은 말했다. 도둑 길드에서는 흑막을 내세우지 않는다.

두목이 모습을 드러내지 않고 대리인을 내세우는 것은 가능하지만, 알고 보니 두목 뒤에 숨은 진짜 두목이 있다는 식은 절대로 하지 않는 것이 그들의 불문율이었다.

과거 도둑 길드와의 전쟁을 일으켰던 암살 조직의 두목이 그 당시 대륙 길드장이라고 알려졌던 자의 뒤에 있는 진짜 길드장을 암살하고 새로운 대륙 길드장이 되면서 정한 규칙이라고 한다.

모습은 숨기되 명성은 숨기면 안 된다! 그것이 그때 그가 주장한 것으로, 스스로에게 나름대로 자부심을 가지고 살자는 취지이자 명성에 책임을 지자는 뜻도 있었다.

"그런가?"

레오는 확실히 거기까지는 몰랐기에 킬번의 친절한 설명을 듣고는 이해했다는 듯 고개를 끄덕였다. 그럼 팔콘이라는 자는 누구일까? 갑자기 그런 생각이 들었다.

"킬번."

"네."

"그자의 정체를 알아와라."

"그러겠습니다."

"그럼 가봐라."

"옛!"

킬번은 얼른 대답하고는 그 자리에서 물러났다.

레오에게서 그들이 모이는 장소와 주요 간부들의 이름, 그리고 그들만의 비밀 언어 등을 알아낸 이상 그 조직은 이미 끝났다고 봐야 했다.

'어떻게 요리해 줄까?'

킬번은 미소를 지었다. 자신의 명성에 해가 되지 않을 정도로 화끈하게 처리하지 않으면 안 된다.

하지만 두목을 제거할 수도 없고, 부하들도 너무 심하게 대하면 안되니 이게 힘든 일이라고 할 수 있었다.

그날부터 그는 고민에 빠졌다. 일종의 행복한 고민이었다.

며칠이 지났다. 레오가 얻은 정보대로 그 알 수 없는 조직의 수장은 수도로 돌아왔다. 그리고는 그들이 서서히 움직이기 시작했다.

"그러니까 빅후크, 자네가 이곳에서 일하고 싶다고?"

킬번은 어느 날 찾아온 빅후크 아자크가 자신과 면회를 하고 싶어 하자 쾌히 승낙했다.

아자크 역시 나름대로 명성이 있는 자였기 때문에 절대로 푸대접을 할 수가 없다. 이쪽의 그릇을 보여야 하기 때문이다.

"예, 저도 이제 한곳에 정착을 하고 싶습니다. 그동안은 흑사자의 악몽에 시달리느라 세상에 나오지를 못했지만, 일이 이렇게 된 이상 어떻게 하겠습니까? 배운 게 도둑질이라고 도둑 길드 일 이외에는 할 줄 아는 게 없으니 선처해 주십시오."

"흐음, 자네라면 간부로 대우해 줄 수 있지. 하지만 괜찮겠나? 이곳은 바로 어르신의 영역일세. 자네가 가장 두려워하는 흑사자와 가장 가까운 곳이란 말이지."

"그래서 일부러 이쪽으로 온 겁니다. 어차피 지금 길드는 흑사자 어르신을 받들고 있지 않습니까? 어르신께 저도 충성을 맹세하고, 과거의 인과 관계를 너그럽게 봐달라 부탁드리고 싶습니다."

의심을 하려고 해도 할 구석이 없는 완벽한 시나리오였다. 킬번은 아주 활짝 웃으며 말했다.

"과연! 그게 현명한 처사지. 오래 사는 비결이고말고! 염려 말게. 내가 아는 어르신은 마음이 너그러우시니 자네의 일은 이미 잊으셨을 걸세. 원하는 대로 이곳에서 자리를 잡도록 해보게나."

"열심히 하겠습니다."

아자크는 자신보다 열 살은 어린 킬번에게 허리를 굽신거리며 대답했다.

그의 겉모습을 보면 과거의 냉혹했던 성격은 완전히 사라지고 이제는 새로운 위계 질서에 필사적으로 적응하려고 노력하는 늙은 도둑의 그것이었다. 그러나 그의 마음속은 여전히 불길이 타오르고 있었다.

'흥! 내 부하와 세력을 모두 잃었는데, 그 원한을 잊을 것 같으냐? 흑사자, 너의 품속에서 둥지를 틀고 안쪽에서 갉아먹어 주겠다.'

그는 킬번에게 헬룬 도둑 길드의 7번째 간부로 임명받으며 그렇게 결심했다.

*　　　*　　　*

"그렇게 된 것입니다. 아자크는 그 이후로 아주 열심히 일을 하더군요. 한 달도 되지 않았는데 제 부하들 중 대부분이 그를 신뢰할 정도입니다."

"대단하군요. 그쪽 업계에 종사하시는 분들은 쉽게 다른 사람을 신뢰하지 않는다고 들었습니다만."

하이번은 킬번의 보고를 들으며 약간 감탄한 표정을 지었다. 킬번의 말에 의하면 확실히 아자크라는 남자는 상당히 유능한 자라고 할 수 있었다.

"그런 셈이지요. 그리고 그의 직속 부하들도 점점 늘어서 지금은 열 명도 넘습니다. 물론 숨겨진 부하들은 그 다섯 배 정도 되지요. 하하하."

"저런! 그럼 이 헬룬에서 킬번 경 다음가는 실력자는 바로 아자크가 되었다는 소리가 아닙니까?"

"그렇습니다. 말이 7번째 간부지, 실제로는 완전히 부길드장입니다. 제가 수도를 떠나 있는 일이 많으니 대리인이나 마찬가지입니다. 불과 한 달 만에 말입니다."

"아무리 그래도 그럴 수가 있습니까?"

"뭐, 과거에 도둑 길드를 운영했던 자이니까요. 실력은 몰라도 경력으로 보자면 저보다도 위입니다. 이 업계는 경력을 대우해 주거든요."

"그렇습니까? 미처 몰랐군요."

하이번은 정말 많은 참고가 되었다는 듯 연신 고개를 끄덕였다.

사실 아무리 그렇다고 해도 새로 조직에 들어온 자가 한 달 만에 자리를 잡을 정도로 세상 일이 쉽게 돌아가지는 않을 것이다. 킬번이 물심양면으로 그를 도와주었다는 뜻이 된다.

물론 상대는 전혀 눈치채지 못했을 것이다. 그 정도 실력은 킬번에게 있다.

하이번은 진심으로 기분 좋게 웃었다.

"천신이 도운 겁니다. 팔콘 백작의 세력이라니? 이보다 더 놀라운 일이 어디 있겠습니까?"

"하하하, 그러게 말입니다. 저도 하이번 후작 각하께 팔콘의 정체에 대해 듣기까지는 미처 상상치 못했던 일입니다."

"만약 미노 제국의 첩보부가 정말로 헬룬의 도둑 길드를 장악했다면 큰일이 났을 것입니다."

"이런, 이런. 만약이라니요. 제가 어찌 쉽사리 그들에게 제 구역을 넘기겠습니까?"

"킬번 경을 얕봐서 하는 소리가 아닙니다. 전체는 아니더라도 조금이라도 영향을 받게 되면 그야말로 큰일이지요."

"그거야 그렇습니다."

"아무튼 일이 이렇게 진행되었으니 잘 부탁드립니다."

"맡겨주십시오. 틀림없이 후작 각하께서 원하시는 대로 일이 진행될 것입니다."

"하하하, 그야 이를 말이겠습니까? 킬번 경의 도움에는 언제나 감사하고 있습니다."

하이번은 그렇게 말하며 킬번의 두 손을 잡았다. 이자는 정말로 도움이 된다.

이런 식의 어두운 면을 처리하는 데에는 꼭 이자와 상의할 필요가 있었다. 발렌을 비롯한 다른 귀족이나 기사들과는 절대로 상의할 수가 없는 일이다.

"그럼 다음 보고는 일주일 뒤에 하겠습니다. 오늘은 이만 물러가겠습니다."

킬번이 웃으며 말하자, 하이번은 자리에서 일어나 직접 집무실의 문을 열어 그를 배웅했다.

후작인 그가 평민인 킬번을 경이라는 호칭으로 부르고, 직접 이렇게 대우를 해주는 것은 이례적인 일이라서 킬번도 하이번을 무척 마음에 들어 하고 있었다.

무엇보다 하이번은 킬번의 능력을 신뢰하고 있었다.

탁.

문이 닫혔다. 방 안에 혼자 남게 된 하이번은 다시 자기 자리로 가서 앉았다. 그리고는 책상 위에 두 팔을 올리고 각지를 껴서 턱을 괸 채 생각에 잠겼다.

'팔콘 백작, 그대는 뛰어난 인물이지. 지난번 슈란 왕국의 반역 사건에 그대의 그림자를 발견할 수 있었지만 결국 실체를 잡지 못했는데, 이렇게 인연이 닿다니?'

기묘한 운명을 느꼈다. 과거 그의 헛바닥에 의해 애슐론이 커다란 위기에 처하지 않았던가?

정보에 의하면, 팔콘 백작은 이 일대 왕국들에 거미줄처럼 쳐진 첩보망을 구축하고 있다고 한다. 어떻게 생각하면 그 한 명이 수만 명의 정병들보다 두려울 수도 있다.

'하지만 이렇게 된 이상, 그는 최고의 무기가 되었다. 아군의 무기가!'

정체가 드러난 첩자, 이보다 더 이용하기 좋은 소재는 없다. 하이번은 정말 레오가 밤에 혼자 사냥을 나간 것을 신에게 감사했다.

밤거리를 장악한다는 말을 들었을 때에는 기겁을 했지만, 알고 보면 킬번이 있는 한 그럴 걱정은 없다. 이미 도둑 길드장이 와서 충성을 맹세하는데 새삼스럽게 무슨 밤거리인가?

결국 길을 가다가 돈이 가득 든 지갑을 주운 셈이다.

"역시 폐하야. 일이 어떻게 진행되어도 꼭 도움이 되니……."

약간은 어두운 방 안에서 하이번은 혼자서 히죽히죽 웃었다.

*   *   *

그들은 거사 날짜를 킬번이 수도를 떠난 바로 다음날로 잡았다. 그날이 언제인가 하면 바로 오늘이다.

"준비는 다 되었나?"

"문제는 없습니다. 가장 고참 간부인 프로카스도 요즘 킬번이 길드 내의 일에 거의 신경을 안 쓰는 것에 불만을 가지고 있더군요."

"흠, 그건 조금 이상하군. 내가 아는 한 킬번이라는 자는 대륙을 통틀어 가장 유능한 길드장 중 한 명이라고 들었는데?"

팔콘은 뭔가 이상하다는 듯 고개를 갸웃거렸다. 처음부터 일이 너무 쉽게 진행되어 오히려 기분이 나빴던 그였다. 그런데 이렇게 쉽게 최후까지 마무리가 지어질 수 있다니?

그가 아는 한, 이런 일은 거의 없다.

하지만 아자크는 틀림없다는 듯 자신있게 말했다.

"그만큼 우리의 준비가 철저했기 때문이 아닙니까? 팔콘 경의 도움으로 새로 시작한 보석 가게에 단골 귀족들도 몇 명 생기니 그 수익이 상당합니다."

"사업이야 어떻게든 해나갈 수 있지. 돈도 말이야. 하지만 그렇다고 해서 그동안 충성을 맹세해 온 길드원들의 마음이 길드장을 떠난다니 조금 그렇군. 그런 자들이라면 정말로 쓸모가 없는데?"

"하하하, 길드장을 떠난 것이 아닙니다. 제가 비집고 들어간 것이죠. 이제 마지막 단계만 남았습니다. 아시지 않습니까? 평화롭고, 안전하게 모든 것을 얻게 될 것입니다."

"흐음, 일단 시행해 보게. 어쨌든 간에 잘되어가고 있는 것은 사실이니까."

팔콘은 결국 지시를 내렸다. 문제가 발생할 수도 있다는 생각은 했다. 하지만 그것은 킬번의 수법에 아자크가 넘어가는 경우일 것이다. 즉, 아자크가 일을 벌이는 순간 그는 킬번에 의해 제거된다.

'그렇게 되면 어쩔 수 없지. 이자의 역량이 그 정도밖에 되지 않는다는 것이니까. 그래도 이자가 도둑 길드의 정보를 가져다 준 덕분에 우리 조직이 아무도 모르게 재건될 수 있지 않았나?'

팔콘은 결국 사태의 추이를 지켜보기로 했다. 아자크가 도둑 길드를 삼키면 가장 좋고, 아니면 기존의 조직으로 조심스럽게 이곳에 뿌리를 내리게 될 것이다.

일단 도둑 길드의 구조에 대해 알게 된 이상, 그쪽에 세력을 뻗칠 기회는 얼마든지 있을 것이기 때문이다.

'최대한 조심을 해야 한다. 남겨진 기회는 단 한 번, 흑사자의 결정적인 약점이나 가이안 군부의 커다란 군사 작전을 얻어야 내가 산다.'

팔콘은 부드럽게 웃으며 아자크를 격려하는 한편 겉으로 티 나지 않게 이를 악물고 속으로 그렇게 중얼거렸다.

일이 진행된 지 일주일이 지나자 팔콘이 우려하던 것과는 달리 아자크는 도둑 길드의 간부 중 미리 점찍어 놓은 3명을 회유하는 데 성공했다.

그로 인해 도둑 길드의 세력 중 절반은 그의 손에 들어간 것이나 다름없게 되었다.

그 이후 아자크와 그의 심복들이 거행한 일은 바로 킬번을 제압하는 것이었다.

수도의 외곽, 동쪽 성문으로부터 약 5분 거리에서 슬럼가로 들어가는 입구, 그곳이 바로 그들이 새롭게 장악한 구역이었다.

킬번은 물론 이 사실을 모를 것이다. 그렇기 때문에 수도 밖에서 돌아오면 습관적으로 이곳을 통해 도둑 길드로 향할 것으로 예상되었다.

"내일 온다고 전갈이 왔었지?"

"그렇습니다."

"그럼 오늘 오겠군."

"아니면 내일 모레 올지도 모르지요."

킬번이란 자는 미리 연락한 대로 움직이는 법이 없다. 꼭 하루가 빠르거나 늦는다.

혹시라도 외부에 정보가 새는 것을 경계해서 그러는 것 같다. 하지만 이렇게 내부에서 오랫동안 킬번의 측근에 있었던 자라면 그걸 알게 된다.

아자크는 음흉한 미소를 지으며 말했다.

"상관없다. 3일 정도는 기다려 줘야지. 도둑 길드장이라면 그 정도 대우는 해줘도 된다."

"그렇지요. 일단 명예 길드장의 직위는 계속 유지시켜 줘야 하는 거 아닙니까?"

"당연하지 않나? 흑사자의 바로 밑에서 일하는 자를 죽일 수는 없으니까. 하지만 결국 그자는 어떻게든 제거될 것이다."

아자크는 그렇게 말하며 눈을 날카롭게 빛냈다. 그의 궁극의 목적은 킬번을 제거하고 자신이 흑사자의 측근이 되는 것이다.

그렇게만 된다면 나중에 미노 제국으로부터 막대한 포상을 얻게 되고, 제국 수도의 길드장으로서 암묵적으로 인정받게 될 것이다.

이것은 사실 권력에 굴복하는 것으로 도둑 길드에서는 가장 엄하게 경계하는 것이지만, 지금의 아자크에게는 아무래도 상관없었다. 그가 원하는 것은 오직 복수와 출세뿐이었다.

"옵니다!"

수하 중 한 명이 나직하게 외치는 소리에 아자크는 생각을 멈추고 그쪽을 보았다.

과연 이상하게 생긴 모자에 형형색색으로 요란하게 구성된 펑퍼짐한 상인용 의복을 걸친 광대인지 상인인지 구분하기 어려운 남자가 이쪽으로 오고 있었다.

"다른 자들은 없나?"

혹시라도 은밀하게 뒤를 따르는 호위가 있을 수도 있기에 아자크는 그걸 경계하듯 그의 옆에 있는 자에게 물었다.

그자는 다른 사람의 움직임을 잡는 데 천부적인 재질을 가진 암살자 겸 탐색자로, 아무리 특급 암살자나 호위라고 해도 일단 몸을 움직이면 그의 눈을 피할 수 없다.

"없는 것 같습니다. 표적은 혼자입니다."

그는 눈을 가늘게 뜨고 사방을 살피고는 단정하듯 말했다. 킬번의 움직임에 맞추어 움직이는 자는 아무도 없었다.

"흐흐흐, 아무리 자기 앞마당이라고 해도 혼자서 움직이다니, 과연 그대는 더 이상 도둑 길드의 수장이라고 볼 수 없군. 상인이야, 상인."

아자크는 그렇게 중얼거리며 웃었다. 그리고는 손으로 부하들에게 이리저리 지시를 하며 바로 옆에 있던 자들에게 말했다.

"좋아. 우리를 편하게 해주려고 일찍 오시는군. 모두 준비하라."

스스스슥.

그의 신호와 명령에 따라 사람들은 소리없이 이동하여 킬번이 오는 쪽을 중심으로 포위진을 짰다. 조금의 살기도 기척도 드러나지 않는 그들은 누가 보아도 일급 이상의 자객들이 분명했다.

"으음?"

킬번은 그때서야 이상한 낌새를 눈치챈 듯 걸음을 멈췄다. 그러나 이미 늦었다. 아자크는 웃으면서 그의 앞으로 걸어갔다.

"하하하, 돌아오셨습니까?"

"자네였군. 그런데 주변에 느껴지는 이 불순한 기운은 뭔가?"

킬번은 약간은 불안한 것 같은 눈으로 주변을 보면서도 자세는 뒷짐을 진 채 거의 무방비 상태를 하고 있었다. 설마 내가 당하기야 하겠는가 하는 분위기였다.

아자크는 다시 웃었다. 정말 이자가 대륙에 이름이 알려진 길드장이 맞는가? 둔하군. 그렇게 생각했다.

"사실은 동료들과 몇 가지 상의를 한 끝에 결정한 일이 있습니다. 그래서 길드장의 허락을 얻기 위해 기다리고 있었습니다."

"그런가? 무슨 일이지?"

"그건 길드장님께서 요즘 또 다른 일 때문에 바쁘신 것 같아서 길드의 일을 전문적으로 처리할 대리 길드장을 선출하자는 것이지요."

"호오, 그런 논의가 있었군."

킬번의 눈이 날카롭게 빛났다. 아무리 말이 부드러워도 내용은 같다. 바로 반역이다!

"하지만 누가 길드장 역할을 수행할 수 있을지 궁금하군. 2간부인 타로마인가? 아님, 수석 간부인 프로카스인가?"

그는 여전히 태연했다. 이런 모습을 보면 과연 그의 명성이 헛된 것이 아님을 알 수 있다. 하지만 어차피 일은 결정된 것, 아자크는 정중하게 말했다.

"부끄럽게도 제가 사람들의 동의를 얻어 대리 길드장이 되기로 했습니다. 킬번 어르신께서는 길드 일은 저에게 맡기시고 사업 쪽에만 전념하시면 됩니다."

"흠, 자네는 충분히 그럴 자격이 있지. 길드를 경영해 본 경력도 있고, 명성도 있으니 아마 잘할걸세."

"하하하, 그렇지요."

끝까지 허세라니? 아자크는 눈앞에서 딴소리를 하고 있는 킬번을 어서 잡아서 가볍게 고문을 가하고 싶었다.

그가 보유하고 있는 재산은 그야말로 막대한 것이라고 들었다. 그걸 빼앗아야 한다. 말이 사업에 전념이지, 그 사업의 자금은 모두 아자크가 소유하게 된다.

킬번의 곁에는 감시원이 항상 붙어 다니며 그의 목숨을 위협하게 될 것이다.

"그럼 저하고 같이 가셔서 정식으로 인수인계의 절차를 가지도록 하지요."

아자크는 손으로 한쪽 거리를 가리키며 말했다. 킬번을 자신의 소굴로 데려가서 일을 처리할 생각이었다. 반항해도 소용없다. 이미 포위망은 완성되었기 때문이다.

하지만 킬번은 고개를 저었다.

"이미 회의를 가졌다면서 무슨 인수인계인가? 시간이 없었는데 잘되었군. 난 그대로 황궁으로 들어가 볼 테니까 알아서 처리하게."

"흐흐흐흐, 이거 잘나가다 왜 이러십니까? 그냥 따라오시지요."

아자크는 즉시 태도를 바꿔서 음흉한 목소리로 말했다. 그와 동시에 주변에 매복하고 있던 자들이 스윽 하고 모습을 드러내 킬번을 에워싸기 시작했다.

도망갈 구석은 보이지 않는다.

"흠, 예의가 없군."

킬번은 주변에서 흉흉한 기세를 내뿜고 있는 자들을 둘러보며 말했다. 그는 여전히 뒷짐을 진 채였다.

"아직도 허세인가, 킬번? 일이 이렇게 된 이상 그대가 할 일은 정해져 있을 텐데?"

아자크는 본색을 드러내며 외쳤다. 그러자 킬번도 웃음을 멈췄다. 그리고는 한숨을 쉬었다.

"그렇지, 할 일은 정해져 있지."

킬번은 그렇게 말하며 뒷짐을 든 손을 풀어 위로 들어올렸다. 어느새 그의 손에는 하나의 신호탄이 들려 있었다.

슈우우웅, 퍼퍼펑!

"신호탄! 어서 제압해라!"

아자크는 즉시 공격 신호를 내렸다. 그러나 별로 당황한 기색은 아니었다.

아무리 신호탄을 쏘아 올려도 이미 늦다. 이 정도 전력이면 몇 분 안으로 킬번을 제압해서 이 자리에서 사라질 수 있기 때문이다.

그런데 그가 예상했던 것과는 달리 신호탄이 쏘아 올려지자 무서운 일이 일어났다.

슈우우웅, 파파파팍!

어디선가 수백 발의 화살이 하늘을 뒤덮으며 날아와 그 일대에 비처럼 쏟아지기 시작했다. 사람이 달려오는 데에는 시간이 걸리나 화살이 날아오는 것은 순간이다.

"아아악!"

모습을 드러냈던 암살자들은 미처 몸을 피하지 못하고 화살에 맞아 비명을 질렀다. 어느새 킬번은 자신의 망토를 머리 위에 뒤집어쓰고 있었다. 화살은 그 망토를 뚫지 못했다.

"이익!"

타타타탁.

아자크는 이를 악물고 킬번을 향해 뛰었다. 그가 입고 있는 가죽 갑옷과 망토 역시 상당히 튼튼하고 질긴 것이라 지금 쏟아지는 라이트 애로우 정도는 거의 막아낼 수 있었다.

불쌍한 수하들만 암살자들이 입는 얇은 옷을 입고 있었기에 화살에 당하는 것이다.

"죽어랏! 킬번!"

아자크는 자신이 들고 있던 검으로 킬번의 가슴을 찌르려 했다. 이 판사판! 상황을 보니 계획이 들통난 것이 틀림없다. 죽이지 않으면 자신이 죽는다!

"싫다, 아자크."

킬번은 웃으면서 아자크를 조롱했다. 그와 동시에 뒤를 돌아 뛰기 시작했다. 포위망은 이미 깨어졌다. 그를 막아서는 자는 없었다.

아자크는 상당한 검술을 지닌 자로 알려져 있다. 하지만 그는 암기 쪽이나 석궁 같은 장거리 무기와는 별로 친하지 못하다. 킬번은 이미 그의 모든 장단점을 파악하고 있었다.

"이놈!"

"이성을 잃었나? 저런, 계획은 언제나 실패의 확률을 가지고 있지. 나라면 쫓아오지 않고 뒤로 뛰었을걸세."

"실력으로 겨루자!"

아자크는 발악하듯 외쳤다. 물론 상대가 알았습니다, 하고 응하리란 생각은 하지 않았다. 단지 실패에 대한 좌절감과 킬번의 조롱에 대한 반발로 그렇게 말했을 뿐이다.

그런데 그 말을 들은 킬번이 갑자기 멈추더니 뒤로 돌았다. 그리고는 등 뒤에 숨겨져 있던 붉은 단창을 꺼내 겨누며 대답했다.

"알았다."

"흡!"

뜻밖의 상황에 아자크는 급히 멈춰 서서 검을 겨눴다. 이곳이 슬럼가의 한가운데라는 것은 신경 쓰지 않았다. 누가 보든 정식으로 킬번을 처리하면 새로운 길드장으로 인정받을 수 있다. 한줄기 희망이 생겨났다.

그런데 그때 킬번이 자세를 풀며 말했다.

"역시 자네는 조금 많이 기량이 모자라군. 멈추란다고 딱 그 자리에 멈추다니."

"뭐라고?"

파악!

아자크가 반문을 하는 순간 사방에서 그물이 날아왔다. 반사적으로 검을 휘둘러 그물을 쳐내려 했지만 그물코에 매달린 금속의 추는 반대로 검을 휘감았다. 그물 자체에도 금속 실이 섞인 듯 잘 베어지지 않았다.

순식간에 아자크는 그물에 완전히 휘감겨 버렸다. 그물을 던진 자들이 줄을 당겨 그물을 조이자 그는 더 이상 움직일 수 없게 되었다.

킬번은 그런 아자크를 보며 차갑게 웃었다.

"그 정도 실력으로 덤비다니? 쉬는 동안 감각이 무뎌졌나 보군."

"으으으!"

"자, 그럼 조용한 데로 가서 아까 하던 얘기를 계속하지."

그는 그렇게 말하며 다시 걸음을 옮기기 시작했다. 도저히 고수라고는 볼 수 없는 팔자걸음은 방금 전까지 있었던 전투의 살기를 무색하게 했다.

실제로 그는 무기 한 번 휘두르지 않았기 때문에 몸에서 전혀 살기를 내뿜지 않았다.

킬번이 매복시켜 놓은 수하들은 사방에서 그물을 들어 그 상태로 아자크를 나르기 시작했다.

아자크는 분노와 수치심에 이를 갈았지만, 곧 앞으로 닥칠 고문과 죽음에 생각이 미쳤다.

그의 안색이 하얗게 질리기 시작했다. 길드의 배신자에 대한 처벌은 가장 가혹한 형벌로 이어진다. 그리고 피할 수 없는 죽음까지!

"킬번!"

"입을 막아라."

퍽!

그것으로 아자크는 정신을 잃었다.

＊　　　　＊　　　　＊

얼마나 시간이 지났을까? 아자크는 신음 소리와 함께 깨어났다. 뒷

머리가 뜨거웠다. 손을 들어 만지자 그곳에 커다란 혹이 만져졌다. 그리고 굳어 있는 핏덩어리도 느껴졌다. 된통 얻어맞은 모양이다.

"정신이 들었나?"

"앗! 킬번!"

퍽!

"커헉!"

킬번의 발에 턱을 그대로 차인 아자크는 비명을 지르며 뒤로 넘어갔다.

"존경하는 길드장님이라고 말하지는 못할망정 윗사람 이름을 함부로 부르다니."

킬번은 그렇게 자신이 아자크를 찬 이유를 설명했다. 그리고는 비틀거리며 몸을 일으키는 아자크의 무릎을 발로 밟았다.

무릎을 발로 밟으면 사람은 거의 움직이지를 못하게 된다. 그리고 사람의 체중이 실린 무릎의 연골이 고통을 호소하는 것은 당연한 일이다.

"끄으윽!"

"아, 미안, 아픈가?"

"나, 날 어쩔 셈이냐?"

빡!

"커헉!"

"음, 두 번째에는 세 배로 아프게 차는 거였지. 조금 더 힘을 주어야 하나?"

킬번은 코에서 피를 뿜으며 뒤로 날아가는 아자크를 보며 중얼거렸다. 윗사람에게 발로 차일 때에는 아프고 슬펐는데, 지금 자신이 차는 입장이 되니 기분이 나쁘지 않았다.

"이래서 악습은 계속 이어지는 거지. 휴우."

그는 세상 인심을 탓하며 고개를 저었다. 그러는 사이 아자크가 다시 일어났다.

"날 어쩔 거요?"

그도 눈치는 있다. 분위기를 보아하니 킬번이 자신을 죽이지는 않을 것 같았다. 죽일 거였으면 이미 몸이 너덜너덜해졌을 것이다.

"이제 조금 제정신이 드나 보군. 오래 쉬었다고 너무 둔해지면 곤란하지. 어서 감각을 되찾으라고."

"으음."

"뭐, 별거 아니야. 사실은 말이야. 요즘 내가 바빠서 길드 일에 집중을 할 수가 없었거든. 그래서 대리 길드장을 내세울 생각을 하고 있던 참이었지."

"뭐라고요?"

"그러니까 네가 말한 대로란 말이야. 난 사업에 집중하고 그사이 믿을 만한 수하가 대리 길드장을 하는 거지."

"……."

"그런데 시킬 놈이 없는 거야. 간부들 중에서 그나마 자격이 있는 자는 수석 간부와 제2간부뿐인데, 그 사람들은 너무 늙어서 활동적이지 못하거든."

"으음, 수석 간부와 제2간부……."

아자크는 일이 이상하게 돌아감을 느꼈다. 자신을 지지한 자들, 그들이 킬번의 입에서 거명되었다.

하지만 킬번은 웃으면서 계속 설명했다.

"그래도 혹시나 하는 심정으로 그들에게 물었더니 별로 하고 싶지 않다고 하더라 이 말이야. 그냥 간부로 편하게 지내겠다나? 원로답게 말이야."

맞는 소리였다. 아자크도 그렇게 들었다. 원로는 편하게 놀고먹을 권리가 있다. 괜히 권력의 핵심에 도전했다가 지금처럼 비명에 갈 수도 있기 때문에 그들은 원하지 않았다.

"그래서 인재가 없다고 한탄했더니, 자네를 추천하더군. 야망도 있고 아직 기력도 충만하니 시키면 잘할 거라고. 그래서 약간 시험을 해봤지."

"뭐라고요?"

아자크는 믿을 수 없다는 표정으로 외쳤다. 시험이라니? 무슨 시험이란 말인가?

킬번은 아주 기분이 좋은 듯 활짝 웃었다. 정말로 천진난만하다고 표현할 수 있을 정도로 구김살 없는 웃음이었다.

"합격일세. 아주 만족스럽더군. 역시 원로들의 눈은 정확해! 대리 길드장으로 자네보다 더한 인재는 없을 걸세."

"무엇이 시험이란 말이오!"

아자크는 다시 외쳤다. 그러자 킬번은 웃음을 멈추고 진지한 표정으로 말했다.

"반역이지."

"……!"

"결과를 말하자면, 자네는 죽었다 깨어나도 나를 제거하고 진정한 길드장이 될 수 없다는 확신을 얻었네. 아무리 반역을 하려고 해도 수준이 안 되는 거지."

"크으으, 그런!"

아자크는 그때서야 모든 것을 알 수 있었다. 이자는 일부러 자신의 반역 음모를 알고도 모른 척한 것이다.

그리고는 자신이 일을 꾸미는 것을 감상하며 평가했다. 마지막 순간에 여유있게 그것을 뒤집으며 조롱하기 위해!

"어떤가? 선택할 기회를 주지. 대리 길드장이 될 텐가? 아니면 그냥 법대로 할 텐가?"

법대로 한다는 것은 반역자로 처형한다는 소리다. 아자크는 신음 소리를 멈췄다.

'살아야 한다. 살아야 이 수모를 갚을 수 있다!'

비통해할 시간이 없었다. 그는 즉시 비굴하게 웃으며 말했다.

"헤헤헤, 이제 보니 어르신께서는 제 수준으로는 감히 상상할 수도 없는 실력을 보유하신 분이시군요. 감복했습니다."

"호오, 그래도 경력이 있는 만큼 상황 판단과 표정 연기는 뛰어나군. 그럼 할 텐가? 대리 길드장?"

"그야 시켜만 주시면 충성을 다하겠습니다. 원래 저도 그렇게 큰 욕심이 있는 것이 아니라, 그저 빈틈이 보이면 치라는 전래격언에 살짝 마음이 쏠려서……."

타탁.

"알았으니 그만 해라. 이 정도로 대놓고 딴소리를 하는 것도 재능이지. 그럼 그렇게 알고 있을 테니 앞으로 잘하도록."

킬번은 손바닥으로 아자크의 뺨을 가볍게 두드리며 말했다. 그리고
는 뒤를 돌아보며 외쳤다.

"이야기가 끝났으니 다들 들어오게."

끼익.

문이 열리며 들어온 사람은 모두 6명이었다. 그들은 모두 아자크가
아는 자들이었는데, 바로 수석 간부를 비롯한 6명의 간부였다.

"이미 얘기했듯이 앞으로 이 아자크가 대리 길드장이다. 알겠나?"

"알겠습니다."

"그를 잘 보필하여 무리가 없도록 길드를 운영해라."

"예."

아자크는 그들을 보며 속으로 이를 갈았다.

'이제 보니 음모에 가담한 자들이 모두 거짓으로 회유된 거였군. 나
를 속이다니!'

지금 와서 생각해 보면 역시 일이 너무 쉽게 진행된 것 같았다. 그의
진정한 상관인 팔콘 백작의 우려가 들어맞은 셈이다.

그의 충고를 듣지 않고 섣불리 일을 꾸미다가 심복들만 모두 잃었
다.

앞으로는 꼼짝없이 길드 안에서 일을 처리해야 한다. 말이 대리 길
드장이지 거의 정보 처리 잡무에 혹사당할 가능성이 높았다.

물론 운신의 자유도 없을 것이다. 지금 눈앞에 있는 간부들이 항상
교대를 자신을 감시할 테니까.

그러나 아자크는 속으로 웃었다.

'흥, 하지만 너희들은 모를 것이다. 일단 대리 길드장이 된 것은 사실이다. 이것으로 정보를 장악하고 조작하는 게 가능해진 것이지. 원래의 목적의 절반은 달성했으니 일이 실패라고는 볼 수 없다!'

그는 킬번과 다른 간부들을 비웃었다. 자신의 진정한 목적은 아직 들키지 않았다! 오히려 이렇게 된 것이 다행일지도 모른다. 속고 속이는 관계! 이제는 그가 킬번을 속일 차례인 것이다.

이제는 도둑 길드의 정보를 팔콘 백작에게 전하기만 하면 된다. 아무리 자유가 없다고 해도 그 정도는 충분히 가능하다.

"참, 그리고 자네 부하들 말인데."

"예? 아, 그들 말이군요."

"다행히 죽지는 않았네. 워낙 가벼운 화살이고, 끝에 약은 조금 발랐지만 촉 자체를 그리 예리하게 만들지도 않았거든."

"그렇습니까?"

아자크는 긴장하며 물었다. 갑자기 부하들을 거론하는 이유는 뭘까? 그런 생각이 들었다.

그러나 킬번은 별것 아니라는 듯 말했다.

"그런데 급히 시킬 일이 있어서 잠시 다른 곳으로 보냈네. 그러니 그런 줄 알게."

"아, 예, 알겠습니다."

그런 줄 알라는데 더 이상 할 말이 없었다. 인질인가? 설마 내가 그 부하들의 목숨에 연연하리라 생각하는 것일까?

아자크는 잠시 고민했지만, 일단은 자신이 살아남는 데 주력하기로 했다. 당분간은 충실하게 일을 하면서 자신이 더 이상 야망이 없다는 것을 알려야 한다고 다짐했다.

그 부하들이 황제의 숲의 새로운 숲지기로 임명되어 레오의 시중을 들게 되었다는 것은 상상도 할 수 없었다.

이렇게 수도 헬룬의 그림자 속에서 음모와 음모가 얽히는 날이 지나고 대륙 전체에 감도는 전운은 더욱 두껍고 어둡게 변해갔다.

❖ Chap 4 ❖
스틸문 공략

스틸문 공략

작년 가을 대륙을 놀라게 했던 가이안 제국의 정복군은 봄이 되어 눈이 녹자마자 또다시 진군을 계속했다.

헬룬에서 레오가 사냥을 하든, 도둑 길드의 장이 바뀌든 그것은 진군을 하고 있는 병사들과는 전혀 관계가 없는 일이다.

지금까지 병사들과 그들을 이끄는 장군들의 눈은 오직 다른 왕국의 영토였지만, 이제 곧 자신들의 영토가 될 지역만을 향했다.

이것은 모든 사람들의 예상을 넘어선 일로써, 미노 제국의 디오네조차 놀라 안색이 변했을 정도였다.

특히 발렌이 이끄는 제3군의 진군 속도는 그야말로 놀라울 정도였다.

그들이 노리는 곳은 스틸문, 구 카라엘 제국의 수도였다. 이 지역은 주변이 넓은 평야이기 때문에 대륙 전체에서도 다섯 손가락 안에 꼽히는 곡창지대이기도 했다.

그런 만큼 현재 이곳을 지배하고 있는 살라 왕국은 상당한 강국으로서 발렌이 이끄는 10만의 강병에 맞서 싸울 충분한 힘이 있었다.

평야를 둘러싸고 있는 산맥에는 지금 수많은 깃발이 펄럭이고 있었다. 나무의 수보다 오히려 많아 보이는 그 깃발은 하나하나가 수십에서 수백 명의 병사들이 의지하는 부대기였다.

이런 대규모 전투에서는 사람의 수로 병력을 헤아릴 수가 없기 때문에 대부분 깃발의 수로 모든 것을 판단한다.

작은 깃발은 보통 백 명의 병사를, 크고 네모난 깃발은 천인대를 상징한다. 그리고 화려하게 수술이 달린 기는 1만이라는 대군의 상징이다.

그 이상의 군은 따로 정의되지 않고 왕의 기나, 공작, 혹은 기사단의 깃발 아래 모인다.

전투가 벌어지면 병사들은 오직 자기 부대의 기만 보고 움직인다. 일단 낙오되면 죽을 확률이 극단적으로 높아지기 때문에 절대로 떨어지면 안 된다.

지금 산봉우리 중 하나에는 가장 커다란 기가 세워져 있었다. 그리고 그곳에는 거대한 막사와 번쩍이는 전신 갑옷을 입은 수백 명의 기사가 커다란 카이트 실드를 들고 나열해 있었다.

왕의 진영이다. 살라 왕국의 국왕 스카로스 2세가 전군을 이끌고 침략자를 막으러 나온 것이다.

산의 공기는 차다. 그리고 해가 지면서 불어오는 계곡풍은 더욱 사람의 몸을 얼어붙게 만든다. 이미 겨울이 지나고 여름이 다가오는 시기이지만 추운 것은 추운 것이다.

　하지만 스카로스 2세는 자신의 좌우에서 커다랗게 피어오르는 불에 의해 별로 추위를 느끼지 못했다. 비로드로 만든 망토도 그의 몸에 한기가 침범하는 것을 막아주었다.

　단지 하루종일 기다리는 것이 지루했다. 그는 옆에 서 있는 군무총감 윈저 공작에게 물었다.

　"가이안 군은 언제 도착을 하는가?"

　"정찰대의 보고로는 벌써 도착을 했어야 합니다만, 어쩌면 진군 속도를 늦추었는지도 모르겠습니다."

　"하기야 벌써 밤이 깊었으니 오늘도 그들을 보기는 힘들겠지."

　스카로스 2세는 지겹다는 듯 말했다. 벌써 이곳에서 적을 기다린 지 3일이 지났다.

　왕국의 운명을 건 일전이다. 윈저 공작은 미리 진을 치고 곳곳에 함정을 만들면서 병사들을 산악에서의 움직임에 익숙하게 해야 한다고 주장했다.

　"그런데 정말 우리 군의 승산이 확실하오?"

　스카로스 2세는 다시 물었다. 아무리 지겨워도 그가 윈저 공작의 말대로 이곳에서 막사 생활을 하는 이유는 바로 왕국의 위기이기 때문이 아닌가? 싸워서 이길 수 있다고 하기에 이런 불편한 생활을 감수하는 것이다.

　윈저 공작은 스카로스 2세에게 말했다.

"폐하께서 친히 군을 이끄시고 계시는 이상, 우리 군에 패배는 없습니다. 소신이 감히 판단하기에 가이안 제국군은 이미 싸우기도 전에 진 것이지요."

"하하하, 그런가? 과연 짐은 이곳에서 우리 살라의 정병들이 얼마나 강한지를 감상할 수 있겠군."

"그렇습니다."

윈저 공작은 염려 말라는 듯 깊이 고개를 숙여 강한 긍정을 표했다. 사실 그는 지금 상당히 흥분해 있는 상황이었다.

대륙의 시선이 이번 전투에 집중되어 있다! 그는 그것을 뼈저리게 느낄 수 있었다.

사실 성을 의지해 농성전을 펼치며 적의 진군 속도를 늦추고 주변 왕국의 도움을 받을 수도 있었다.

'하지만 그렇게 하면 이번은 몰라도 앞으로 닥칠 위험은 결코 막을 수 없지.'

이 대규모 전투를 제안한 당사자인 윈저 공작은 자신의 작전에 다시 한 번 당위성을 부여하면서 마음을 가다듬었다.

수성전으로 버티면서 병력을 소모하는 것은 지금으로서는 근시안적인 발상일 뿐이다. 가이안 제국보다 더욱 강한 위협이 위쪽에서 밀고 내려오고 있기 때문이다.

미노 제국! 지금 상대해야 할 가이안 제국이 흑사자라는 존재로 인해 최단시일 내에 성장한 것과는 다르다. 미노는 전통적인 강국이었고, 제국을 선포한 시점에서 이미 엄청난 병력과 주변 국가의 지지를 확보한 상태였다.

이렇게 생각해 보면 살라 왕국은 전통적인 북쪽의 강국 미노와 남쪽에서 불처럼 일어난 가이안이라는 두 제국 사이에 낀 셈이 된다.

누가 보더라도 어느 한쪽에 굴하지 않고 버티기는 어렵다고 할 것이다. 이번에 가이안 제국을 막아내고, 다시 미노 제국까지 막아내야 살라 왕국이 전통을 이어갈 수 있다.

쉬운 일은 아니다. 하지만 미리 알고 준비한다면 오히려 기회가 될 수 있다!

윈저 공작은 그렇게 믿고 주장했다. 그의 주군인 스카로스 2세는 패기에 찬 인물로, 공작의 의견을 적극적으로 받아들였다. 국왕의 전폭적인 지지 하에 그는 이번 전투에 대비해 철저하게 준비해 놓은 상태였다.

윈저 공작과 스카로스 2세를 비롯한 살라 왕국의 귀족들은 이번 전투에 많은 기대를 걸고 있었다.

최초로 가이안 제국의 침공을 막은 왕국! 그것도 정면에서 10만의 대군을 막아 대승을 거두면 모든 왕국이 살라의 힘을 알게 될 것이다.

이 명성으로 주변 왕국과의 연합을 결성하면 충분히 양대 제국의 압력으로부터 벗어나 대륙 중앙에 우뚝 설 수 있다.

'이것은 기회다. 어쩌면 우리 왕국이 제국으로 발돋움할 수 있는 발판이 될 수도 있다.'

윈저 공작은 그렇게 판단했다. 그러기 위해서는 일단 이번 전투에서 큰 승리를 해야 한다.

산 위에 진을 치고 적에게는 낮은 지역의 숲에 위치하도록 유도한다. 그것으로 지리적인 이점은 이쪽이 확실하게 얻을 수 있다.

적은 급속도로 진군해 오느라 지친 상황, 이쪽은 3일 전부터 이곳에서 병사들을 대기시켜 사기도 충만하고 체력적으로도 극에 다다른 상황이다.

스카로스 2세에게 장담한 대로 이미 싸우기도 전에 승부가 났다고 봐야 한다. 윈저 공작은 그렇게 확신하고 있었다.

"정찰병이 돌아옵니다!"

한쪽에 있던 기사가 손을 들어 숲 저쪽을 가리키며 외쳤다. 그의 말대로 한 필의 말을 탄 병사가 먼지바람을 일으키며 산을 향해 달려오고 있었다.

그 병사는 곧 산 아래쪽의 선두 부대의 진영까지 달려와 병사들 사이로 사라졌다.

그리고 곧 그쪽에서 매가 날아올라 왕이 있는 본대의 진영에 다가왔다.

서신이다. 정찰병은 일단 서신으로 상황을 전하고 반나절에 걸쳐 산을 올라 직접 보고를 하게 되어 있다.

윈저 공작은 마법사가 들고 온 매의 다리로부터 서신을 꺼내 정중한 몸짓으로 왕에게 바쳤다.

빠르게 서신을 훑어본 스카로스 2세는 그것을 다시 윈저 공작에게 건네며 말했다.

"숲의 초입 부분에서 야영 준비를 하는 모양이군."

"으음, 그렇다면 진군 속도를 늦춘 것이군요."

윈저 공작이 손에 들린 서신을 눈으로 확인하면서 대답하자 스카로스 2세가 다시 물었다.

"이쪽이 이 산에서 기다리고 있다는 것을 알아차린 것 같다. 혹시 우회를 할 경우는 없는가?"

"10만의 대군입니다. 우회는 불가능하지요. 혹시라도 별동대 몇천을 따로 떼어낸다면 가능하겠지만, 그 정도는 큰 문제가 되지 않습니다."

윈저 공작의 말에는 은연중 자신감이 느껴졌다. 누구보다 그 스스로 이번 작전의 성공을 확신하고 있으니 당연한 일이다.

"그렇지. 성에 남겨둔 병력이 그래도 1만은 넘으니 말이야."

스카로스 2세는 윈저 공작의 말에 납득이 가는 듯 웃으며 고개를 끄덕였다.

패기있는 왕이라는 평을 받고 있는 그도 흑사자의 위명 앞에서는 불안한 기분이 들 수밖에 없었다. 물론 일국의 국왕이기에 겉으로 드러내지는 못했지만 솔직한 마음은 두려움에 가까웠다.

사실 스카로스 2세가 윈저 공작의 의견을 지지한 것은 그 이외에 어떤 방법도 찾을 수 없었기 때문이다. 아무리 흑사자의 군대가, 미노의 군대가 두렵다고 해도 왕국을 들어 바칠 수는 없었다.

'윈저 공작의 말이 맞군. 지리적인 이점도, 병사의 사기도 이쪽이 유리하지 않은가?'

스카로스 2세는 새삼 공작의 말이 미덥게 느껴졌다. 실제로 산 위에서 아군의 진열을 보고 있자니 진심으로 해볼 만하다는 믿음이 생겨났다. 아니, 그 정도를 넘어 승리가 눈앞에 있는 것처럼 느껴지기도 했다.

그는 오랜만에 진심에서 우러난 미소를 지으며 공작을 바라볼 수 있었다.

"저들에게 우리의 힘을 보여준다. 그렇지 않은가, 윈저 공작?"

"그렇습니다."

윈저 공작은 스카로스 2세가 싸울 마음이 된 것을 느끼고는 속으로 미소를 지으며 얼른 고개를 숙였다.

*　　　*　　　*

"적의 수는 약 15만, 산악지대에 진을 치고 있습니다. 반면에 그들과 싸우기 위해 아군이 위치하게 될 곳은 숲 지역이기 때문에 계속적인 화공의 위험에 노출됩니다."

부관의 보고는 이번 전투에서 아군이 상당히 불리하다는 것을 말하고 있었다.

"그렇지. 화공이 아니라고 하더라도 지리적으로 위험하다."

발렌은 부관의 의견에 순순히 동의를 했다. 다른 무장들도 이번 전투의 승패에 대해서는 상당히 회의적인 의견을 내놓고 있었다.

애초에 무리라는 것을 알고 감행한 작전이다. 국경의 수비군을 뚫고 여섯 개의 성을 함락시키면서 큰 피해가 없었다는 것은 정말로 다행이지만, 알고 보면 적이 대부분의 수비군을 모두 빼돌려 하나로 뭉쳤기 때문이다.

"적은 대승을 원하는 모양입니다."

부관이 의견의 마지막에 그렇게 말했다. 다른 사람들도 모두 고개를 끄덕였다.

"일단 전투가 시작되면 전면전이 될 것입니다. 쉽게 군을 뺄 수 없는 지형이니 적을 이기지 못하면 아군의 피해는 막대할 것입니다."

일단 발렌이 부정적인 부분에 대해 수긍하자 참모들도 덩달아 발언을 시작했다.

"지리적으로 너무 불리합니다. 적에게 상당한 전략가가 있는 것 같습니다."

"적의 병력은 약 15만, 그리고 그들은 이미 전장을 상정하고 산악에서의 움직임에 익숙해지도록 훈련을 끝마친 상태로 보아야 합니다."

"병사들의 체력은 이곳에서 2, 3일 동안 충분한 휴식을 취하면 될 것 같습니다. 병사들의 사기는 여전히 높습니다."

참모들이 여러 가지 의견을 내는 동안 발렌은 묵묵히 그것을 듣고만 있었다. 그러나 아무도 적을 물리칠 수 있는 계책을 말하지는 못했다.

그들이 가진 이점은 단 하나, 병사들이 스스로 흑사자의 군대라는 자부심으로 언제나 사기가 극도로 높다는 것뿐이었다.

하지만 이것은 양날의 검이다. 일단 패배가 확정되면 어떻게 변할지는 아무도 모른다. 다시 말해서 공격력은 높은데, 패배할 때 방어 능력은 형편없이 떨어질 수 있는 군대인 셈이다.

발렌은 고개를 약간 숙인 채 무장들의 의견을 듣다가 조용히 입을 열어 말했다.

"우리가 저들에 비해 결정적으로 유리한 점이 하나 있다."

"……."

모든 무장들이 입을 다물고 발렌의 말에 귀를 기울이기 시작했다. 그들은 모두 발렌을 존경하고 있었고, 지금 발렌이 말한 유리한 점이란

게 무엇인지 궁금하기도 했다.

"그것은 바로 제군들도, 병사들도 전투 경험이 상당히 많다는 점이다."

"그건 그렇습니다만."

부관이 조심스럽게 말했다.

"살라의 병사들도 상당한 훈련을 쌓은 정병들입니다. 약간은 이쪽의 전투력이 높을지 몰라도 결정적이라고는 생각지 못하겠습니다."

발렌은 그의 말에 부드러운 미소를 지었다. 언제나 냉정하게 상황을 분석하고 의견을 낸다. 그것이 이 남자의 장점이고, 발렌이 그를 부관으로 삼은 이유다.

"맞는 소리지. 아무리 전쟁 경험이 많아도 한 명이 두 명을 상대하라고는 말할 수 없다."

"그렇습니다."

"하지만!"

발렌은 목소리에 힘을 주어 말을 끊었다. 그러면서 여유로운 태도로 무장들을 찬찬히 둘러보았다. 그의 두 눈에서 정광이 흘러나왔다. 맑고 강한 기운, 무장들은 발렌의 눈에서 필승의 신념을 보았다.

"내가 말하는 것은 평소의 상태가 아니다. 전장의 참혹함은 극한 상황에서 처절할 정도로 극명하게 드러난다. 그걸 경험한 자와 경험하지 못한 자의 차이는 크다."

"……."

"저들은 산 위에 진을 치고, 지리적인 이점을 손에 넣었다 생각하고 있을 것이다. 확실히 그렇다. 하지만 때에 따라서는 산 위가 결코 좋지만은 않다. 이번 작전은 적에게 그것을 알려주는 것이다."

"장군께서 말씀하시는 것을 이해할 수가 없습니다."

부관이 다시 조심스럽게 말했다. 그러자 발렌은 웃으며 말했다.

"며칠 동안만 기다리면 된다. 그동안 병사들에게 준비를 시켜라. 그리고……."

발렌의 말에는 거침이 없었다. 무장들은 그가 내리는 일사불란한 명령에서 그가 지금까지 여러 성을 함락시키면서 적의 움직임을 보고 이번 전투를 예상하고 있었음을 느낄 수 있었다.

아주 세심한 곳까지 지시를 하는 것으로 보아 적지 않는 시간 동안 머리 속으로 준비를 해왔으리라.

그러고 보니 다른 무장들이 승리의 기쁨에 환성을 지르는 순간에도 그는 결코 웃지 않았다.

작은 성을 함락시키는 것은 과정에 불과할 뿐, 결정적인 승리라고는 할 수 없다. 발렌은 이미 이 사실을 깨닫고 최후의 전투에 집중했던 것이다.

'장군은 성장하고 계시는 건가?'

부관은 존경의 눈으로 발렌을 보았다. 확실히 과거의 발렌은 훌륭한 지휘관이기는 해도 이 정도까지는 아니었다. 그런데 작년 가을에 처음으로 대군을 지휘하면서 점점 스스로의 기량을 키워 나가는 것 같았다.

이미 트루 나이트라는 별명으로 불리며 만인의 존경을 받는 기사가 아직도 계속 발전을 하고 있다니? 그렇기 때문에 트루 나이트라고 불리는 것인가?

부관은 자신이 발렌의 밑에서 일하게 된 것에 감사했다. 지휘관의 성장은 바로 부하의 성장이기도 하다. 그는 그렇게 생각했다.

어느덧 회의실은 무장들의 몸에서 내뿜는 열기로 가득 찼다. 그것은 전의였다.

발렌이 말한 작전은 어렵지도, 복잡하지도 않았다. 하지만 쉬운 것도 아니었다. 그럼에도 불구하고 무장들은 나름대로 승리의 확신을 하기 시작했다.

*　　　　*　　　　*

3일이 지나고, 다시 3일이 지났다. 봄은 점점 여름으로 바뀌어 산 위의 병사들은 이제 새벽이 되어도 별로 춥다는 생각을 하지 않았다.

기다림은 누구에게나 지루하다. 병사들의 태도에서 처음의 긴장감은 찾아보기 힘들었고, 병영 내에는 짜증스러운 분위기가 감돌기 시작했다.

그럴 수밖에 없다. 산속에서 며칠간이나 야영을 하면 누구나 힘들기 때문이다. 지휘관들은 이를 충분히 감안하여 나름대로 부하들을 다독거리기 위해 날마다 동분서주하고 있었다.

하지만, 정작 정말 심각한 짜증은 다른 곳에서 표현되고 있었다.

"언제 오는 것이오? 그 가이안의 대군이라는 놈들은!"

스카로스 2세는 결국 참지 못하고 언성을 높였다. 병사들마저 짜증을 내는 산속의 생활이다. 아무리 준비된 것이 많다고 해도 막사 속에서 며칠을 보내자니 왕궁의 생활에 비하면 지옥과 다름없다고까지 생각되었다.

아침 인사를 위해 들른 윈저 공작에게 불평을 늘어놓는 왕의 모습에서 처음의 전의는 눈 씻고 찾아봐도 없었다. 평생을 호사스럽게 살아온 그로서는 코빼기도 안 보이는 적군보다 지금의 불편함이 더욱 크게 느껴지는 것이 당연했다.

윈저 공작 또한 왕의 질책에 고개를 들지 못했다. 전투가 발발하는 시점을 예상하지 못하고 왕을 산속의 막사에 며칠씩 묵게 한 것은 누가 보아도 커다란 실책이다.

"불과 하루 이틀 거리라고 들었소. 그곳에서 그들이 완전히 자리를 잡고 움직이지 않는다니? 저들은 싸울 마음이 없는 것이 아니오? 혹시 계속 그곳에 자리를 잡고 후방의 성들을 완전히 점령하는 것은 아니오?"

스카로스 2세의 불평은 단순한 지루함에서 기인한 것은 아니었다. 불안감. 자국의 영토가 절반이나 적의 수중에 떨어져 있는데 왕의 기분이 좋을 리가 없다.

그리고 그 불쾌함은 작전을 수립한 윈저 공작에게 퍼부어졌다. 여섯 개의 성을 순순히 내주고 단번에 역전을 하자고 말한 자가 윈저 공작이 아닌가?

만약 적이 그 절반의 영토에 만족을 하고 더 이상 진군을 하지 않는다면 이쪽은 완전히 망하는 것이다.

윈저 공작도 사실 이 부분에서만큼은 스스로의 실수를 인정할 수밖에 없었다. 이번 전투에서 지리적인 선택권은 아군에게 있었다. 하지만, 그 이점에 정신이 팔려 시기적인 선택권이 적에게 있음을 간과해 버린 것이다.

그러나 그는 조금도 흔들리지 않았다. 지금 실수를 깨달았다고 해도 다른 전략을 사용했어야 한다는 판단은 들지 않았다. 그는 아직 자신의 선택이 최선이라 믿고 있었다.

한참을 이어지던 왕의 불평이 끝난 후 고개를 숙이고 있던 공작은 차분한 태도로 입을 열었다.

"적이 도중에 만족하고 멈출 리는 없습니다. 오히려 완전히 포기하는 것은 가능합니다만."

"정말이오?"

"지리적으로도 그렇고, 대의적으로도 말이 안 됩니다. 만약 왕국의 절반만을 점령한 채 우리를 치지 않는다면, 흑사자가 내세우는 대의명분에도 어긋납니다. 그가 선언한 것은 제국을 인정하지 않는 왕국을 벌하겠다는 것이지, 영토를 점령하겠다는 것이 아닙니다."

이것이 흑사자가 내세운 제국의 방침이다. 이 전쟁의 의미는 왕국을 복속시키는 데 있다. 왕국의 일부를 먹어 영토를 늘리는 그런 전쟁이 아닌 것이다.

"그런가?"

"확실합니다. 결국 적은 어떻게든 우리 살라를 완전 점령하거나 아니면 물러나야 합니다."

"그렇군."

윈저 공작의 말을 들은 스카로스 2세는 비로소 납득을 했다. 그렇다면 크게 걱정할 필요는 없는 것 같았다.

"시간은 우리 편이지. 그렇지 않나, 윈저 공작?"

"그렇습니다. 이대로 대치를 한다면 적은 여름이 되기 전에 물러날 수밖에 없습니다."

원저 공작은 웃으며 말했다. 하지만 그는 알고 있었다. 저들이 오리라는 것을, 물러날 수 없는 사정은 저들도 있다. 이번에 물러나면 나중에 다시 이곳을 점령할 기회가 없기 때문이다.

"준비는 완전합니다. 기다리기만 하면 됩니다."

원저 공작은 그렇게 못을 박 듯 말했다. 스카로스 2세는 알았다는 듯 고개를 끄덕이고는 막사로 다시 들어갔다. 태양이 하늘의 한가운데에 떠 그 볕이 뜨겁게 느껴졌기에 막사 안에서 시원한 음료수를 마시며 쉴 생각이었다.

원저 공작은 태양을 보며 중얼거렸다.

"더워지겠군. 밤은 아직 추우니 병사들의 체력이 떨어지지 않도록 조심해야겠어."

밤낮의 기온 차가 심하면 심할수록 야영 생활이 힘들다는 것을 그는 알고 있었다.

그러나 그런 원저 공작이라도 예측할 수 없는 일도 있는 법이다.

그것은 그날 저녁부터 나타났다.

맑은 봄날의 하늘은 점점 구름에 덮여 태양마저 가렸다. 해가 질 시간도 아닌데 어둠이 산속을 덮었다. 산이기 때문에 역시 조금만 구름이 진하게 껴도 쉽게 어두워지는 것이다.

노병들은 그것을 보고 말했다.

"비가 오겠군. 젠장, 봄비는 맞으면 감기에 걸리는데."

계절이 바뀌는 순환기이다. 밤낮의 기온 차가 심하니 몸이 젖으면 별로 좋지 못하다. 그들은 투덜대며 되는 대로 머리와 어깨에 비를 막을 천이나 가죽을 준비했다.

그리고 해가 질 무렵, 드디어 노병들이 예측한 대로 빗방울이 한두 방울씩 떨어지기 시작했다. 그리고 그 빗방울은 점점 굵어져서 마침내 큰 비로 변했다.

쏴아아아아아아.

보기만 해도 시원해질 정도로 거세게 쏟아지는 비였다. 그러나 막상 그 비를 맞아야 하는 병사들에게는 전혀 시원하지 않았다.

"아이고, 미치겠군. 하필 지금 비가 오다니?"

"그러게 말이야. 바닥이 축축해서 잠이나 제대로 잘 수 있을까?"

"잠이 문젠가? 계곡물이 흙탕물이라서 빵을 만들 수가 없다고!"

"뭐야? 그럼 당분간은 비상 식량으로 세 끼를 때워야 한단 말이야?"

"감자 삶은 거 얼마나 남았지?"

"몰라. 일단 빗물을 받으라고, 그걸로 빵을 만들어야 되니까."

"그래야겠군."

모든 부대의 병사들이 이를 갈며 부산하게 움직이기 시작했다. 그들의 막사 바닥은 모두 물이 차서 축축하게 젖었고, 저녁을 굶어야만 했다.

그나마 언덕 위쪽에 자리를 잡은 부대는 다행이지만, 비교적 계곡 아래쪽에 위치한 부대는 계곡 물이 불어 위치를 이동할 수밖에 없었다. 밤은 깊어가는데 자신들의 몸을 누일 곳을 찾아 헤매야 하는 신세가 된 셈이다.

그리고 다음날에도 비는 계속 왔다. 따지고 보면 봄에서 여름으로 바뀌는 환절기 때에 비가 자주 오는 것은 당연하다. 전쟁 중만 아니라면, 농사의 소출을 늘려줄 고마운 빗줄기가 연일 쏟아졌다.

특히 산의 서쪽 면에 자리를 잡은 이들에게는 더 더욱 많은 비가 왔다. 서남쪽의 비구름이 산 정상 쪽에 부딪쳐 봉우리를 넘지 못하고 비를 쏟아내기 때문이다.

그것은 장마였다. 비는 거의 일주일에 걸쳐 내렸다가 그쳤다가를 반복했다.

그에 따라 애초에 자리잡은 진형은 완전히 엉겨서 더 이상 효과적인 움직임을 보일 수 없게 되었다. 계곡물이 너무나도 많이 불어나서 양쪽 언덕에서 건너가려면 헤엄을 쳐야 할 정도였다.

발렌이 이끄는 10만의 병사들이 움직인 시기는 바로 이때였다.

아직도 비가 한참 오고 있는 상황에서 그들은 숲을 지나 나아가기 시작했다.

"서둘러라! 오늘 밤에는 저들이 있는 곳까지 도달해야 한다!"

발렌은 가장 선두에서 고함을 쳤다. 비가 억수같이 쏟아지는 상황에서도 그의 목소리는 숲의 나무들을 뚫고 병사들의 귀에 들어갔다.

병사들의 눈은 하나같이 빛나고 있었다. 그들은 비가 오기 일주일 전부터 철저하게 비를 피했다. 발렌이 비가 올 것을 예상했기 때문이다.

그는 말했다.

"산 위의 진형은 틀림없이 전투에 유리하다. 그러나 만약 비가 올 경우, 산속에서의 야영 생활은 별로 권하고 싶지 않은 고행이지. 비는 온다. 앞으로 일주일 정도가 지나면 틀림없이 온다!"

전장에서 꼭 따져야 할 것 중 하나가 바로 싸우는 당일의 천기라고 그는 말했다.

수중전이 될 것인지, 아니면 태양이 쨍쨍 내려쬐는 더위가 될 것인지에 따라 병사들의 무장과 복장을 다르게 준비시켜야 한다는 것이다.

이것은 실전을 경험해 보지 않으면 절대로 알 수 없는 전장의 잔기술이지만, 그 효과는 의외로 크다.

"살라 군은 절대로 모를 것이다. 내가 조사한 바로는 그들이 지금 진을 치고 있는 산다 산맥 너머로는 비가 적게 온다고 했다. 산맥에 비구름이 막히기 때문이지. 스틸문에서 평생을 지낸 적들이 과연 이 기나긴 우기를 알고나 있을지 궁금하군."

발렌의 말을 들은 모든 무관들의 눈이 빛났다. 그들도 알고 있었다. 환절기에 기나긴 우기가 있다는 것을!

그런데 발렌은 적들은 그걸 모를 것이라고 말했다. 하물며 그때가 언제인지는 예측할 수조차 없을 것이다. 그리고 그걸 대비해서 군을 정비하는 것은 더 더욱 불가능할 것이다!

결국 발렌의 말대로 비는 왔다. 그리고 숲의 초입에서 철저하게 준비를 한 그들은 평소와 거의 다를 바 없는 평온한 야영 생활을 즐기면서 쏟아지는 비를 감상적인 시선으로 즐길 수 있었다.

지금 진군하는 병사들의 복장을 봐도 그렇다. 미리 준비해 둔 말린 갈대로 두꺼운 우비를 만들어 어깨에 두르고, 나무껍질로 만든 삿갓형의 모자를 뒤집어쓰고 있었다.

몸을 따뜻하게 유지할 충분한 보온성과 빗방울의 대부분을 튕겨낼 수 있는 좋은 물건들이었다.

그리고 가장 중요한 것은 바로 장갑이었다. 일주일에 걸쳐 기름을 먹여 정성스럽게 만든 가죽 장갑은 부드러우면서도 절대 빗물을 통과시키지 않는다. 그것을 끼고 창을 잡은 병사들의 손아귀에는 힘이 들어가 있었다.

비가 아무리 와도 손이 젖을 염려가 없다. 그리고 창이 미끄러지지도 않는다.

부츠는 어떠한가? 바닥에 가죽을 몇 겹 더 덧댄 다음 금속으로 된 징을 박았다. 물에 젖은 진흙을 밟아도 잘 미끄러지지 않게 모든 노력을 다했다.

노병들은 미소를 지었다. 이것은 된다! 이 정도 준비를 한 상황에서 비에 젖은 적을 상대하는 것은 그야말로 압도적으로 유리한 일이다.

"장군은 지라나 병사의 수준이 아닌 천기로 작전을 짜는구만. 이건 병법서에도 없는 일일 텐데."

"암, 없지. 무슨 병법서에 비가 오나 안 오나 잘 살피라고 나오겠나? 역시 우리 장군님은 뭘 아는 분이시지."

그들의 발렌에 대한 신뢰는 하늘을 찌를 듯했다.

사실 고급 병법서에는 그런 말도 나온다. 그러나 일반 병사들이 그걸 알 리가 없다. 그저 발렌의 지휘에 감탄할 뿐이다. 그리고 지금 그 감탄은 모두 전의로 바뀌어 그들의 발걸음을 앞으로 옮기고 있었다.

"목적지입니다! 곧 숲을 벗어납니다!"

선두에서 선행 정찰병이 달려오면서 외쳤다.

발렌은 뒤쪽에 있는 지휘관들에게 말했다.

"적들도 수중전에 대한 훈련은 받았을 것이다. 그러니 절대 방심하지 마라. 산은 더욱 미끄러울 테니 너무 서두르지 말고 확실하게 적을 제압하면서 진군하도록."

"명심하겠습니다."

지휘관들은 일제히 대답했다. 여기까지 와서 실패란 있을 수 없다. 그들은 굳은 결의의 눈빛을 하고 저마다 맡은 부대로 돌아갔다.

그리고 곧 정식으로 전투가 시작되었다. 진형이고 뭐고 진군을 하던 그대로 산 위로 오르며 적과 싸우기 시작한 것이다.

"와아아아아아!"

쏴아아아아아!

고함 소리와 비가 오는 소리는 거의 비슷할 정도로 시끄러웠다. 산 아래쪽 숲으로부터 밀려 나오는 기름먹인 횃불의 불빛이 하늘에 떠 있는 별과도 같아 보였다.

"당황하지 마라! 지리적인 이점은 우리에게 있다!"

윈저 공작은 크게 외쳤다. 하지만 그도 비가 오는 시기에 맞추어 싸움을 걸어올 줄은 몰랐다.

"같이 죽자는 말인가?"

윈저 공작은 이를 갈았다.

비가 오면 움직임이 둔해지기 때문에 양군의 피해가 커진다. 특히 이런 밤이라면 시야가 극도로 좁아지기 때문에 효율적인 군의 제어가 힘들어진다. 계곡물에 빠져 죽는 자들도 많아질 것이다.

결국 진흙탕 속의 전투가 되는 셈이다.

하지만 결국 승리하는 것은 아군이다! 윈저 공작은 그렇게 생각하며 쉬지 않고 군을 독려했다.

그러나 산 아래에서 벌어지고 있는 실전 상황은 윈저 공작의 예상과는 전혀 다른 것이었다.

휘익, 퍽!

"아아아악!"

"하하하하, 이놈들, 무기를 제대로 잡지도 못하네?"

병사들 중 한 명이 웃으면서 외쳤다. 산의 밤은 무척 춥다. 비에 젖은 손으로 창을 잡은 실라 군의 병사들은 하나같이 손이 얼어 힘이 들어가지 않았다.

전투가 벌어지면 심장이 격하게 뛰기 때문에 그나마 몸은 덥힐 수 있지만 손은 쉽게 녹지 않는다. 손이 언 병사와 그렇지 않은 병사들의 전투력의 차이는 컸다.

파파팍.

"아아아악!"

창병뿐만 아니라 검과 방패를 든 돌격병의 경우도 마찬가지였다. 적의 공격은 힘이 없고, 무기와 무기가 부딪치는 순간 손에서 무기를 놓치는 병사들도 많았다. 마치 훈련도 받지 못한 신병들과 싸우는 기분이 들 정도였다.

"적은 화살을 쏘지 못한다! 마음 놓고 돌진해라!"

지휘관들이 외치는 소리가 곳곳에서 들렸다. 밤이다. 그리고 난전 상황이다. 산 위쪽에서 화살로 지원을 할 수 없는 상황이기에 결국 보병의 힘 싸움으로 결판이 난다.

산 위쪽에 버티고 있는 지휘관들이 이 상황을 알아차리기까지가 절호의 기회라고 할 수 있었다.

발렌이 서두르지 말라고 했지만, 지휘관들도 병사들도 필사적으로 적을 밀어붙였다. 그리고 그 기세는 보기 좋게 적의 방어진을 뚫고 올라가는 것으로 공격은 더욱 거세어졌다.

"어, 어떻게 된 거지?"

윈저 공작은 당황하여 자신도 모르게 중얼거렸다. 횃불의 움직임으로 양군의 상황을 대략 알 수 있었는데, 그의 눈에 보이는 군의 움직임은 믿기 어려울 정도로 아군의 압도적 패배였다.

"윈저 공작, 상황이 좋지 못하오?"

옆에서 왕이 불안한 눈으로 물어본다. 윈저 공작은 뭐라고 대답을 해야 할지 몰라 잠시 망설였다.

그런데 때마침 아래쪽에서 한 명의 병사가 보고를 하기 위해 달려왔다.

"알립니다. 적의 기세가 놀라워 아군은 제대로 싸워보지도 못하고 밀리고 있습니다. 특히 좌측 제삼만인대와 맞붙은 적은 이미 산 중턱에까지 밀고 올라온 상황입니다!"

"뭐라고? 윈저 공작, 이게 어떻게 된 일이오?"

왕은 이게 말이나 되는 소리냐는 듯 윈저 공작에게 항의했다. 승리를 확신하지 않았는가? 그의 눈빛은 그렇게 책망하고 있었다.

윈저 공작은 이를 악물고 대답했다.

"같은 병사들이라면 지리적으로 산 위에서 싸우는 저희들이 밀릴 이유가 없습니다. 적의 정예가 어둠을 틈타서 전격적으로 밀고 들어온 모양입니다. 즉시 기사단을 제삼만인대가 있는 쪽으로 보내겠습니다."

"서두르시오! 저들에게 우리 기사단의 힘을 보여줄 차례요."

"알겠습니다."

윈저 공작은 대답을 하고는 즉시 기사단에 지원을 하도록 명했다.

왕국의 삼대 기사단 중 하나인 고르곤 기사단이 그곳으로 향했다. 지원 부대까지 합쳐 5천 정도로 구성된 기사단인데, 그중 정식 기사가 천 명이 넘을 정도로 정예 부대라 할 수 있었다.

그들은 산의 능선을 따고 이동하여 하나의 봉우리를 넘어 겨우 제삼만인대가 있는 곳까지 도착할 수 있었다. 그러기까지 걸린 시간은 거의 2시간, 비가 오는 밤중에 산에서 이동을 하는 데에는 보통 때보다 세 배의 시간이 걸린다.

그리고 믿을 수 없게도 그때에는 이미 제삼만인대는 거의 괴멸된 상태였다. 가이안 제국군은 이미 산 정상에 거의 도달해 있었기 때문에 고르곤 기사단은 도착하자마자 전투를 시작했다.

"쳐라! 저놈들을 시체로 만들어 산 아래로 던져 버려라!"

"와아아아!"

기사들은 함성을 지르며 돌진했다. 비탈길을 따라 아래로 달려가는 그들의 기세는 과연 왕국의 삼대 기사단이라고 감탄할 만했다.

그러나 이에 맞서는 가이안 제국군도 만만치 않았다. 어쨌거나 윈저 공작의 짐작대로 이쪽의 선두에는 발렌이 직접 지휘하는 부대가 있었다.

그들 중 수백 명은 기사였기에 적의 기세에 결코 굴하지 않고 검을 두 손으로 쥐고 땅에 미끄러지지 않게 발판을 마련한 채 묵묵히 기다렸다.

"쳐라!"

발렌의 고함에 모든 병사들이 일제히 반응했다. 두 무리의 무력 집단이 정면으로 부딪치는 순간은 더할 나위 없이 격렬했다.

챙, 챙, 챙!

쏴아아아아아!

무기와 무기가 부딪치는 소리에 지지 않겠다는 듯 비는 더욱 세차게 내렸다. 기사들의 무기는 대부분 검이었다. 그들의 무기가 부딪치면 불꽃이 어두운 밤의 공간을 수놓았다.

발렌은 앞을 막아서는 기사들을 하나하나 무찔렀다. 그의 양 옆으로 두 명의 기사가 호위하듯 지키고 서서 여러 명이 한꺼번에 달려드는 것을 막았다. 발렌은 능숙하게 그들과 보조를 맞추며 한 명씩 상대했다. 절대로 서두르지 않았다.

그러면서도 입으로는 계속해서 소리를 질러 명령을 내렸다. 다른 쪽에서도 각 부대의 지휘관들이 고함을 질러 그의 명에 답했다.

반면에 살라의 고르곤 기사단은 이런 밤중에 싸우는 것에 익숙하지 않았다. 비까지 오는 상황이기 때문에 진열을 유지하기가 쉽지 않았다. 사방이 어둠으로 뒤덮여 눈앞에 나타나는 적과 전력으로 싸울 뿐이었다.

어느 정도 진형을 유지하면서 싸우는 가이안 군에 비하면 정말로 불리한 상황이었다. 그러나 그들은 그것조차 알아차리지 못했다.

얼마를 싸웠을까? 발렌은 몇 개의 상처를 입었다. 그러나 모두 경미한 상처였고, 여전히 전력으로 싸울 체력도 남아 있었다. 사방에서 들려오는 부대장들의 고함 소리로 보아 이미 전투는 이쪽이 거의 제압한 것 같았다.

하지만 아직은 방심할 수 없다. 지금 싸우고 있는 자들은 보통의 병사들과 다르다. 기사단임에 틀림없다. 완전히 제압을 하여 산의 정상까지 올라야 능선을 타고 다른 곳으로 이동할 수 있는 것이다.

'다른 쪽은 아직 정상에 도달하지 못했나? 이제 2시간 정도면 날이 밝을 텐데.'

휘익, 퍽!

"아악!"

발렌은 검을 휘둘러 또 한 명의 기사를 베어 넘기며 그렇게 생각했다.

절대 눈앞의 싸움에만 몰두하지 않지만, 그렇다고 해서 정면의 집중력이 흩어지진 않았다.

최고 지휘관이 선두에 서서 싸우는 것은 원래 금기시되는 것이지만, 그는 일부러 선두에 섰다. 정상에 가장 먼저 도달하여 적의 왕과 대등한 높이에서 진을 재구성하기 위해서였다.

그것으로 군의 사기는 절정에 달하고 산 중턱에 있는 적군들은 아군을 올려다보게 될 것이다.

그것은 날이 밝기 전에 이루어지면 그 효력이 극대화될 것이다. 그런 만큼 더욱 힘을 내야 한다.

만약 전사를 하게 되면 뒤에 있는 부관이 자신의 역할을 하게 되어 있다. 그 부관도 전사하면 제일일 만인대장이 총지휘관이 될 것이다.

죽음을 두려워하지 않고 이번 전투에 모두가 몸을 던졌다. 왕국 하나를 점령하기 위해서는 그 정도 각오는 필요한 것이다.

챙, 챙, 챙!

그 순간 발렌의 검에 대등하게 맞서는 자가 나타났다. 거한이었다. 파란 갑옷을 입은 그자는 가슴에 몇 개의 장식을 달고 있었다. 살라 왕국의 고위 귀족들에게만 허락되는 장식인 것 같았다.

그 기사는 몇 번 검을 부딪치고는 발렌의 실력에 감탄했는지 한 걸음 물러나 말했다.

"그대가 이 부대의 지휘관인가? 나는 고르곤 기사단의 단장인 토고로스다!"

발렌도 검을 앞으로 겨눈 채 잠시 움직임을 멈추고 대답했다.

"나는 가이안의 제삼군 총사령관 발렌이다."

"뭐라고? 트루 나이트 발렌! 총사령관이 직접 전투에 참여했나?"

"그렇다. 나를 베어라. 그러면 너에게는 최고의 전공이 될 것이다. 하지만 그렇지 못하면 이 전투는 가이안의 승리가 될 것이다."

"흥, 압박을 주려고 해도 소용없다. 한번 겨루어보도록 하지!"

위잉, 쩡!

토고로스는 크게 투지가 이는 듯 몸을 날리듯 달려들며 위에서 아래로 검을 내려쳤다. 전신의 체중이 실린 검격이었다.

이에 발렌은 침착하게 한 걸음 뒤로 물러서며 방패로 상대의 검을 막았다. 동시에 팔을 비틀어 그 힘을 흘려 자신의 팔이 압력에 부러지는 것을 막았다.

슈슈슉.

발렌은 적의 검이 외부로 벗어나는 것과 동시에 그 사이를 바람처럼 뚫고 세 번이나 찔렀다. 방패로 검을 흘리는 것과 동시에 이루어진 공방일체의 움직임이었다.

"대단하군! 챗!"

토고로스는 감탄성을 내며 급히 허리를 굽히며 상체의 몸놀림만으로 발렌의 찌르기를 피했다. 거구와는 어울리지 않는 빠르기였다.

"과연 살라 왕국의 명성 높은 기사로군. 오랜만에 제대로 싸울 수 있겠어."

발렌은 미소를 지으며 중얼거렸다. 어둠이 그의 본성을 일깨웠을까? 강한 상대를 만나자 무인으로서의 투지가 끓어오르는 것 같았다.

"장군, 저희가 합세하겠습니다."

옆에서 호위를 하던 두 기사가 한 걸음씩 앞으로 나서며 말했다. 그러나 토고로스의 뒤쪽에도 두 명의 기사가 있었다. 그들 역시 토고로스를 호위하는 임무를 수행하던 모양이었다.

"자네들의 상대가 나오는군. 어서 가보게."

발렌은 웃으며 말했다. 그러면서 방패를 버리고 양손으로 검을 잡았다.

전황은 이미 이쪽의 절대적 우세로 기울어지고 있었다. 이제 눈앞의 기사단장만 처리하면 완벽한 승리가 될 것이다. 그는 자신이 있었다.

*　　　　*　　　　*

어둠이 점점 짙어져 가고 비는 더욱 심하게 내렸다. 윈저 공작의 마음은 그에 따라 더욱 무겁게 가라앉았다.

"어떻게 된 거요? 우리가 불리한 것이오?"

왕은 자신의 눈으로 전황을 확인할 정도의 경험이 없기에 벌써 몇 번이나 윈저 공작에게 같은 질문을 했다.

이미 삼대 기사단을 모두 출전시켜 그들의 주위에는 근위기사들만 남아 있었다. 더 이상의 여력은 없다. 이걸로 부족하다면 상황이 심각해진다.

윈저 공작은 굳은 얼굴로 왕에게 말했다.

"아직은 모릅니다. 날이 밝아야 확실한 상황을 알 수 있습니다. 그리고 다소 불리한 상황이라고 해도 일단 날만 밝으면 충분히 만회할 수 있습니다."

"그렇소?"

왕은 여전히 윈저 공작을 신뢰하고 있었기에 그의 대답에 조금이나마 마음을 놓았다. 그러나 정작 윈저 공작은 속으로 비명을 지르고 있었다.

'절망적이다! 기사들이 투입된 곳에서도 적을 밀어붙이지 못하고 있다니? 저들이 설마 저렇게 강할 줄이야!'

믿을 수 없었다. 군의 수도 아군이 많지 않은가? 그런데 어떻게 이렇게 모든 전선이 밀릴 수가 있는가? 각 만인대가 모두 전황의 불리함을 알리는 전령을 보낸 것은 약 한 시간 전이다. 그리고 그가 보기에 지금까지 쉬지 않고 몰리고 있었다.

'폐하께 안전한 곳으로 먼저 피신하시라고 해야 하는가?'

실낱같은 이성이 끌어낸 한줄기 생각이었건만 그는 망설였다. 여기서 왕을 피신시킨다면, 그의 앞날에는 몰락이라는 두 글자만 존재할 뿐이다. 이 명백한 사실이 올바른 판단을 마비시키고 있었다.

윈저 공작의 마음속에는 아직 미련이 남아 있었다. 그것이 얼마나

희박한 확률의 희망인지는 생각하려고도 하지 않았다.

'날이 밝으면 아군이 유리하다. 아직 아군은 위쪽에 있고, 적은 아래로 부터 밀고 올라오고 있는 상황이다. 아군이 유기적으로 하나가 되어 싸울 수만 있다면 적들을 다시 밀어붙이는 것이 불가능하지는 않을 것이다.'

그는 그렇게 믿었다. 아니, 그렇게 믿고 싶었던 것일지도 모른다. 병법에 뛰어나 왕국의 병권을 일임받았지만 사실 그는 실전 경험이 없었다.

이런 대규모 전투는 평생 한 번 겪기도 힘든 것이다. 그것이 그의 한계였다.

퍼퍼퍼펑!

갑자기 하늘 높이 몇 개의 신호탄이 올랐다. 그와 동시에 산 아래쪽 으로부터 가이안 군이 일제히 함성을 질렀다.

"와아아아아아아!"

이때만큼은 빗소리도 들리지 않았다. 저들의 함성은 승리의 함성이 었다.

윈저 공작은 놀라서 신호탄이 올라온 방향을 보았다. 바로 옆의 봉 우리였다. 제삼만인대가 위치했던 곳이다. 그곳의 정상에 수십 개의 등불이 켜지고 있었다. 그리고 그 등불로 인해 보이는 커다란 깃발은 가이안의 것이었다.

"적이다!"

"아! 저들이!"

"어떻게 저기까지!"

주변에서 사람들이 놀라 외치는 소리가 들렸다. 그리고 그와 거의 동시에 옆 봉우리에 모인 병사들이 일제히 소리를 질렀다.

"정상을 점령했다! 우리가 이겼다!"

"와아아아아아!"

부관은 벌써 몇 번이나 초조한 음성으로 명을 하달하기를 재촉했다. 하지만 정작 말을 해야 할 당사자는 멍한 표정으로 꼼짝도 하지 못하고 있었다.

아득하게 저 너머로 멀어진 그의 정신을 일깨운 것은 왕의 호통 소리였다.

"윈저 공작!"

멍한 상태에서 아련하게 들려온 그것은 비명과도 같았다. 비로소 정신을 차린 윈저 공작은 숙였던 고개조차 들지 않고 몸을 돌려 왕을 향했다.

그리고 천천히 무릎을 꿇은 후 완전히 엎드린 자세로 말했다.

"소신이 무능하여 적을 막을 수 없었습니다."

왕은 공작의 이 말에 기가 막혔다. 지금 상황에서 믿을 수 있는 단 한 사람이라고 생각했건만, 공작은 이미 모든 것을 포기한 태도였다.

"그걸 말이라고 하는가?"

왕은 화를 내었다. 당장이라도 윈저 공작을 죽일 것 같은 기세였다. 그러나 이미 때는 늦었다.

날이 밝을 무렵에는 또 다른 두 개의 봉우리가 가이안 군의 수중에 떨어졌다. 이제 그들은 아래에서 위를 공격하는 것이 아니라 대등한 위치에서, 혹은 오히려 위에서 아래로 공격을 할 수 있게 되었다.

새벽이 오고 해가 뜨면서 빗줄기는 약해졌지만, 그때에는 이미 살라 왕국의 병사들에게 아무런 도움이 되지 않는 상황이었다.

❀ Chap 5 ❀
공작의 귀환.

공작의 귀환

10만의 대군을 훌륭하게 지휘하여 기적의 진군을 성공시킨 발렌은 가이안 제국의 새로운 영웅이라 할 수 있었다. 지금까지 쌓아온 트루 나이트의 위명 위에 얹어진 새로운 명칭은 바로 아크 나이트, 진정한 기사의 모범이자 위대한 지휘관을 의미했다.

그런 그를 질투하는 자는 거의 없었다. 오히려 대부분의 사람들이 진정으로 기뻐하며 그에게 내리는 상을 더욱 무겁게 해야 한다고 주장했다.

심지어 마스터인 바로크 백작은 자신이 지니고 있는 프라임 나이트의 직위를 발렌에게 양위하겠다고 했을 정도이다. 제국 최고위의 기사에게 내려지는 칭호인 만큼 마스터인 그에게 어울린다는 말이 있어 각하되었을 뿐이다.

하지만 그런 발렌이라고 해도 작위는 여전히 백작에 머물고 있었다.

일군의 총지휘관인 만큼 후작의 작위를 내려야 한다는 의견도 있었지만, 1, 2년 사이에 일개 자작이 두 단계나 작위가 올라 후작이 되면 제국의 위신에 문제가 생긴다는 결론이 났다.

시골 왕국도 아니고, 그런 식으로 신분이 상승할 수는 없는 것이다. 물론 휴케바인 같은 경우는 예외다.

아무튼 이 일로 인해 가이안 제국은 구 3대 제국 중 하나인 카라엘 제국의 수도였던 스틸문을 손에 넣었다. 드래곤의 수호를 받았던 도시, 대륙 남서부 대부분의 왕국들이 긍지로 여겼던 곳이다.

하지만 전쟁은 끝난 것이 아니라 이제 시작했을 뿐이다. 사람들이 그것을 알게 된 것은 바로 군무관들이 모인 왕실 정기 회의에서였다.

"이제부터 시작입니다!"

하이번은 사람들이 모인 자리에서 강한 어조로 말했다.

"시작? 무엇을 말이오, 하이번 후작?"

발튼이 물었다. 다섯 갈래로 나뉜 군은 모두 계획대로 가장 중요한 요충지에 자리를 잡고 그곳에 주둔했다.

겨울이 오고 다시 봄이 올 때까지 충분히 버틸 수 있는 식량을 확보한 이상. 올 겨울에는 근방의 왕국들이 알아서 항복을 해올 것이다.

지금에 이르러서 발튼 후작은 과연 하이번이라며 크게 감탄하고 있는 실정이었다. 불가능해 보이는 작전을 아무렇지도 않게 세워 모두의 예상을 뒤엎고 성공시킨 것이다.

그런데 막상 진군 결과를 평가하기 위한 회의에서 마무리가 아닌 시작을 논한다. 왠지 모르게 불안한 느낌까지 드는 발튼 후작이었다.

그러나 하이번은 부드러운 미소를 지으며 모든 사람들이 의혹의 시선으로 자신을 바라보고 있는 이 순간을 즐겼다. 이들 중 아무도 눈치채지 못했다면 적도 모를 가능성이 높기 때문이다.

"수도를 이전합니다."

"뭐라고요?"

"스틸문은 대륙의 중심에 위치한 요충지이자 구 제국의 수도, 그곳이야말로 가이안 제국의 수도로 적합합니다."

"그게 무슨 말이오? 그곳은 지금 최전방이 아니오? 사방에서 적의 침공을 받을 수 있는 곳으로 수도를 이전하다니? 전쟁이 끝나고 우리 가이안이 대륙을 통일한다면 모를까, 지금은 불가능하지 않겠소?"

노장군 중 한 명이 믿을 수 없다는 표정을 지으며 말했다.

제국이 아니라 일개 왕국이라고 해도 수도를 이전하는 것은 절대로 간단한 일이 아니다. 적어도 10여 년에 걸쳐 치밀한 준비를 하고 다시 수십 년 동안 막대한 인력과 금력을 쏟아 부어야 하는 일이다.

하지만 하이번이 하자고 하면 그들은 납득하고 따를 생각이 있었다. 그만큼 지금까지 하이번이 해온 일들은 그들에게 신뢰를 주었다. 과거 애슐론이니 슈란이니 하는 것은 이미 의미가 없다고 할 수 있었다.

그러나 스틸문에 수도를 건설하는 것은 전혀 다른 얘기다. 전쟁터 한가운데에 무슨 수도를 건설한단 말인가?

미노 제국이 총력을 기울여 남진을 하고 있다. 대륙 북쪽을 이미 거의 손에 넣은 그들이 하이얀 산맥을 넘어 가장 처음 들이닥칠 곳은 몇 군데로 예상이 압축되고 있는데, 그중 가장 가능성이 높은 곳이 바로 스틸문이다.

그들이 생각하기에 스틸문은 앞으로 적어도 서너 번은 적과 아군의 손을 넘나드는 격전지가 될 가능성이 높았다.

"차라리 구 시얀 제국의 수도인 스큐라로 천도를 하겠다면 찬성하겠소. 하지만 스틸문은 무리오."

발튼 후작이 모든 무장의 눈빛을 받아 대표로 말했다. 하이번이 감언이설로 자신의 입을 막기 전에 틈을 주지 않고 선언을 한 것이다.

일단 이런 식으로 선언해 버리면 체면상 하이번 후작이라고 해도 무조건 밀어붙일 수 없을 것이다. 그는 그렇게 생각했다.

그러나 하이번에게는 아직까지 쓰지 않고 아껴두었던 전가의 보도가 있었다.

"폐하께서는 이미 승인하셨습니다."

"이익, 폐하께서 승인하지 않을 리가 있겠소?"

발튼 후작은 화를 냈다. 솔직히 말해서 레오라면 수도를 이전하는 것 정도가 아니라, 아예 전국에 동시에 세 개의 수도를 건립하자고 해도 그는 별 생각 없이 허락을 할지도 모른다.

왕국이든 제국이든 수도는 하나라는 상식도 안다고 확신하지 못하는 것이다.

그런데 저 하이번이 특유의 감언이설로 레오를 설득한다면, 최전방이 아니라 밀림 한가운데로 옮긴다고 해도 당연히 허락하지 않겠는가?

하이번이 지금까지 황제의 대리인으로 정치, 군사, 행정 면에서 가장 커다란 입김을 발휘하면서 크게 문제가 발생하지 않았던 것은 대부분의 일을 각 방면의 실무 책임자들과 상의해서 추진했기 때문이다.

가장 마찰이 심했던 곳이 바로 군부인데, 그래도 아직까지 모든 작전이 성공을 했기에 일이 순조롭게 진행되었다고 할 수 있었다.

그러나 이번에는 다르다. 황제의 이름으로 무관들의 불만을 누르려는 것이다. 모든 무관들의 시선이 흉흉해졌다.

방금 전까지 그래도 하이번을 인정하자는 분위기였는데, 이제는 다시 저놈 같은 애슐론 출신과는 절대로 뜻을 같이할 수 없다는 식의 기운을 강렬하게 발산했다.

하지만 하이번은 여전히 웃고 있었다. 그리고는 말을 이었다.

"발튼 후작의 말씀은 잘 알고 있습니다. 하지만 어쨌거나 가이안의 수도는 스틸문뿐이라고 생각합니다. 스큐라는 너무 서남쪽으로 처져 있지요. 대륙의 사분의 일을 다스리는 데에는 적합하나 대륙 전체를 아우를 수는 없을 겁니다."

"꼭 천도를 반대하는 것이 아니오. 하지만 대륙을 통일한 다음이라면 몰라도 지금 스틸문으로 수도를 옮기는 것은 미친 짓이라고 생각하오."

이제는 노골적으로 말하는 발튼 후작이었다. 같은 후작이자 황제의 대리인 자격까지 가지고 있는 하이번에게 미친 짓이라는 표현까지 썼다.

다른 모든 무장들도 고개를 끄덕였다. 훌륭하게 모두 힘을 합쳐 하이번을 미친놈으로 몰고 있었다.

무리도 아니다. 그들도 평생 무에 몸을 담고 살아온 자들, 상식적으로 될 일이 있고 아닌 일이 있는 것이다.

수도를 옮기려 할 경우, 막대한 자금과 함께 수도를 건설할 인부들이 투입된다. 그런데 전쟁이 벌어지면 그들을 보호하기 위해서 군부가 힘을 써야만 한다.

틀림없이 막대한 피해가 생긴다. 적을 공격하는 것 자체가 불가능해질 수 있다.

지켜야 할 것이 많은 군대는 그만큼 약하다고 할 수 있다. 한마디로, 적의 대군이 공격해 올 지점에 민간인 수만을 동원하여 그들을 보호하며 싸우자고 주장하는 꼴이다.

무장들의 눈에서 살기가 떠올랐다. 혹시 이자는 서류나 숫자적인 것으로만 군을 움직이는 것이 아닌가? 지금까지는 운이 좋았나?

그런 생각이 저절로 들었다. 이성적으로 지금까지 해온 하이번의 정책이 절대 탁상공론으론 이루어질 수 없는 것이라 알고 있어도, 일단 감정적으로 부딪치자 무의식 중에 상대를 비하하게 되는 것이다.

그렇게 생각하지 않는 자들이라 해도 최소한 하이번이 갈수록 자신의 능력에 도취되어 무모한 작전을 강행한다고 생각했다.

위험도가 크면 얻는 것은 많지만 실패했을 때 그 피해는 치명적인 것이 된다. 지금 무장들에게는 하이번의 전략이 무엇인지 구체적으로는 알 수 없지만, 절대로 실패한다고 여겨졌다.

힘들게 쌓아온 신뢰 관계는 단번에 깨어졌다.

"폐하의 명을 따르지 않겠단 말입니까?"

하이번은 다시 말했다. 여전히 부드러운 음성, 그러나 그 안에 담긴 뜻은 비수처럼 날카롭다.

"그대가 이렇게까지 할 줄이야. 내가 사람을 잘못 본 모양이군."

발튼 후작이 무거운 목소리로 말했다. 회의장의 분위기는 그야말로 살벌하다고 할 수 있었다. 당장 누군가가 검을 뽑아 하이번을 친다고 해도 전혀 이상하지 않을 정도였다.

"아무튼 일은 이미 정해졌으니 그렇게 알고 모두 힘을 합쳐 주십시오. 일단은 일 년 이내에 새로운 성을 짓게 됩니다. 그 후에는 폐하께서 먼저 그곳으로 거처를 옮기시고, 다시 10여 년에 걸쳐 대륙에서 가장 화려한 도시를 건설하게 될 것입니다."

"알겠다. 폐하의 명이라면 따르지."

"역시 발튼 후작과 이 자리에 계시는 무장들께서는 모두 폐하의 충실한 신하이십니다."

승리자의 미소를 지으며 공손하게 고개를 숙여 사례하는 하이번의 모습은 그렇게 얄미울 수가 없었다.

발튼은 이를 갈며 말했다.

"하지만 오늘 일은 영원히 잊지 않겠다."

고지식하기로 이름 높은 발튼 후작의 선언이다. 이것으로 어떤 일이 있어도 하이번은 군부의 지지를 받을 수 없게 되었다.

그야말로 자살 행위와도 같은 일이라고 할 수 있다. 그래도 하이번은 웃었다.

*　　　*　　　*

"발튼 후작을 비롯한 무장들의 불만이 하늘을 찌를 것 같습니다."

하이번이 레오와의 면담에서 처음으로 꺼낸 말은 바로 그것이었다.

레오의 옆에 앉아 있던 로엔은 신기한 눈으로 그를 보았다. 무릎 위에서 웅크리고 졸린 듯 눈을 감고 있던 네로도 고개를 들어 하이번을 보았다.

그들도 요즘 황궁 내외에서 흐르는 분위기를 아주 실감나게 느끼고 있던 참이다.

만약 어느 날 하이번이 암살자에게 당해 시체로 발견되었다고 해도 그리 놀라지 않을 것이다. 그 정도로 하이번은 군부의 모든 사람들에게 분노의 대상이 되고 있었다.

이것은 가볍게 보아 넘길 일이 아니다. 실질적으로 군무를 책임지고 있는 하이번이 사람들의 신망을 얻지 못하면 제국의 운영에 문제가 생길 수도 있는 것이다.

그런데 정작 본인은 웃으면서 저런 말을 하고 있다. 로엔도, 네로도 하이번을 이해할 수 없었다.

하지만 레오는 아무 생각 없이 '알아서 하겠지' 하고 하이번을 믿을 뿐이었다. 그러나 하이번이 왜 그랬는지는 궁금했다. 레오는 그저 자신의 호기심을 충족시키기 위해 물었다.

"그걸 그렇게 즐거운 듯이 말하는 이유가 있겠군?"

"그거야 제가 원하는 대로 사람들이 저를 미워하게 되었기 때문입니다. 전략가로서 원하는 대로 사람들의 심리를 조종할 수 있는 것이 얼마나 행복한지 이루 말할 수 없군요."

"호, 과연 미움을 받고 싶었던 거로군. 알겠다."

레오는 납득했다. 그것도 아주 단순하게 '이상한 놈이군. 일부러 원한을 사다니?' 라고 사건을 보이는 그대로 받아들였다.

그러나 네로는 그럴 수 없었다.

야옹.

쿡, 쿡.

짧게 울면서 앞발로 옆에 있는 로엔의 옆구리를 찔렀다. 그러자 로엔이 얼른 하이번에게 물었다.

"꼭 그러셔야 할 이유가 계신가요? 어떤 일이 있어도 인간 관계를 악화시키는 것은 장기적으로 볼 때 커다란 손해라고 생각합니다만."

"그건 그렇습니다."

하이번은 로엔의 말에 동의했다. 인간과 인간의 사이에 흐르는 감정은 시간에 따라 좋은 쪽으로도 나쁜 쪽으로도 성장하지만, 한 번 나쁜 쪽으로 틀어지면 만회하기가 정말 힘들다.

이제 그가 군부의 분노를 샀으니, 앞으로 어떤 일을 행하든 알게 모르게 적지 않은 문제가 발생할 것이 분명했다.

"아시면서도 일부러 그런 일을 벌이신 건가요?"

지금까지의 분위기상 하이번이 무슨 생각이 있는 것은 틀림없다. 그러나 로엔은 정말 이해할 수가 없었기에 다시 물었다.

마음속으로부터 존경하고 있는 사람이 스스로를 망치는 모습을 그냥 두고 보기에는 너무나도 참기 어려운 일이라는 것을 로엔은 요즘 느끼고 있었다.

하이번은 질문을 하는 로엔의 눈에서 그런 호의를 읽어낼 수 있었다. 그는 로엔에게 염려 말라는 듯 다시 미소를 지었다. 이번에는 일을 꾸미는 악동과 같은 미소가 아니라 정말 부드러운 미소였다.

"저는 너무나 머리가 좋습니다."

"예?"

"그래서 사람들에게 진정으로 호감을 얻지 못하지요."

"그런!"

로엔은 기가 막힌 표정을 지었다. 설마 하이번 같은 사람이 이런 생각을 하고 있었을 줄이야! 그는 곧 정색을 하고 말했다.

"꼭 그렇지는 않아요! 사람들은 모두 하이번 경을 좋아하고 있다고요."

이 무슨 말도 안 되는 소리인가? 그가 알기로 지금 군부에서 하이번의 의견에 귀를 기울지 않는 사람은 없다. 발렌도, 바로크도, 발튼도 하이번을 군부의 총책임자로 인정하고 있지 않은가?

그러나 하이번은 고개를 저었다.

"마법사와도 같은 겁니다. 호의를 얻기보다는 미움을 얻기가 쉽고, 저의 재간을 인정한 사람들이 이성적으로 지휘를 받는 일은 있어도 진심으로 따르지는 않습니다."

"……."

"기본적으로 저는 다른 사람의 호감을 얻기 위해 노력하는 성격이 아닙니다. 제 스스로 할 일을 하기 위해 이용할 뿐입니다. 그리고 이번에는 제 자신을 이용했지요."

"그걸 이해할 수 없어요. 어떤 생각이 있으신지 모르겠지만, 당장은 몰라도 나중에는 결코 좋은 결과로 나타나진 않을 거라 생각해요."

"당장이 중요합니다."

하이번의 눈이 빛났다. 그는 어린 제자에게 비결을 가르치는 스승과도 같은 심정으로 말을 하기 시작했다.

"올해가 가기 전에 모든 일이 결정납니다. 앞으로 시간이 흐를수록 유리한 것은 식량이 풍부한 우리 가이안 제국입니다. 미노 제국이 그걸 아는 이상 가만히 손가락만 빨고 있을 리가 없지요."

"그것은……."

로엔은 뭐라고 말을 하려 했지만 무슨 말을 해야 할지 모르게 되었다. 확실히 미노 제국은 언제라도 가이안을 칠 준비를 하고 있는데, 늦어도 내년에는 그들과 자웅을 겨루어야 한다고 로엔도 생각하고 있었다. 그러나 하이번은 올해 부딪칠 것이라며, 저들이 유리한 상황이 올해까지인 만큼 그것이 틀림없다고 주장했다.

"실제로 그들은 맹렬한 기세로 남진을 하고 있습니다. 곧 우리와 대대적으로 부딪치게 될 겁니다."

"그건 알고 있어요. 그럴 때일수록 명령 체계를 더욱 확고하게 하기 위해서라도 하이번 경이 사람들의 신망을 얻어야 하지 않나요?"

정론이다. 반대로 지휘를 하는 자가 신망을 잃은 지금 상황에서는 아무래도 사건이 터질 가능성이 높다. 하이번은 웃으면서 고개를 끄덕였다. 하지만 그의 입에서 나온 말은 그의 고갯짓과는 전혀 다른 것이었다.

"무장들에게 절대적인 신망을 가진 분이 계시지요."

"네?"

"바로 폐하입니다. 그런 만큼 저는 반대로 분노를 사는 역할을 하여 마지막 변수로 작용을 하는 것입니다."

"변수라고요?"

"미노 제국의 첩보부는 강력합니다. 이미 그들은 제 무리한 작전 계획을 알고 있을 것입니다. 그리고 무장들이 저에게 커다란 불만을 가지기 시작했다는 것도 알았을 겁니다. 틀림없이 미노 제국은 이 점을 이용하려 할 겁니다. 말하자면 이간계라던가, 그런 것을 쓰겠지요."

"으음, 그럼 적에게 일부러 허점을 보여 그곳을 찌르게 하는 건가요?"

하이번의 말에 로엔은 무엇인가 깨달은 듯했다. 그는 조심스럽게 자신이 생각한 것을 물었고, 하이번은 웃으면서 고개를 끄덕였다.

"그렇습니다. 일부러 허점을 보이면 적이 어떤 식으로 나올지 예상하기 쉽게 됩니다. 이쪽이 꾸미는 일이 아주 큰일일 때에는 적이 그걸 눈치채지 못하도록 먹이를 주어야 합니다. 그럴 경우 이쪽도 상처를 입지만 적에게는 치명적인 공격을 가하는 것이 가능하지요."

"살을 주고 뼈를 깎는 식이군요?"

"그렇습니다. 솔직히 말해 미노 제국의 힘은 강력합니다. 대륙을 통일할 충분한 힘이 있지요. 그런 만큼 그들을 상대하려면 우리 가이안에서도 모든 것을 걸어야 합니다. 그리고 가장 강한 일격을 위해 철저한 준비를 해야 하지요."

하이번은 그렇게 말하면서 레오를 슬쩍 보았다. 이 비상식적인 작전은 모두 레오의 능력을 전제로 한 것이다.

사실 이 계략에 미노 제국이 걸릴지 안 걸릴지는 그 자신도 장담할 수 없지만 걸리지 않는다고 해도 상관없다. 오히려 그쪽이 더 안정적으로 가이안 제국이 성장할 수 있는 길일 테니까.

하이번은 그렇게 생각을 정리하면서 로엔에게 말했다.

"일단 이번 계략이 성공하면 저는 영지로 내려가 은거할 생각입니다. 폐하의 은덕으로 대군을 움직여 대륙을 논하여 보았으니, 전략가로서의 욕심은 채운 셈이지요."

"그런가요? 하지만 적어도 저는 하이번 경이 계속 일을 하시기를 원합니다."

로엔은 평소의 그답지 않게 강한 어조로 말했다. 그러나 하이번은 그저 미소를 지을 뿐이었다.

*　　　*　　　*

"지금 돌아왔습니다!"

휴케바인은 밝은 목소리로 말했다. 그의 옆에는 크로티아가 수줍은 듯 고개를 약간 숙인 채 서 있었다.

헬룬의 황궁은 그녀가 상상하던 것보다 훨씬 화려하고, 대전 안에 나열해 있는 귀족들은 모두 당당하게 자신의 권위를 몸에서부터 나타내고 있었다.

말이 밀림의 여왕이지, 지금까지 푸른 구름의 사원에서 원주민들과 같이 생활한 크로티아는 한 번도 궁전을 구경한 적이 없었기 때문에 주눅이 드는 것은 어쩔 수 없었다.

대전에 모인 사람은 정말로 하나같이 대귀족이라고 할 수 있었다. 현재 제국에 유일한 공작의 작위를 가진 사람이 황성으로 돌아왔기 때문에 수도 내에 있는 백작 이상의 작위를 가진 모든 귀족들이 모여 있었다.

알고 보면 이 자리에서 레오를 제외하고 가장 높은 사람이 바로 휴케바인과 크로티아인 셈이다. 하지만 휴케바인은 그걸 전혀 의식하지 못하고 있었고, 크로티아 역시 마찬가지였다.

그때 레오의 바로 아래쪽에 서 있던 에고른이 서류를 펼쳐 든 채 엄숙한 목소리로 외쳤다.

　"호쿠쿠 밀림의 은혜로운 자매 크로티아 경과 스큐라, 토톤, 발라하의 영주인 휴케바인 대공이 무사히 임무를 마치고 귀환하셨습니다."

　"귀환을 축하드립니다."

　귀족들이 외쳤다. 태사의에 앉아 있던 레오도 미소를 지으며 한쪽 손을 들어올려 환대의 의사를 표했다. 심지어는 그의 옆쪽에 자리를 잡고 있는 네로조차 고개를 들어올리고 가볍게 두어 번 끄덕였을 정도이다.

　레오는 정말로 잘 왔다고 하는 것이고, 네로는 '불쌍한 놈. 공작까지 되었는데 고기를 굽기 위해 소환되다니' 하고 동정하는 것이었다.

　일단 귀족들의 환영의 목소리가 어느 정도 가라앉자 에고른은 다시 외쳤다.

　"위대한 황제께서는 두 분께 수도에서의 저택과 500명의 사병을 거느릴 권한, 그리고 수도 근경에 있는 세이스 영에서 나는 모든 곡물을 수취할 수 있도록 배려하셨습니다."

　"오오."

　귀족들은 하나같이 휴케바인에게 주어진 재산에 감탄을 했다. 그 탄성 소리에 부응이라도 하듯 단순한 물질적인 것 이외에 공작의 권위에 대한 내용이 계속해서 에고른의 입으로부터 흘러나왔다.

　"두 분께는 황제 이외의 모든 사람에게 하대를 할 수 있는 권한과 반역죄 이외의 모든 죄를 면책받을 수 있는 면책권을 부여하셨습니다. 두 분 대공 부부께 제국의 영광이 함께하기를."

"대공 부부께 제국의 영광이 함께하기를."

그것으로 에고른의 선언이 끝났다. 최대한 간결하게 수식어없이 본론만을 읊었기에 그다지 길지는 않았다.

하지만 그 내용은 결코 간단하지가 않았다. 휴케바인과 크로티아는 최고의 귀족으로서 모든 권위를 인정받은 것이다.

귀족들은 하나같이 이 엄청난 특권에 놀라면서도 그들을 축복했다.

밀림의 여왕인 크로티아가 가지는 가치는 제국에 있어서 가장 중요한 것, 그들은 명실공히 제국 최고의 귀족 가문이 되었다고 할 수 있었다.

일단 환영 인사가 끝나자 그 뒤로는 연회가 벌어졌다. 감미로운 음악이 흐르며 귀부인들의 무도회가 벌어졌다.

휴케바인은 원래 춤을 추지 못한다. 그것을 잘 아는 귀족들은 모두 크로티아의 주위로 몰려들었다. 흑옥의 귀부인에게 춤을 신청하기 위해서였다.

그러자 크로티아는 주변의 눈치를 보며 휴케바인의 손을 꼭 잡았다. 휴케바인은 의미심장한 미소를 지으며 그 손을 부드럽게 당겨 손등에 입을 맞추었다. 그리고 상당히 느끼한 목소리로 말했다.

"아름다우신 귀부인, 부디 저와 함께 첫 곡을 같이할 영광을."

크로티아는 얼른 대답했다.

"그대의 고결한 마음은 저의 기쁨입니다."

그리고 그들은 손을 잡고 나란히 무도회장의 한가운데로 나갔다. 휴케바인을 아는 귀족들은 모두 놀란 눈으로 그 모습을 보았다.

짜라라란.

곡이 시작되자 휴케바인과 크로티아의 몸이 둥글게 원을 그리며 돌아가기 시작했다. 단 한 곳의 각진 부분이 없이 곡선을 그리는 그들의 움직임은 무도회에 익숙한 귀부인들의 탄성을 자아낼 정도로 아름다웠다.

"휴케바인 경이 춤을? 대단하군."

한쪽에 서 있던 유스가 감탄해서 말했다. 그의 상식으로는 그야말로 고위 마법을 보는 것과 같이 놀라운 일이었다.

옆에 있는 에고른도 고개를 끄덕이며 말했다.

"안타깝게도 휴케바인 경을 위해 준비한 사교춤 계획은 폐지해야겠군요."

"그러게 말일세. 그에게 가장 넘기 힘든 관문이 될 거라고 생각했는데, 역시 마법의 신비함은 끝이 없군."

유스의 말에 에고른이 놀라 물었다.

"설마 저게 마법에 의해 이루어진 것이란 말입니까?"

"허허, 세상 모든 것이 바로 마법일세. 요즘 그것을 깨닫고 있는 중이지."

유스는 오해하지 말라는 듯 손을 내저었다. 에고른은 나이 든 마법사가 농담을 다 하다니 하고 속으로 투덜댔다.

그러나 유스의 말은 어디까지나 진담이었다. 사람이 밥을 먹는 것부터 남녀가 사랑을 하는 것까지 그의 눈에는 모두 마법으로 보이고 있었다.

티모라는 그것을 7서클에 오르기 위한 전단계라고 설명했다. 유스는 자신이 정신 이상이 된 것이 아니라 올바르게 성장하게 있다는 데 너무나도 큰 희열을 느꼈다.

앞으로 10년 이내에 7서클에 도달할 수 있을 것이라는 티모라의 말에 그는 눈물까지 흘렸다. 그 흐르는 눈물까지 마법의 현상으로 보이는 유스였다.

이윽고 음악이 멈추자 춤을 추던 사람들은 약간 가쁜 숨을 내쉬며 자신들의 자리로 돌아왔다. 휴케바인과 크로티아 역시 자신들의 자리로 돌아와 시원한 음료수를 마셨다.

그러나 크로티아는 곧 다시 춤을 추러 나가야 했다. 정말로 대부분의 귀족들이 줄을 서서 서열에 따라 차례대로 춤을 신청하고 있는 상황이었다.

'난 죽었다. 이 하이힐로 얼마나 버틸 수 있을까?'

크로티아는 자신의 붉은 하이힐 구두를 드레스의 속에서 서로 툭툭 부딪치며 속으로 중얼거렸다. 몸을 움직여 춤을 추는 것은 상관없지만, 하이힐만큼은 아직도 익숙해지지 않았다.

하지만 그녀는 입술을 가볍게 한 번 깨물고는 미소를 지으며 계속해서 음악에 따라 춤을 추었다.

반면에 휴케바인은 전혀 춤을 추지 않았다. 춤은 남자가 여자에게 신청하는 것. 휴케바인이 춤을 신청하면 모든 귀부인들이 응할 터이지만 그는 자리에 앉아 음료수를 마셨다.

그러면서 약간 불안한 표정으로 계속해서 크로티아를 지켜보았다.

'힘내라, 크로티아! 오늘의 무대는 너를 위한 거니까.'

휴케바인은 속으로 그렇게 중얼거렸다. 밀림에서 그들이 틈날 때마다 연습한 것이 바로 사교 댄스가 아니던가?

크로티아는 자신이 귀족으로서 조금도 교양이 없는 것에 상당한 부담을 가지고 있었다. 그렇기에 항상 책을 읽고 예절을 배우려 했다. 그 중에서도 가장 노력을 기울인 것이 춤이었다.

왜냐하면 다른 예절과는 달리 춤은 몸을 움직이는 것이라 그나마 크로티아가 할 만했기 때문이다.

당연히 상대는 휴케바인이었다. 매일 두 시간씩, 그들은 춤을 추었다. 과거에 춤을 싫어하던 휴케바인은 이미 사라지고 없었다. 전속 파트너가 있으니 춤에도 애정이 실렸다.

하지만 오늘은 둘이서만 춤을 출 수는 없다. 휴케바인은 크로티아가 아니면 춤을 출 생각이 없었기에 이렇게 있지만, 크로티아는 귀부인의 의무를 다해야 했다. 그녀는 오늘 각오를 하고 이곳에 왔다.

"휴케바인 경, 언제 그렇게 춤을 연습했소?"

"아, 마법사 유스님."

휴케바인은 유스를 보며 인사했다. 이 나이 든 마법사는 그가 어렸을 때부터 알고 지내던 사람이기에 어떻게 생각하면 집안 어른이나 다름없었다.

"경은 춤을 싫어하는 줄 알았는데, 이제 보니 꼭 그런 것은 아니었나 보군요."

"제가 언제 춤을 싫어했다고 그러십니까? 원래 저는 춤추는 것을 좋아합니다."

"허허허, 그렇소?"

유스는 기가 막힌 듯 허탈하게 웃었다. 이놈이 출세를 하더니 나에게도 사기를 치려고 한다는 생각이 머리 속에 스치고 지나갔다.

그러나 휴케바인은 다시 말했다.

"그런데 지금까지는 저에게 어울리는 여성이 없어서 못 추고 있었을 뿐입니다. 아시지 않습니까? 13년 전……."

"아, 그때 그 일 말이구려. 잊고 있었소. 허허허."

유스는 그때서야 생각이 난 듯 즐겁게 웃었다. 왜 그때의 일을 잊고 있었을까 하는 생각마저 들었다.

확실히 휴케바인은 그때 이후로 춤을 추지 않았다.

'그래서 마음에 상처를 받고 그 다음부터 절대로 춤을 추지 않은 것이군.'

유스는 납득했다는 듯 고개를 끄덕였다.

"하하하, 무슨 이야기를 그렇게 즐겁게 하십니까?"

"아, 하이번 경, 오랜만입니다."

익숙한 웃음소리에 고개를 돌려보니 하이번이었다. 휴케바인은 얼른 자리에서 일어나며 인사를 했다.

"자리에서 일어나지 않는 것이 정상입니다. 경은 저보다 작위가 높으니 그냥 한쪽 손만 들어 인사를 하면 됩니다."

하이번은 그렇게 말하며 휴케바인이 의자에 앉기를 기다렸다. 휴케바인은 머쓱한 표정을 지으며 다시 앉았다. 그러자 하이번도 따라 앉았다.

"너무 놀리지 마십시오. 제가 언제부터 공작이었다고 하이번 경께 윗사람 행세를 할 수 있겠습니까?"

"그래도 작위는 작위입니다. 빨리 익숙해지시는 것이 좋습니다."

"이거참."

휴케바인은 고개를 저으며 한숨을 쉬었다. 그저 자작 정도가 자신에게 딱 맞는 수준인 것 같았다.

"그런데 방금 전 제가 들은 바로는 휴케바인 대공께서 과거에 무슨 일 때문에 춤을 추지 않으셨다고……."

하이번은 거기까지 말하고 슬쩍 말을 흐렸다.

사실 남의 과거를 묻는 것은 별로 예의에 따른 행위가 아니다. 거기다가 휴케바인의 작위가 작위인 만큼 엄밀하게 따지면 일종의 모욕이 될 수도 있었다.

하지만 하이번은 알고 있었다. 이 젊은 남자는 자신의 작위에 대한 인식이 없다. 역시 그는 황제와 아주 어울리는 짝이라고 할 수 있다.

상대에 따라 눈높이를 맞추어 배려를 해주는 하이번이기에 아직은 휴케바인을 편하게 대하기로 했다.

그러나 이번 질문은 정말로 휴케바인을 곤란하게 만들었다. 그는 고개를 푹 숙인 채 작은 목소리로 말했다.

"그건 말하기 곤란합니다."

"허허허허."

옆에서 유스가 상당히 웃긴 듯 고개를 돌리고 웃었다. 휴케바인은 그가 당시의 상황을 계속해서 상상하고 있다는 것을 알 수 있었다.

"유스 영감님, 웃지 마세요. 흡!"

스스로 말하고도 놀란 휴케바인은 급히 입을 막았다. 유스는 영감님이라고 불리는 것을 싫어한다.

과거에는 휴케바인이 그렇게 부를 때마다 마법사의 지팡이로 휴케바인의 머리를 한 대씩 때리고는 했다.

하지만 레오가 황제가 된 이후에는 서로 조심해서 휴케바인은 그를 마법사 유스라고 불렀다. 그리고 유스도 휴케바인에게 반말을 할지언

정 항상 경이란 칭호를 붙여서 부르고 있는 상황이었다.

그런데 급한 상황이 되니 과거 입에 익은 영감님이라는 표현이 튀어 나온 것이다.

실수를 했다는 생각이 들었지만 이미 말이 입 밖으로 나온 이상 다시 주워 담을 수는 없다.

유스의 왼쪽 눈썹이 아주 미약하게 꿈틀거리더니 다시 원래대로 돌아왔다. 그리고는 태연하게 웃으면서 말하기 시작했다.

"허허허, 부끄러워할 것 없지 않겠소? 경이 잘못한 것도 아니고, 약간의 재미있는 추억에 불과할 뿐이 아니오?"

"아니, 그게 말입니다."

휴케바인은 울고 싶었다. 유스가 이런 표정을 지을 때는 그가 상당히 화가 난 것을 의미한다. 아마 하이번의 앞에서 영감님이라고 불린 것이 기분이 나빴으리라.

하지만 유스는 그런 휴케바인의 표정을 보지도 않은 채 미소를 지으며 하이번에게 그때의 일을 열렬하게 설명하기 시작했다.

"하이번 경, 사실 휴케바인 경이 처음 기사가 돼서 사교계에 진출했는데, 그때 지금과 마찬가지로 처음 무도회에 나온 기사의 영애에게 춤 신청을 했다오. 그 영애의 나이는 14세였지요."

"호오, 14세입니까?"

"아주 작고 귀여운 영애였지요. 그런데 키가 2m가 넘는 휴케바인 경이 씩씩한 걸음걸이로 와서 춤을 신청하자, 그 아이는 얼굴이 하얗게 질려 말도 못하고 고개만 끄덕였답니다."

"그런! 상상이 너무나도 잘되는군요!"

하이번은 크게 감동한 듯 말했다. 아마 산적에게 끌려가는 어린 소녀의 모습이었으리라.

유스의 말에 의하면, 그녀도 그것이 사교계에서의 첫 춤이었다고 한다.

하얗게 질린 그녀는 거의 석상처럼 굳은 모습으로 휴케바인에게 매달려 음악이 끝날 동안 무도회장 안을 떠다녔다는 것이다. 한마디로, 굳어 있는 그녀를 휴케바인이 들어 올려 돌린 셈이다.

음악이 끝난 후 그녀는 휴게실로 들어가 하루종일 울었다. 평생 추억이 될 사교계 데뷔가 누군가에 의해 엉망이 되어버린 것이다.

뿐만 아니라 그 후 몇 년 동안이나 그녀는 '거인에게 매달린 석상'이라고 동료들에게 놀림을 받았다고 한다.

"그 뒤로 휴케바인 경께서는 춤을 추지 않았지요. 그게 휴케바인 경의 첫 춤이었으니, 지금까지 살면서 딱 한 번 춤을 춘 셈입니다."

"그런 일이 있었군요."

하이번은 깊은 감명을 받은 듯 연신 고개를 끄덕였다. 이제는 완전히 자포자기의 심정이 된 휴케바인이 슬쩍 고개를 들어 그의 얼굴을 보니 필사적으로 웃음을 참는 모습이었다.

'차라리 날 패라고요, 영감님!'

휴케바인은 이를 갈며 그렇게 속으로 중얼거렸다. 그러나 이미 그는 도마 위의 생선처럼 화제의 중심이 되고 있었다.

유스의 말은 점점 진행되어 근처에 있던 사람들의 귀에까지 흘러들어 갔다.

그야말로 휴케바인의 과거에 있었던 남에게 알리고 싶지 않은 모든 것이 이 순간에 밝혀졌다. 노인에게 잘못 보이면 이렇게 된다는 것을 유스는 확실하게 보여주고 있었다.

이윽고 유스의 일장연설과도 같은 과거의 추억 이야기가 끝나자 하이번은 웃으면서 휴케바인에게 말했다.

"정말 휴케바인 경께서는 파란만장한 인생을 사신 분이시군요. 저로서는 감탄할 수밖에 없습니다."

"……."

휴케바인은 이미 죽은 것이나 다름없었다. 그는 속으로 제발 지금의 이 이야기들이 크로티아의 귀에만은 들어가지 말아달라고 기원하고 있었다.

"하지만 지금은 경의 작위가 있으니 항상 몸가짐에 조심하셔야 합니다. 그렇지 않으면 제국의 위신에 문제가 생기니까요."

하이번의 말은 계속되고 있었다. 유스가 입을 다물자 이번에는 하이번이 교대를 한 셈이다.

'알고 있다고요. 저도 이제 어린애가 아니라니까요!'

휴케바인은 속으로 그렇게 외쳤다. 하지만 겉으로는 여전히 입을 다물고 고개를 숙인 채 그의 말을 들었다.

이럴 때 반항하면 상처가 더욱 커진다. 오랜 경험으로 휴케바인은 그것을 알게 되었기에 침묵으로 모든 것을 받아들였다.

그러나 이번에는 사정이 달랐다. 그가 아무리 침묵해도 화제가 끊이지를 않았다.

"하이번 경의 말이 옳습니다. 휴케바인 대공께서는 자신의 신분을 자각하셔야 합니다."

"아, 에고른 경, 어서 오십시오."

벌떡.

"일어나지 않는 것이 정상이라고 하이번 경께서 말씀하셨을 텐데요?"

에고른은 엄한 표정으로 말했다. 고개를 돌려 하이번을 보니 그도 자리에서 일어나 있었다. 공작인 휴케바인은 손으로 뒷머리를 긁으며 다시 자리에 앉았다.

하이번이 따라서 자리에 앉자 에고른도 앉았다. 휴케바인은 그때서야 자신이 일어나면 그보다 작위가 낮은 사람은 모두 일어나야 하고, 다시 자리에 앉기 전까지 아무도 앉지 못한다는 것을 알 수 있었다.

"미치겠습니다."

휴케바인은 한숨을 쉬며 말했다. 마치 재판관에게 죄를 시인하는 죄인의 심정이었다. 제발 살려만 주세요! 휴케바인의 눈은 그렇게 말하고 있었다.

"무엇이 말입니까?"

"그냥 공작 작위 물리면 안 될까요? 너무 힘들거든요."

"허허허, 그렇게 말씀하시면 곤란합니다. 다른 사람에게는 절.대.로 내색하지 마십시오."

"그 정도 눈치는 있거든요. 그래도 정말 성격에 맞지 않는……."

휴케바인은 그렇게 말을 하다가 도중에 얼버무렸다. 생각해 보니 자신이 지금 상담하는 사람은 에고른이다. 순간적으로 뭔가 심각하게 실수를 한 것 같은 느낌이 들었다.

하지만 이미 늦었다. 에고른은 딱딱한 표정에 엄격한 목소리로 말했다.

"염려 마십시오. 이미 폐하께 허락을 받았습니다. 저와 유스 경이 휴케바인 대.공. 각.하.께 작위에 어울리는 예절이 완.전.히. 몸.에. 익.을. 때.까.지. 교육을 시켜드리겠습니다."

휴케바인은 스타카토 악센트가 들어간 에고른의 선언에 몸을 부르르 떨었다.

과거에 그가 받은 근위기사의 예절 교육의 악몽이 되살아나고 있었다. 공작의 예절 교육이라고? 그건 또 어떤 무시무시한 악몽이냐?

휴케바인은 자신이 돌아온 것을 반기고 있다는 사실을 다시 한 번 절실하게 느낄 수 있었다. 그러나 이번에 느낀 감정은 처음과는 전혀 다른 것이었다.

'모두들 나를 괴롭히려 하고 있어! 폐하! 살려주십시오!'

그는 속으로 절규했다. 그러나 일단 헬룬으로 돌아온 이상 그가 빠져나갈 틈은 없었다.

*　　　　*　　　　*

"으흑흑흑, 주군, 왜 저를 부르셨습니까?"

휴케바인은 오늘도 자면서 울었다. 깨어 있을 때에는 자존심상 울지 못하는데, 그게 반동이 되어서인지 자면서 우는 습관이 생긴 것이다.

크로티아는 그런 휴케바인을 걱정스러운 눈으로 보면서 생각에 잠겼다.

"밀림으로 돌아갈까? 하지만 폐하의 명령도 없이 돌아갈 수는 없는

데……."

아마 휴케바인이 그걸 찬성하지 않을 것이다. 실제로 그는 시간이 있을 때마다 밀림이 있는 서쪽 하늘을 보면서 그리운 얼굴을 했지만 돌아가지는 말은 한 번도 꺼내지 않았다.

"좋아! 내일은 폐하를 만나 담판을 지어야지."

크로티아는 용기를 내기로 했다. 그에게 하루종일 강제적으로 행해지는 교육을 완화시키던가, 아니면 밀림으로 돌아가게 해달라고 말하기로 결심했다.

황제가 허락하기만 하면, 지금의 휴케바인은 평생 밀림에서 나오지 않겠다고 말할 것이다. 밀림에서는 공작의 권위도, 그에 따른 교양도 전혀 필요가 없기 때문이다.

다음날 아침 해가 뜰 무렵, 휴케바인은 힘없는 얼굴로 교육을 받으러 갔다.

마치 병사들이 일 년에 네 번 행해지는 새벽 동원 훈련에 나갈 때 짓는 표정이었다. 이걸 매일매일 받아야 하니 그의 고통은 더욱 심하리라.

크로티아는 휴케바인이 나간 후 얼른 정장을 입고 집을 나섰다.

그녀의 경우 이미 거의 완벽하게 귀족의 예의범절을 몸에 익힌 상태이지만, 그래도 어쩐지 모르게 스스로 어색한 기분이 들어서 가능하면 사교계에 나가지 않고 있었다.

하지만 일단 드레스를 입으니 그녀의 검은 피부와 절묘하게 어울려 이색적인 아름다움을 나타내었다. 저택에 딸린 마차를 타고 거리로 나서니 모든 사람들이 그녀가 탄 마차를 보았다.

고위 귀족의 신분을 나타내는 육각형의 마차는 보통의 마차보다 세 배나 컸다.

수도의 대로 이외에는 달리기 힘든 마차로서 백작 이상의 대귀족 중에서도 몇 가문에게만 허락된 마차였다.

다각, 다각.

마차는 규칙적인 소리를 내며 황궁의 정문으로 향했다. 그리고 정문에 도착하자 경비원들은 즉시 문을 열어 마차를 통과시켰다.

마차만 보고도 그 신분을 알 수 있기에 일일이 마차를 멈추게 할 필요가 없다. 반대로 신분을 알 수 없는 마차는 황궁의 정문을 통과할 수 없다.

레오는 잘 모르고 있었지만 귀족들이 알아서 상당히 권위적인 절차를 계속해서 만들어내고 있었다.

"크로티아 공작 부인, 어서 오십시오."

마차에서 내리자 황궁의 궁내부원이 와서 정중하게 인사를 했다. 크로티아는 싱긋 웃으며 그에게 마주 인사를 하며 말했다.

"폐하를 알현하고 싶습니다. 오늘 시간이 안 되신다면 내일 다시 오겠습니다만."

원래 이런 경우 하인을 먼저 보내 황궁의 집무부에 예약을 해야 한다. 그러나 크로티아의 경우 아직 다른 사람에게 심부름을 시키는 것에 익숙하지 않아 이렇게 무작정 찾아온 것이다.

궁내부원은 그 사정을 어느 정도 짐작하였는지 미소를 지으며 대답했다.

"그럴 리가 있겠습니까? 휴게실로 가서서 잠시만 기다려 주십시오."

"호의에 감사드립니다."

참으로 공작 부인답지 않은 말투였다. 궁내부원은 그녀에게 상당한 호감을 느끼며 얼른 황제에게 그녀의 방문을 전하기 위해 움직였다.

그가 알기로 황제는 방금 전 밖에서 돌아와 잠들기 전이라 서둘러야 했다.

그런 궁내부원의 노력이 결실을 맺었는지, 크로티아는 레오를 만날 수 있었다. 로엔과 레오가 아침 식사를 먹는 동안 그녀도 같이 식사를 하기로 했다.

"그래, 무슨 일이지? 휴케바인이 바람이라도 피우나?"

"절대로 그럴 리가 없습니다, 폐하."

"하기야, 그놈이 그런 성격은 아니지. 그럼 뭐지?"

레오는 그렇게 말하며 샐러드를 입에 넣었다. 어제 밤새 고기를 구워 먹었기 때문에 지금은 야채와 빵을 주로 먹고 있었다.

그것은 로엔의 식생활과도 잘 어울리는 것이었기에 상당히 즐거운 분위기 속에서 그들은 식사를 하였다.

단지 크로티아는 고기를 좋아했기에 되는 대로 과일을 몇 개 집어 먹을 뿐이었다. 황제의 앞이라서 그런지 음식이 목구멍을 잘 넘어가지 않는 것 같았다.

그녀는 조심스럽게 말했다.

"폐하의 은덕으로 남편인 휴케바인 경과 저는 이곳에서 많은 사랑과 관심을 받을 수 있었습니다."

"사랑과 관심이라."

"예. 그러나 지금 남편에게 주어진 짐이 너무 많은 듯해서……."

"푸훗."

레오는 웃었다. 크로티아는 당황하여 말을 멈추고 그의 눈치를 보았다. 그러나 가만히 보니 그의 기분이 그렇게 나쁜 것 같지는 않았다.

"확실히 짐이 무겁지. 공작에게는 공작의 무게가 있으니까 말이야."

"그건 그렇습니다만, 아직 남편과 저는 시간이 필요합니다. 평민에서 갑자기 이런 직위를 얻으니, 이것이 현실인가도 의심이 갈 정도입니다."

"그런가?"

레오는 여전히 웃고 있었다. 크로티아는 상황이 어떻게 돌아가는지 알 수가 없어서 상당히 불안한 표정을 짓고 있었다.

보다 못한 로엔이 옆에서 말했다.

"크로티아 공작 부인, 염려 마세요. 폐하께서는 지금 크로티아 공작 부인에게 굉장한 호감을 느끼고 계시는 거니까요."

"예?"

"그대는 조금도 변하지 않았군. 휴케바인도 그렇지만. 둘이 아주 잘 어울려."

"아, 예."

그녀는 짧게 대답하며 고개를 숙였다. 남편과 잘 어울린다는 말에 그녀의 얼굴이 붉어졌다.

"그리고 용건을 상당히 직접적으로 말하는군. 귀족의 대화법은 아니야."

"죄송합니다. 제대로 배우지 못해서……."

그녀는 그때서야 자신이 너무 긴장하고, 또 서두르는 바람에 귀부인이 대화를 할 때 항상 써야 하는 은유법에 의한 표현을 전혀 사용하지 않았음을 깨달았다. 공손하기는 했지만 말투는 완전히 평민의 그것이었던 것이다.

'아무리 배우면 뭘 해. 실전에서 이 모양이어서는……'

그녀는 속으로 스스로를 책망했다.

그러나 레오는 오히려 크로티아의 그런 점이 마음에 들었다.

"휴케바인의 일은 내가 어떻게든 하지. 그렇지 않아도 슬슬 시킬 일이 있었거든."

"예? 아, 감사합니다."

크로티아는 가까스로 자신의 목적이 달성되었음을 알고 얼른 인사를 했다.

"그런데 그대는 어떤가? 이곳에서의 생활이 즐거운가?"

"그게, 솔직히 잘 모르겠습니다."

"흠, 그대는 사냥꾼 출신이었지?"

"예."

"잘됐군. 그럼 돌아가서 휴케바인에게 나한테 오라고 전해라."

"예, 알겠습니다."

그렇게 식사 중의 즐거운 대화는 끝이 났다. 레오는 졸리다면서 자러 들어가고, 로엔은 다시 행정부로 집무를 보러 갔다.

크로티아는 로엔이 자기보다 어린 나이인데도 불구하고 궁중 행정의 대부분을 맡아서 처리한다는 것에 크게 놀랐다. 그녀로서는 꿈에서도 생각할 수 없는 일이었다.

그 다음날부터 휴케바인은 대부분의 교육에서 면제가 되었다. 에고른을 비롯한 유스, 발튼, 그리고 바로크 백작에 이르기까지 모두 반대를 했지만 레오의 결정은 바뀌지 않았다.

"그에게 개인적으로 시킬 일이 있다. 그 일이 끝나면 자네들 마음대로 하게."

레오는 그렇게 선언했다. 그 일이라는 것이 무엇인지, 또 언제 끝나는 일인지는 말하지 않았다.

그래서 휴케바인은 살판이 났다. 더 이상의 교육은 없었다. 그리고 하루종일 크로티아와 같이 있을 수 있게 되었다.

이제 그는 아침에 해가 뜨면 크로티아와 같이 황제의 숲으로 간다. 그리고 그곳에서 새로운 부하 30여 명을 교육시킨다. 어디서 동원된 놈들인지는 모르지만 제법 단련이 되어 괴롭히는 맛이 있었다.

"네놈들이 그러고도 사냥꾼이라고 할 수 있냐? 가죽을 벗기면 바로 연기에 그을려서 말려라! 그리고 고기를 구울 때 조금 더 칼집을 촘촘하게 넣어야 향초의 향이 고기에 스며들 것 아니냐!"

"그 부분을 누가 먹으라는 거냐? 사슴 고기 중 가장 맛있는 부위는 바로 여기라고 몇 번이나 말해야 알겠느냐?"

그가 새로운 부하들에게 가르치는 것은 주로 고기를 굽는 법이었다. 고기를 다듬고 어느 부위를 레오에게 바쳐야 하는지, 또는 레오가 어느 정도 구워진 고기를 가장 좋아하는지에 대한 철저한 교육을 행했다.

어제까지 교육을 받던 그가 이제는 남을 교육시키는 입장이 된 것이다.

사실 레오는 휴케바인을 직접 사냥에 동원하고 싶어서 그를 수도로 불렀다. 하지만 생각해 보니 아내가 있는 놈을 밤마다 부르는 것은 아무래도 문제가 있을 것 같아 못 부르고 있는 실정이었다.

일단 새로운 놈들이 왔으니 이놈들을 대신 부려먹으며 지내기로 했었다.

그러나 암살자 출신인 새로운 하인들은 고기를 맛있게 굽는 방법을 몰랐다. 그런 그들과 함께 사냥을 즐기기에는 많은 애로 사항이 있었다. 삭막한 인생을 사는 놈들이라고 레오는 그들을 욕했다. 발로 차기도 했다.

그러나 아무리 욕해도 맛없는 고기가 맛있어질 수는 없었기에 누군가가 그들을 교육시켜야 했다.

결국 휴케바인과 크로티아의 새로운 일은 바로 사냥꾼 교육이 되었다. 낮에 숲으로 출근하여 이들을 교육시키고 저녁때 해가 질 무렵 집으로 돌아갔다.

공작의 신분을 가진 자가 할 만한 일은 결코 아니었지만 그들에게는 무척 적성에 맞았다. 그래서 그들은 황제의 배려에 감사했다.

❋ Chap 6 ❋
기사도와 제국의 미래

기사도와 제국의 미래

　가이안 제국의 물자가 스틸문에 모이기 시작했다. 기존에 있던 성을 강화하고 그 주변에 거대한 도시를 건설하는 일이다.

　하이번의 말에 의하면 일단 이 성이 완성되고 레오가 대군과 함께 자리를 잡게 되면 미노 제국이 아무리 많은 군을 이끌고 오더라도 충분히 감당해 낼 수 있다고 한다.

　대륙 중앙에 그렇게 난공불락의 지역을 만들어놓으면 가이안 제국은 결국 대륙의 절반을 차지할 수 있을 것이고, 그러면 시간은 정령의 축복을 받은 자신들의 편을 들게 된다는 것이다.

　"5년 안으로 미노 제국의 힘을 넘어설 수 있습니다. 폐하의 존재를 포함하지 않고 병사의 수만으로 말입니다."

　그는 그렇게 장담했다. 그리고 정말 그 말이 실현될 경우, 그것은 가이안 제국이 대륙을 통일한다는 것을 의미한다.

하지만 그렇게 될 때까지 미노 제국이 그냥 눈뜨고 구경만 하고 있을 리가 없다.

하이번은 스틸문을 점령한 발렌에게 다시 황제의 이름으로 명을 내려 10만의 군으로 그 일대를 지키도록 했다.

수도의 성 건설에 쓰이는 인부는 약 5천여 명, 그리고 그곳을 직접 지키고 관리하는 병사의 수는 1만으로 결정 났다. 이것으로 물자와 인원에 대한 것은 모두 정해진 셈이다.

그런데 문제는 그 다음에 발생했다.

"가장 강력한 성으로 만들어야 합니다. 일단 완성되면 수십만의 군이 주둔할 수 있고, 그러면서도 그 어떤 적의 공격도 모두 막아낼 수 있어야 합니다."

하이번은 그렇게 말하며 자신이 구상한 성의 구조에 대해 각 기술자들에게 설명했다. 그는 상당히 오래전부터 이 일을 준비해 온 듯 성의 설계도까지 지니고 있었다.

하지만 대부분의 기술자들은 고개를 갸웃거리며 말했다.

"이런 구조의 성은 지금까지 본 일이 없습니다. 조금 더 자세한 세부 설계도는 없습니까?"

"세부 설계도와 공사 계획은 그대들이 만들어야 합니다."

하이번은 단호하게 말했다.

"쉽지 않은 일입니다. 적어도 몇 년간은 이걸 연구하고 시범적으로 몇 채의 성을 지으며 시험을 해봐야 가능할 것입니다."

기술자들은 더 단호하게 대답했다. 괜히 한다고 했다가 못하면 그때는 큰일이 난다. 아무리 상대가 제국의 후작이라고 해도 그들 역시 장인 정신이 있기에 무조건 된다 하고 대충 때우는 일은 할 수 없었다.

"으음, 그렇군요."

하이번은 결국 패했다. 전문가가 안 된다는데 그가 우길 수는 없었다.

사실 이 설계도는 그가 가진 제국의 전략서에 나온 것을 토대로 만든 것이라 나름대로 오랜 시간 연구를 했어도 아무래도 전문성이 결여되어 있었다. 이것을 보고 실제로 공사를 시작하기에는 아무래도 무리가 있다.

하지만 성 기술자들에게 이걸 보이면 얼마 안 가서 현실적인 수준의 설계도가 나오지 않겠는가? 하이번은 그렇게 생각했다. 그러나 막상 설계도를 공개하니 기술자들이 고개를 저었다. 문제가 심각했다.

지금까지 대부분의 왕국들의 성은 적게는 수백 명에서 아무리 커봐야 몇만 명의 병사가 주둔할 수 있는 규모였다.

그런데 아무리 하이번이 설계도를 가져왔다고 해서 실제로 성을 만드는 기술자들이 그걸 보고 단번에 거대 성을 건설할 수는 없는 노릇이다.

3중으로 이루어진 성벽의 구조만 해도 구 제국의 방어성 이외에는 전혀 쓰인 적이 없는 구조였기 때문에 그들은 거의 이해조차 할 수 없었다.

그런데 그때 나타난 사람이 있었다. 거대 성의 건설이라는 말에 만사를 제치고 구경하러 달려온 타로스였다.

"구 제국의 수도성을 재건하는 셈이군요. 과연 2단으로 나뉜 해자나

3중의 성벽, 그리고 중앙으로부터 나선형으로 이어진 진입로 등은 대군을 막아내는 데 유리하지요."

타로스는 설계도를 힐끗 보기만 하고도 그렇게 말했다. 하이번이 각 도면에 대해 설명을 하기도 전이었다.

"타로스 경은 성 건축에 대한 공부를 한 적이 있습니까?"

하이번이 눈을 빛내며 물었다. 그러자 타로스는 씨익 하고 웃었다.

"제목에 성이라는 글자가 들어간 책은 무조건 읽었습니다. 물론 성이란 것은 군대가 주둔하는 성을 말합니다."

"과연 그렇군요."

생각해 보니 이 타로스란 자는 자기 사재를 털어가며 성벽을 개조, 강화한 자라고 했다. 기본적으로 무장이기 때문에 염두에 두지는 않았지만, 지금 그의 말을 들고 보니 거대 성의 구조에 대해서도 정통하지 않은가?

"타로스 경."

"네, 말씀하십시오."

"혹시 성 공사를 지휘하실 수 있겠습니까?"

"공사 지휘 말입니까? 이 성의?"

"그렇습니다. 문제는 아직 구체적인 설계도도 완성이 되어 있지 않은 상황이라……."

하이번답지 않게 말꼬리를 흐렸다. 이건 그의 명백한 실수라고 할 수 있었기 때문이다. 그러나 타로스는 그게 뭐가 대수냐는 듯 말했다.

"제가 보기에는 이 정도면 충분히 제대로 된 설계도입니다만, 지형에 따라 모든 구조가 아주 적적하게 이루어져 있는 것으로 보아 아마

구 카라엘 제국의 수도성 설계도일 것 같은 느낌이 듭니다."

"과연 예리하시오."

하이번은 정말로 놀랐다. 자신이 가진 병법서에 있는 설계도는 확실히 카라엘 제국 수도성의 그것이었기 때문이다. 그걸 다시 더욱 강화해서 가이안 제국의 수도성으로 만드려는 생각이었다.

"그렇다면 문제는 없습니다. 실제로 일을 시작하면 대부분의 기술자들은 알아서 깨달을 것입니다. 그들이 지금 자신있게 말하지 않는 것은 일종의 겸손이라고 할 수 있습니다. 건축이라는 것은 확실하지 않은데 대충 시작했다가 무너지면 큰일이니까요."

"그렇습니까?"

"틀림없을 것입니다. 중요한 부분 몇 군데는 제가 설명할 수 있으니 아마 그들도 납득하고 공사에 참여해 줄 겁니다."

타로스는 눈을 빛내며 자신만만하게 말했다. 사실 성 개조는 그의 취미라고도 할 수 있었다. 그런데 지금의 성은 이미 완성되어진 상태이기 때문에 타로스는 상당히 서운해하고 있었다.

"그렇다면 부탁을 드려도 될까요? 가이안 제국의 중심이 될 성입니다. 조금이라도 실수가 있어서는 안 되지요."

"허허, 그렇게 엄격하게 말씀하시면 자신이 없지만, 조금만 봐주시면 일단 해보지요. 폐하의 성을 지키는 것이 제 인생이니, 그걸 제가 만드는 것도 좋겠죠."

"하하하, 정말 타로스 경에게는 경이 살 집을 짓는 겪이겠습니다. 그럼 부탁드리겠습니다."

하이번은 웃으면서 말했다. 큰 시름을 덜었다는 표정이었다. 그러나 그의 눈은 여전히 날카롭게 빛나고 있었다.

'타로스 경, 그대가 이 일을 맡게 될 줄은 몰랐소. 하지만 누군가는 가야 하니, 그대가 가는 것이 좋겠소.'

하이번은 속으로 그렇게 중얼거렸다. 타로스는 흑사자의 성을 지키는 자로 소문이 난 무장이다.

그가 간다면 자신이 꾸민 계략은 더욱 효과를 발휘할 수 있다고 믿었다. 하지만 호쾌하게 부탁을 들어주는 타로스를 보며 마음 한쪽 구석이 무거워지는 것은 어쩔 수 없었다.

*　　　　*　　　　*

"크크크, 그놈들이 감히 스틸문으로 수도를 옮기기로 결정했단 말지?"

미노의 황제는 아주 가소롭다는 듯 웃음을 멈추지 않았다.

수도란 무엇인가? 물자의 흐름과 문화의 중심이 되어야 하는 곳이다. 그런 만큼 나라의 중심에 위치하는 것이 가장 좋다.

그런데 가이안 제국 놈들이 현재의 국경에서 가장 구석에 있는, 그것도 무리한 정복으로 인해 완전히 일그러진 국경에서 뾰족 튀어나온 곳에 수도를 건설하겠다고 한다.

"그냥 웃으실 일은 아닌 듯합니다. 사실 우리 미노 제국도 대륙을 통일한 후 그곳으로 수도를 옮기기로 하지 않았습니까?"

탕!

그레일 3세는 라이넥스 공작의 말에 손으로 태사의 팔걸이를 때렸다. 듣기 싫다는 표현을 가장 강력하게 한 것이다.

"대륙을 통일한 뒤이다. 그때에는 그게 당연하지 않은가?"

"그렇습니다. 그게 합리적이고, 지금 가이안 제국이 하는 짓은 미친 짓입니다."

"그렇지. 하지만 그대가 말하려는 것은 알고 있다, 라이넥스 공작."

"황공하옵니다."

라이넥스 공작은 정중하게 고개를 숙였다. 그의 제자나 다름없는 황제는 어렸을 때도 그랬지만 전신에서 황제로서의 위엄이 오러처럼 배어 나오고 있었다. 이미 3명의 왕을 모신 라이넥스지만 지금의 황제에게는 저절로 고개가 숙여지는 것이다.

"디오네."

"예, 폐하, 말씀하십시오."

"어떻게 하는 것이 좋겠나? 그대의 의견을 말하라."

"이것은 기회입니다. 당장 대군으로 그곳을 쳐야 한다고 생각합니다."

"하지만 적도 바보가 아닌 이상 충분한 대비를 하고 있을 것이다."

"저도 그러리라 생각합니다만, 그걸 감안하더라도 스틸문은 우리 미노 제국의 손에 넣어야 합니다."

디오네는 재차 강하게 주장했다. 사실 그녀가 계획한 미노 제국의 진군 목표는 바로 스틸문이었다.

일차적으로 그곳을 점령하고 대군을 주둔시켜 가이안 제국을 압박해 나가면, 아무리 흑사자가 있다고 해도 가이안 제국이 버틸 수 없으리라 판단했다.

그리고 무엇보다 중요한 것은 스틸문을 얻으면 구 카라엘 제국 내의 왕국들에게 외교적으로 상당한 이익을 얻게 될 것이다.

그런데 놀랍게도 가이안 제국이 정말 기적적이고 무리한 진군을 하여 스틸문을 먼저 선점했다. 그렇다면 가이안 제국 쪽에서 노리는 것은 그녀가 생각한 목표와 거의 같을 것이다.

이미 밀림의 결계를 파괴하여 구 시얀 제국의 영토와 민심을 얻은 가이안 제국이다.

이제 또다시 카라엘 제국의 수도를 재건하여 자신들의 수도로 삼는다면, 카라엘 제국을 잊지 않는 왕국들은 그들에게 마음이 기울 것이다. 대륙 남부는 완전히 그들의 영향력 아래에 놓이게 되는 셈이다.

그럴 경우 비록 자신들이 신성 할트 제국의 영토를 거의 손에 넣었다지만, 아직 민심이 안정되지 못한 것에 비해 오히려 가이안 제국의 힘이 더욱 강하다고 봐야 한다.

디오네는 마치 가장 원하던 물건을 빼앗긴 아이와도 같은 심정이 되었다. 그것 때문에 이성을 잃을 정도는 아니지만 화가 나는 것은 어쩔 수 없었다.

"일단 성이 완성되고, 내년에 새로 증강된 대군이 흑사자와 함께 그곳에 주둔하게 되면 그때에는 늦습니다. 적어도 3개월 이전에 그곳을 쳐서 점령해야 합니다."

"흠, 3개월이면 8월이군. 전쟁을 하기에는 너무 더운 때가 아닌가?"

라이넥스 공작이 조심스럽게 말했다.

여름과 겨울에는 웬만하면 전쟁을 하지 않는 것이 좋다. 특히 여름에는 전사자들의 시체가 빨리 썩기 때문에 전염병이 발생할 가능성이 아주 높다.

잘못하면 승패와 관계없이 군에 커다란 피해가 생기고, 그렇게 되면 병사들 전체의 사기가 회복하기 어려울 정도로 떨어져 버린다.

하지만 디오네는 그걸 충분히 알면서도 단 한시도 지체할 수 없다 말하고 있었다.

"그들이 봄에 전격적으로 군을 움직여 스틸문을 점령한 것이 바로 그 때문이라고 봅니다. 가이안은 여름 동안 일차적으로 성을 강화하고 따로 주둔하고 있는 10만의 군을 입성시킬 것입니다. 그렇게 되면 늦습니다. 이쪽에서 아무리 많은 병력을 동원해도 한두 달 내에는 그곳을 점령할 수 없게 됩니다."

"으음."

"하지만 지금이라면, 10만의 방어군이 성이 아닌 외부에 주둔하고 있는 상황이라면 이쪽에서 두 배 이상의 병력을 보낼 경우 충분히 한 달 이내에 승리를 얻어낼 수 있습니다. 당장 움직여야 합니다."

"그 말에도 일리가 있군."

그레일 3세는 고개를 끄덕였다. 10만이 지키는 성을 단시일 내에 깨려면 적어도 4, 50만은 필요하다. 그리고 그런 병력을 투입해도 시간이 걸릴 수 있다.

이미 150만에 달하는 병력을 보유한 미노 제국이지만 50만이나 되는 대군을 움직이는 것은 상당한 부담이 아닐 수 없다.

디오네의 말처럼 여름이라고 해도 야전으로 10만을 상대하고 1만 명이 지키는 성을 함락시키는 것이 나을지도 모른다.

디오네는 고개를 숙인 채 눈만 살짝 움직여 그런 생각을 하고 있는 그레일 3세의 얼굴을 훔쳐보았다. 그리고 미소를 지으며 말을 이었다.

"제 생각으로는 일단 그곳만 점령하면 그들의 군대가 주둔하고 있는 다른 네 곳도 각개격파를 할 수 있을 것 같습니다. 중앙이 끊기는 형국이니 좌우군의 연계가 되지 않을 것입니다."

"그것도 옳은 소리로 들린다. 하지만."

그레일 3세는 더 이상 설득을 당하기 싫다는 듯 말을 끊었다. 그리고는 디오네가 주장하는 것의 문제점을 단숨에, 그리고 날카롭게 집어냈다.

"반대로 생각하면 중앙을 치다가 시간을 끌면 다른 군이 일제히 좌우에서 밀고 들어오는 것도 가능하지 않겠나? 말하자면, 이것은 대륙의 삼분의 일을 감싸는 광범위한 포위 유인진이라고 볼 수 있을 것 같은데?"

"……!"

디오네는 자신도 모르게 고개를 들어 그레일 3세를 보았다. 설마 황제가 그걸 알아차릴 것이라고는 생각지도 못하고 있었다.

가이안의 다섯 군대가 주둔한 곳은 모두 다른 왕국이다. 서로 간의 거리는 군의 정규 이동 거리로 계산할 때 거의 한 달 정도이다.

하지만 디오네는 느끼고 있었다. 적은 미노 제국의 목 앞에 비수를 들이대면서 도발을 하고 있다.

그리고 이쪽이 그 도발에 넘어가는 순간 다른 네 곳의 군대가 일제히 움직여 커다란 포위망을 완성시킬 것이다.

사실 그래서 가을에 전투를 벌이면 곤란한 것이다. 이쪽이 50만이나 되는 군을 동원해 공성전을 펼쳐도 한 달 뒤에는 이 거대한 포위진에 걸려 괴멸할 것이 뻔하다.

"폐하의 혜안에 감복할 따름입니다."

디오네는 깊게 허리를 굽혀 절하며 그렇게 말했다. 그레일 3세의 예상에 자신도 동의한다는 뜻이었다.

"그렇다면 그대의 의견은 무엇이지?"

"포위진을 역이용하는 것입니다."

"그럼 각개격파인가?"

"그렇습니다. 중앙의 스틸문만 점령하면 중앙을 끊어내는 셈이니, 어느 쪽이든 집중해서 공격하면 충분히 적의 총군 중 절반이 넘는 수를 괴멸시킬 수 있습니다."

"흠, 흑사자가 있어도 말인가?"

"흑사자는 어느 한쪽밖에 가지 못합니다. 즉, 중앙을 끊고 양쪽을 치되 흑사자가 없는 쪽을 칩니다."

"그런가? 다른 한쪽은 그대로 물러나면 되겠군."

"그렇습니다. 아무리 흑사자라고 해도 대륙 전체를 자신의 전장으로 삼지는 못합니다. 그에게는 승리를 주어도 됩니다. 나머지 한쪽을 우리가 얻은 후 적의 본토를 유린하여 구 시얀 제국으로부터의 보급을 끊는다면, 내년에는 흑사자의 영토는 그가 서 있는 곳 이외에는 없게 될 것입니다."

"흑사자는 한 번도 지지 않고도 패망하겠군!"

그레일 3세는 디오네의 말이 상당히 마음에 든 듯했다. 확실히 중앙을 차지하고 양쪽을 동시에 밀어붙이면 흑사자는 어느 한쪽밖에 취할 수 없다.

중앙을 공격해 온다고 해도 마찬가지, 오히려 좌우를 모두 잃을 것이다.

디오네는 황제의 눈치를 보고는 자신의 계략이 받아들여졌음을 깨달았다. 그녀는 미소를 지으며 계속 말했다.

"중앙에 30만을 보내야 합니다. 그리고 좌우에 각각 15만씩을 보내고 따로 추가로 40만 정도의 군을 대기시킨 후, 흑사자가 없는 쪽으로 밀어붙이면 이 전쟁은 끝납니다."

"모두 100만의 대군이군! 전선은 대륙 전체가 되는 것이고!"

"그렇습니다. 한 사람의 검은 큰 도움이 될 수 없는 전쟁입니다. 스틸문을 정복하는 시간이 문제이기는 하지만, 일이 어떻게 되든 미노 제국은 승리할 것입니다."

디오네는 확신하듯 말했다. 적은 너무 서둘렀다. 그리고 그것은 결국 실수를 불러일으켰다.

물론 하이번이라는 자의 군략이 대단함은 인정하지만, 팔콘 백작이 보내온 정보에 따르면 이미 군부는 그에게 등을 돌렸다고 하지 않은가?

단일 작전이라면 몰라도 이런 전면전에는 전군의 유기적인 움직임이 아주 중요하다. 총지휘관이 신망을 잃은 지금 그것이 가능하리라고는 생각되지 않는다.

'하이번, 그대는 너무 오만했어요. 맹장보다는 지장이, 지장보다는 덕장이 지휘관에게 있어서 더욱 중요한 덕목이라는 것을 잊은 순간 그대는 일개 전략가에 불과하게 되었습니다.'

디오네는 그렇게 대륙 반대쪽에 있는 자신의 라이벌에게 마음속으로 말을 건넸다.

＊　　　＊　　　＊

미노 제국의 진군은 얼마 안 가 주변 왕국에 널리 알려졌다.

워낙 대군이라 비밀리에 움직인다는 것은 절대 불가능하다. 그래서 그들은 오히려 당당하게 진군을 하면서 가능한 한 진군 속도를 빠르게 하는 것에 주력했다.

그 결과 미노 제국의 세력권 밖으로 정보가 흘러나가는 것과 거의 비슷한 시기에 그들은 목적지에 최대한 접근할 수 있었다.

그래서 발렌이 지휘하고 있는 스틸문 방위군이 그 정보를 접한 것은 미노 제국의 중앙군 수십만이 바로 3일 거리 앞으로 다가온 때였다.

"어떻게 할까요?"

부관이 심각한 표정으로 발렌에게 물었다. 이쪽은 10만, 저쪽은 약 30만으로 추정되는 대군이다. 그리고 그 30만의 대군을 지휘하고 있는 자는 저 미노 제국의 최강 기사인 홍염의 광전사 마키아다.

야전에서 마스터는 천 명의 기사와도 같은 전력으로 취급된다. 아군의 진이 아무리 견고해도 마스터를 선두로 달려드는 적에게는 뚫릴 수밖에 없는 것이다.

반면에 이쪽은 마스터가 없다. 군사의 수도 부족하니 승산은 없는 것이나 다름없지 않은가?

발렌은 조용히 군사 지도를 보며 생각에 잠겼다.

"일단 가장 좋은 방법은 스틸문으로 가서 농성군에 참여하는 것입니다. 그 경우 성이 견고한 만큼 충분히 적을 상대할 수 있습니다."

부관이 다시 말했다. 확실히 그의 말대로 스틸문에 건설되고 있는 성은 방어력이 아주 뛰어나 농성에는 더할 나위 없이 도움이 된다.

그러나 발렌은 말했다.

"그 성은 지금 개조 중이다. 지금은 기존의 성보다 오히려 작은 부분만 쓸모가 있지. 저번에 타로스 경과 이야기를 해봤는데, 지금 성이 수용할 수 있는 병력은 3만 정도라고 하더군."

"3만입니까?"

"그렇다. 성의 수비군이 1만 있으니까, 2만 정도가 더 들어갈 수 있다."

"으음, 그럼 나머지 8만은……."

"성 바깥쪽에서 적을 교란할 수밖에."

"너무 위험합니다."

"아니면 8만은 퇴각시키고, 나머지 2만으로 농성군에 참여하는 방법도 있다."

"3만의 인원으로 30만을 막는 것은 불가능합니다!"

"그렇겠지."

발렌은 그게 괴로웠다. 아무리 생각해도 30만을 막아낼 방법이 없었다. 그렇다면 남은 것은 적을 얼마나 막을 수 있는가 하는 점인데, 헬룬에서 지원군이 올 때까지 버틸 수 있을 것인가가 관건이었다. 한 달 정도면 지원군이 올 것이다. 늦어도 두 달이면 온다.

그리고 그동안 군이 입을 피해를 어떻게 하면 최소한으로 줄일 것인가? 그것이 가장 중요하다고 할 수 있었다.

"3만으로 농성을 하면 한 달을 버티기 힘들다. 결국 8만을 어떻게 쓰는가 하는 문제인데……."

교란 작전을 쓰기에는 지형이 별로 좋지 않다. 스틸문 근처는 완전 평야지대이기 때문에 숨을 곳 따위는 존재하지 않는다.

무엇보다 8만이나 되는 병력이 숨을 수 있는 커다란 숲이나 산악지대가 얼마나 있겠는가?

그렇다고 너무 멀리 떨어져 있을 수는 없다. 교란 작전이라는 것은 항상 싸우면서도 도망가야 하는 것, 멀지도 가깝지도 않은 곳에서 적의 신경을 분산시켜 성의 공략을 방해해야 한다.

한참을 생각하던 발렌은 고개를 저으며 중얼거렸다.

"없군, 없어."

"좋지 않습니까?"

부관의 물음에 발렌은 솔직하게 대답했다. 지금은 둘밖에 없다. 그리고 부관은 신뢰할 수 있는 자이다.

"한 달을 버틸 자신이 없군. 하지만 그렇다고 물러날 수는 없다."

"……."

"스틸문에 건설되고 있는 성은 폐하의 성이다. 절대로 함락당해서는 안 된다."

"그럼."

"자네가 2만의 병력을 이끌고 성으로 들어가게. 내가 8만의 병력으로 어떻게든 적을 유인해 보겠네."

"위험합니다! 적의 병력이 충분한 만큼 따로 전문 추적대를 결성할 것입니다."

"그럴 필요도 없지. 사실 8만의 병력을 별동대처럼 운용하는 것 자체가 힘든 일이네. 나도 자신이 없군."

"그건!"

부관은 뭐라고 말을 하려다가 입을 다물었다. 사실 몇천 명도 아니고 10만에 가까운 대군을 어떻게 그렇게 기동성 있게 움직일 수 있겠는가?

몇 번 정도는 성공할지 모르지만, 결국 큰 전투가 벌어지고 군의 수는 극감할 것이다. 한번 전투가 제대로 벌어지면 결코 쉽게 몸을 뺄 수가 없기 때문이다.

발렌은 무뚝뚝한 목소리로 부관에게 말했다.

"이번에 자네도 봐서 알겠지만, 군의 수가 만 명을 넘어가면 임기응변은 거의 의미가 없네. 사전에 정해진 작전대로 밖에는 움직일 수 없지. 대군이란 그런 것일세."

"그렇습니다."

"나는 7만의 병력을 적당한 곳에 배치하고, 오직 1만 정도의 별동군을 조직하여 움직일 생각이네. 수는 적지만 그만큼 빠르게 행동할 수 있지. 내가 가장 자신있게 지휘할 수 있는 수이고 말이야."

발렌은 그렇게 말하며 가볍게 미소를 지었다. 결국 나는 수십만을 마음대로 움직일 만한 그릇은 아닌지도 모른다. 하지만 기사의 명예를 걸고 절대 스틸문을 빼앗기지 않겠다! 발렌은 그렇게 결심했다.

그런데 그때 작전 회의실 밖에서 누군가가 문을 두드렸다.

"장군, 보고를 드릴 일이 있습니다."

"응? 보고라고?"

정규 보고는 이미 받았다. 그리고 밖에 있는 자의 목소리는 그저 한 명의 기사에 불과한 자로 보고를 할 임무는 부여하지 않았다.

발렌은 영문을 알 수 없는 얼굴이 되어 부관을 보았다. 부관도 고개를 저었다.

"문을 열어주게."

"옛."

문을 열자 역시 발렌이 얼굴과 이름을 기억할 뿐인 한 평기사가 들어왔다.

발렌은 그가 경례를 하는 것을 기다려 솔직하게 의문점을 물었다.

"죠세핀 경, 보고란 무엇을 말하는지 모르겠군. 난 자네에게 그런 임무를 내린 적이 없네."

그러자 기사는 말했다.

"하이번 후작 각하께서 적의 대군이 쳐들어오면 장군님께 전하라는 말씀이 있습니다."

"하이번 후작 각하라고!"

그는 적군이 쳐들어올 것을 알고 있었단 말인가? 그렇다면 상대할 방법도 같이 알고 있을 것이다. 발렌은 희망의 불빛을 보았다.

"그래, 무슨 내용인가?"

"예, 일단 적이 쳐들어오면 스틸문의 성은 신경 쓰지 말고 즉시 퇴각하라는 것입니다."

"뭐라고!"

퇴각하라니? 지금 스틸문에는 엄청난 물자가 쌓여 있다. 그리고 5천의 성 건축 장인과 그 가족들이 있다. 수비병 1만은 따로 생각을 하더라도 그들을 놔두고 도망가라는 것인가?

발렌은 무서운 기세를 뿜어내며 기사에게 물었다.

"분명히 하이번 후작 각하께서 그렇게 말씀하셨나? 증명할 서류라도 있는가?"

"서신도 맡기셨습니다. 후작 각하의 인장이 찍힌 서신입니다."

기사는 얼른 품속에서 하나의 두루마리를 꺼내 발렌에게 내밀었다.

"이리 주게."

좌락.

발렌은 그 두루마리를 받아 거칠게 펼쳤다. 그답지 않게 흥분해 있었다. 성을 지켜야 할 수비병의 의무를 저버린 채 싸우지도 않고 퇴각하라는 말은 그에게 있어서 수치나 다름없었다.

발렌은 절대로 그런 일은 있을 수 없다고 생각하며 하이번이 전한 서신을 읽어 내려갔다.

"으음."

발렌의 얼굴이 점점 어두워져 갔다. 처음의 굳은 결단이 모래처럼 잘게 부서져 무너지고 있었다.

서신에는 약간의 형식적인 인사말과 함께 적의 침공에 대한 예측이 적혀 있었다. 그리고 무조건 퇴각을 하라는 엄한 지시 사항이 적혀 있었다. 대단히 강압적이고 황제의 명을 업은 무거운 명령이었다.

"으음, 그답지 않은 일방적인 명령이군."

발렌은 서신을 다 읽고는 중얼거렸다.

상식적으로 생각할 때, 전력의 보존을 위해서라면 전군 퇴각이 옳다. 하지만 스틸문의 성은 바로 그가 지켜야 하는 새로운 황성이 아닌가?

그러나 하이번은 서신에서 그런 허영은 필요가 없다 말하고 있었다. 무조건 퇴각! 그것이 그의 명령이었다.

"그렇다면 성에 있는 수비군과 장인들은 어떻게 되지? 하이번 후작 각하는 그 점에 대해서도 말씀하셨나?"

발렌은 서신을 들고 온 기사에게 물었다. 그러자 기사는 고개를 들고 대답했다.

"스틸문 쪽은 따로 방법을 생각해 두었다고 말씀하셨습니다. 그런 만큼 절대 적과 싸우지 말고 꼭 후퇴를 하라는 전언이셨습니다."

"으음, 그쪽에도 서신을 보냈나?"

발렌은 알 수 없다는 듯 중얼거렸다. 과연 어떻게 할 것인가? 전체적인 작전에 대해 조금이라도 들었다면 나름대로 확신을 가지고 후퇴를 해도 했을 텐데.

요즘 하이번 경은 거의 작전에 대한 설명을 하지 않고 일방적으로 무장들에게 명령을 내리고 있다. 그래서 군의 불만은 점점 심화되고, 이제는 대부분의 무장들이 하이번의 이름만 들어도 화를 내는 상황이었다.

"어쩔 수 없군. 퇴각한다."

발렌은 결국 결심을 하고 그렇게 선언했다. 정식 명령이 아니기 때문에 실전 지휘관인 자신의 판단에 따라 다른 결정을 할 수도 있다.

그러나 아무리 다른 무장들이 하이번을 미워하더라도 그만큼은 아직 하이번을 인정하고 믿으려 노력하는 중이었다.

한번 사람의 그릇과 본성을 보면 좀처럼 그 사람에 대한 호의를 잊지 않는 발렌이었기에 하이번을 미워하는 감정은 거의 없었다.

발렌은 부관에게 말했다.

"퇴각하기로 결정했으니 잠시도 지체할 수 없네. 조금이라도 빨리 준비를 시키게."

"알겠습니다!"

부관은 경례를 하고 작전 회의실 밖으로 달려나갔다. 각 부대의 지휘관들에게 이 사실을 알리고 준비를 시켜야 한다.

10만의 대군이 움직이는 것은 결코 쉬운 일이 아니다. 적어도 준비에 하루는 걸릴 것이다.

"휴우, 하이번 경. 무슨 생각인지."

발렌은 회의실 안에 혼자 남게 되자 한숨을 내쉬며 중얼거렸다. 스틸문에 수도 천도를 하는 것부터 일방적으로 그것을 포기하고 퇴각을 명하는 것까지 아무리 생각해도 그의 심중을 짐작할 수 없었다.

이렇게 쉽게 포기를 할 것 같으면 어째서 저런 막대한 물자와 무장들의 격렬한 반대를 무릅쓰고 성을 건설하려 했단 말인가?

"일단은 현재 상황에 집중하자. 퇴각하는 거다, 발렌."

발렌은 스스로에게 타이르듯 그렇게 말했다. 그리고 걸음을 옮겨 회의실 밖으로 나갔다. 군을 움직이기 위해서 그 자신이 할 일도 많았다.

다음날 아침, 발렌이 이끄는 스틸문 방위군 10만은 하이번 후작이 지시한 대로 남쪽으로 군을 이동시키기 시작했다.

약간만 후퇴하는 것이 아니라 완전히 후방까지 움직이는 것으로 발렌이 치열한 전투 끝에 겨우 얻은 스틸문과 그 일대 평야를 완전히 포기하는 행위라 할 수 있었다.

그러나 발렌은 아무런 불평도 표하지 않고 묵묵히 군을 움직였다.

문제는 군이 퇴각을 시작한 지 일주일이 지났을 무렵이다.

"뭐라고? 스틸문의 수비군이 농성을 시작했다고!"

"그렇습니다. 그들은 후퇴를 하지 않았습니다. 민간인들을 통솔하고 미리 성을 빠져나온 병사들의 말에 의하면, 하이번 후작께서는 성에 아무런 지시도 내리지 않았다고 합니다."

"그럼 그자가 나를 속였다는 말이냐!"

발렌은 무서운 목소리로 소리쳤다. 하이번을 믿었기에 즉시 군을 퇴각시켰는데, 정작 성에는 아무런 지시도 내리지 않았다니? 그냥 죽으라는 말과 무엇이 다른가?

"타로스 경은 농성을 선택했다고?"

"그렇습니다. 성을 지키는 자로서 싸우지도 않고 내줄 수는 없다고 말씀하셨답니다."

"크윽!"

발렌은 타로스가 했다는 말이 자기 자신을 꾸짖는 말처럼 들렸다. 자신만 후퇴하지 않았다면 어떻게든 성을 지킬 수 있었을 것이다.

"하이번! 그대가!"

발렌은 마치 울부짖는 것처럼 소리쳤다. 믿었던 자에 대한 배신감이 몸속으로 스며들었다. 하이번이 꾸민 일을 모두 이해할 수는 없지만 이것 하나만큼은 알 수 있었다.

그는 스틸문이 함락당하는 것을 원하고 있다! 그리고 타로스를 비롯한 성의 수비군을 그 연출을 위한 희생양으로 삼았던 것이다.

"군을 돌린다."

발렌은 필사적으로 터져 오르는 감정을 억누르며 부관에게 말했다.

"위험합니다. 지금 군을 돌려도 그렇게 효과적으로 미노 군과 싸울 수 있으리라고는 생각할 수 없습니다."

부관이 신중하게 말했다. 발렌은 입을 다문 채 그를 보았다. 확실히 그의 말이 맞다.

지금 돌아가면 늦는다. 전력으로 후퇴를 한 상황에서 바로 다시 진격을 하면 군이 지친다. 뿐만 아니라 이미 공성이 시작되었다면 돌아가도 성 방어에 도움이 될 수 없다.

하지만 성이 공격을 당하고 있다는 데 돌아가지 않을 수도 없다. 스틸문을 지키는 것이 그의 임무이기 때문이다.

"3일을 진군한 뒤, 기마병을 따로 분리하여 별동대로 삼고, 나머지 병력들은 휴식을 취한 뒤 서서히 적을 조여 나가기로 하지."

"……"

"적과 전면전을 벌일 필요는 없다. 최대한 위협과 교란을 하며 성의 공략에 전념하지 못하게 방해를 할 뿐이다."

"1만 명이 지키는 성입니다. 버틸 수 있을까요?"

부관이 약간은 냉정한 목소리로 말했다. 발렌은 그의 질문에 대답하지 못했다.

애초에 2만의 병사들을 성에 들여보내 3만 명으로 농성을 하게 해도 버틸 수 있을까 말까 의문이 되던 참이다. 그런데 1만 명으로 과연 며칠을 견뎌낼 수 있을까?

자신들이 회군을 해서 그들에게 가는 시간만 따져도 최소 일주일은 넘는다. 싸울 수 있도록 충분한 휴식을 취하게 하려면 열흘이 넘을 수 도 있다.

그사이에 성이 함락될 가능성도 극히 높다고 할 수 있다. 결국 발렌 이 할 수 있는 일은 없는 셈이다.

"하이번……."

발렌은 자신이 미워하게 된 자의 이름을 다시 입에 담았다. 어쨌거 나 그의 계략은 완벽해서 스틸문의 성은 함락될 수밖에 없는 운명이 되었다.

그곳을 지키는 타로스와 1만의 병사들은 모두 죽을 것이다!

포기하고 그대로 후퇴를 계속해야 하는가? 발렌은 극심한 갈등에 시 달렸다.

그러나 그는 곧 결심을 했다. 만에 하나라도 성이 버텨준다면, 타로 스가 힘을 발휘해 준다면 지원군이 올 때까지 성을 지킬 수 있다. 하이 번이 과연 지원군을 보내줄지는 의문이지만, 그래도 최소 한 달은 버틸 수 있을 것이다.

'회군을 하자!'

하이번은 다시 결심하고는 부관을 보았다. 부관도 일단 발렌이 명을 내리면 충실하게 따를 것이다.

그런데 막 발렌이 입을 열어 명령을 내리려 할 때, 한쪽에 있던 기사 중 한 명이 발렌에게 다가와 경례를 하며 말했다.

"장군, 저는 하이번 후작 각하의 서신을 맡아 가지고 있습니다."

"뭐라고!"

"하이번 후작 각하는 혹시 장군께서 군을 돌리려 하시면 이 서신을 전하라고 하셨습니다."

"그자가! 이리 주게."

발렌은 거칠게 그 서신을 받아 들었다. 어디까지 사람을 농락하는가? 더 이상 그의 명은 받지 않겠다! 속으로 그렇게 외치며 밀납으로 봉인된 겉봉투를 뜯고 안에 든 얇은 종이를 펼쳤다.

"……."

글을 읽어 내려가는 발렌의 얼굴은 점점 굳어져 갔다. 부관과 서신을 전한 기사는 그런 발렌의 모습에 극도로 긴장하여 그의 눈치를 보았다.

사실 서신을 전한 기사의 경우도 발렌을 지휘관으로서 존경하고 있었다. 하이번보다는 발렌이 그의 마음속에 더욱 중요한 상관임에 틀림없다.

그런데 혹시라도 하이번이 전하라는 서신 때문에 발렌이 곤란해한다면, 그것은 그 기사에게는 더없이 괴로운 일이 된다.

기사는 차라리 서신을 전하지 말 걸 하고 후회했다.

그러나 역시 내용을 알 수 없는 이상 서신은 전해질 수밖에 없다. 그리고 서신을 읽은 이상 어떻게든 반응을 하게 된다.

발렌은 이윽고 고개를 들어 부관에게 말했다.

"예정대로 군을 퇴각시키겠네. 정해진 경로에 따라 자네가 나 대신 지휘를 해주게."

"그렇게 하겠습니다."

발렌의 마음에 무엇인가 심경에 변화가 생겼다! 그리고 그것은 서신의 내용 때문일 것이다. 부관은 그렇게 생각했지만 일단 내려진 명령을 따르기로 했다. 명령이 아니라도 사실 지금에 와서는 회군을 해도 늦기 때문에 이대로 퇴각을 하는 것이 옳다.

어쨌거나 위에서 정해진 일이니만큼 부관이나 기사들에게는 어쩔 수 없는 일이라 할 수 있다.

발렌은 자신의 명령에 따라 일사불란하게 움직이는 사람들을 지켜보았다. 회군 준비라면 몰라도 퇴각을 계속하는 것이라면 별다른 준비가 필요없다. 내일 아침에는 바로 출발할 수 있을 것이다.

"대를 위한 소의 희생인가? 나는 제국의 지휘관으로서 자격이 없는 것인가?"

발렌은 자신도 모르게 한숨을 쉬었다. 어쩌면 하이번의 판단이 옳은 것일지도 모른다. 희생 없는 성공이란 있을 수 없다. 제국이 서고, 대륙을 통일하는 데에는 얼마나 많은 피의 희생이 필요할 것인가?

'나는 감상주의자인지도 모른다. 기사의 도, 그것은 어쩌면 장군의 지위를 가진 자에게는 때에 따라서는 과감하게 버려야 하는 것일지도 모른다.'

발렌은 속으로 그렇게 중얼거렸다. 머리 속에서 서신에 써 있는 글이 떠나지 않았다.

경의 기사로서의 명예를 소중히 한다면 회군을 하십시오. 하지만 그보다 제국의 미래를 더 소중하게 생각한다면 이대로 퇴각하기를 원합니다. ١٥만의 정병은 지금 가이안에 꼭 필요한 전력입니다.

하이번이 서신에서 원한 것은 발렌이 기사도를 버리는 것이었다. 전쟁이란 기사도만으로는 할 수 없다고 말하고 있었다. 비록 멀리 떨어진 사람이 서신으로 한 말이지만 발렌은 아무런 반박도 할 수 없었다.

그도 전장의 참혹함을 경험한 자이고 대군을 지휘한 장군인 만큼 하이번이 말하는 뜻을 알 수 있었다.

'타로스 경, 그리고 1만 명의 정병들이여. 나를 원망하라.'

발렌은 고개를 숙인 채 그렇게 중얼거리며 자신의 숙소로 돌아갔다. 단련된 그의 몸이 오늘은 웬일인지 천 근처럼 무거웠다.

❖ Chap 7 ❖
단 한 명이 남아도 성은 함락된 것이 아니다.

단 한 명이 남아도 성은 함락된 것이 아니다

드넓은 평야는 푸른 하늘과 함께 언제나 타로스의 눈을 시원하게 만들어주었다.

그러나 지금은 아니다. 저 멀리서 어렴풋이 보이는 산봉우리까지 덮고 있는 미노 제국군은 실전으로 단련된 타로스의 눈으로도 그 수를 헤아릴 수 없을 정도였다.

타로스는 고개도 돌리지 않고 옆에 있는 부인에게 물었다.

"여보, 얼마나 되는 것 같소?"

"알 수 없네요. 지평선 끝에 보이는 저 산을 넘어서도 병사가 있을 테니, 지금 눈에 보이는 수는 대략 15만 정도인 것 같아요."

"그렇구려. 난 보이는 수도 세지 못하겠소."

타로스는 그렇게 말하며 몸을 돌려 성벽 아래로 내려갔다. 병사들의 사기는 보지 않아도 충분하다. 정기 정찰병이 처음 미노의 선발대를 발견했을 때부터 그들은 공포에 질려 있었으니까.

1만이다, 성에 있는 병사의 수는. 성벽을 짓는 기술자와 노동자가 약 5천, 그리고 그들의 가족들이 2만 정도 살고 있다. 한마디로 갓난아기까지 다 합쳐도 이 성안에는 3만 5천밖에는 없는 것이다.

"장군, 어떻게 할까요?"

부관이 달려와서 물었다. 그는 어젯밤에 타로스를 대신해서 비번을 섰다. 그리고 약 두 시간 전에야 겨우 자리 들어갔는데 안타깝게도 쉬지도 못하고 다시 뛰어나온 모양이다.

타로스는 엄숙한 얼굴로 그에게 말했다.

"저들이 이곳까지 와서 공성전 준비를 하기까지는 아직 시간이 있다. 병사들을 모아라."

"병사들 전부를 말입니까?"

"그렇다. 지금 보초를 서고 있는 병사들 이외에는 모두다."

완성되면 수십만이 주둔할 수 있는 성이다. 1만의 병사들이 나열할 공간은 충분히 있었다. 타로스의 말에 부관은 즉시 경례를 하고 다시 뛰어가기 시작했다. 쉬고 있는 기사들을 깨워 각 부대별로 집합을 시켜야 한다.

"여보."

타로스의 뒤를 따라 성벽을 내려온 타로스 부인이 등 뒤에서 그를 불렀다. 평생을 같이 살아온 그녀인 만큼 타로스의 음성에서 느껴지는 그의 기분을 너무나도 잘 알 수 있었다.

하지만 타로스는 지금은 따로 대화를 나누고 싶지 않은지 그녀를 돌아보지 않고 하늘을 본 채 말했다.

"민간인들을 성 밖으로 피신시켜야겠소."

"네."

그녀는 어쩔 수 없다는 듯 대답했다. 하지만 그녀의 마음은 남편에 대한 걱정으로 가득 차 있었다.

건장한 체구에 커다란 할버드를 든 타로스의 뒷모습은 여전히 당당했지만 그녀에게는 그 모습이 오늘따라 왜소해 보였다.

항상 당당하던 기세는 이미 씻은 듯이 사라지고 비장한 각오만이 그의 다리에 남아 몸을 지탱시키고 있는 것 같았다.

"갑시다. 병사들이 이미 모이기 시작했소."

"네."

타로스는 걸음을 옮겼다. 수천의 병사들이 모두 연병장을 향해 열심히 달려나오고 있었다.

약 10분이 지나자 모든 병사들이 나와 정렬했다. 타로스의 성격을 아는 병사들은 소집 명령이 떨어지면 만사를 제치고 달려나온다.

평소 타로스의 취미 중 하나가 일만의 병사가 비상 소집을 받고 10분 만에 정렬하는 모습을 구경하는 것이기 때문이다. 그러나 지금은 그럴 여유도 없었다.

전면에 있는 단 위로 올라간 타로스는 비장한 얼굴로 병사들을 보았다. 바람이 제법 세게 불어 그의 뺨과 턱을 덥고 있는 수염을 스치고 지나갔다.

눈이 좋은 타로스는 병사들의 얼굴 표정을 하나하나 볼 수 있었다.

그들 모두가 이미 적의 침공을 알고 있기에 미래에 대한 불안으로 가득 차 있었다.

쿵!

타로스는 들고 있는 할버드로 세게 바닥을 두드렸다. 병사들이 그 소리에 더욱 긴장하여 타로스에게 시선을 집중했다.

"들어라! 미노 제국군이 쳐들어온 것은 내가 말하지 않아도 알 것이다."

대답은 없었다. 장군이 연설을 하는데 병사가 입을 열 리가 없다. 그러나 병사들은 속으로 한결같은 대답을 했다. 마치 타로스가 자신과 일 대 일 면담을 하는 것 같은 기분이 들었다.

"적의 수는 적어도 20만, 현재 우리 군의 병력은 1만이다."

휘이이잉.

바람이 불었다. 한여름이지만 가만히 서서 바람을 맞으니 몸이 차갑게 식는 것 같았다. 그리고 그 바람은 병사들의 심장도 차갑게 식혔다.

설마 적의 수가 그렇게 많을 줄이야! 병사들 대부분은 적의 수를 한눈에 파악하지 못하고, 또 성벽 위로 올라가 보지도 못했기 때문에 그냥 적이 쳐들어왔다는 것만을 들었을 뿐이다.

그러나 지금 타로스의 말로 인해 그들은 깨달을 수 있었다. 이 전투는 승산이 없다는 것을, 무엇보다 타로스의 음성에 이미 패배를 각오한 사람의 기운이 어려 있었다.

"우리가 가장 먼저 해야 하는 일은 민간인을 피신시키는 것이다. 적이 성을 공격하기까지는 아직 시간이 있다. 적어도 오늘은 무사하다. 그들도 제국의 명예를 아는 정규군인 만큼 민간인이 피신할 하루의 여유는 줄 것이다."

타로스는 그렇게 말하고 다시 병사들을 보았다.

병사들은 타로스의 말을 듣고 크게 동요된 듯했다. 사실 대부분의
왕국은 공성전을 할 때 기습이 아닌 경우 하루의 유예 기간을 주어 민
간인을 대피시키게 한다.

그리고 그것은 인도적인 문제도 있지만 성을 지키는 병사들 중 겁을
먹은 자가 민간인과 함께 도망가도록 하는 의도도 있었다.

살 수 있다! 성을 벗어나 고향으로 돌아갈 길이 열려 있지 않은가?
대부분의 병사들의 얼굴에는 그렇게 쓰여 있었다.

'역시, 무리인가?

타로스는 속으로 그렇게 중얼거렸다. 자신도 모르게 약간 고개를 숙
이고 한숨을 내쉬었다. 하지만 곧 다시 정면의 병사들과 그 뒤에 펼쳐
져 있는 성벽, 그리고 하늘에 흐르는 구름을 동시에 보면서 외쳤다.

"너희들 중 가족이 있는 자는 떠나라! 싸우기 싫은 자도 떠나라! 지
금 이 순간부터 내일 아침 해가 뜨는 순간까지 성을 나설 자들은 모두
떠나도 좋다!"

웅성웅성.

병사들이 결국 참지 못하고 주변을 돌아보며 뭐라고 중얼거리기 시
작했다. 그러나 타로스는 그들을 탓하지 않았다.

"탈영이 아니다! 떠날 자들에게 명을 내리겠다. 이곳에 있는 민간인
들은 성을 건축하는 기술자들, 제국에 꼭 필요한 자들이다! 그들을 보
호하며 돌아가라! 산적이나 마물들로부터 그들을 보호하는 것이 떠나
는 자들이 행해야 할 새로운 임무이다!"

새로운 임무! 그것에 병사들이 더욱 크게 동요하기 시작했다. 이 장군은 병사들을 잡아두려는 것이 아니라, 반대로 조금이라도 더 병사들을 살려서 도망 보내려 하는 것이 아닌가?

원래 이렇게 성을 버리고 떠나면 탈영으로 취급되어 수배를 당하거나 직급이 강등되어 버린다. 하지만 장군의 명으로 민간인 기술자들을 보호하며 돌아가는 것은 결코 탈영이 아니다.

"하지만! 죽음을 각오하고 저들로부터 성을 지킬 자들은 남아라. 살아날 생각은 하지 마라. 그럴 각오가 없으면 이 전투는 할 수 없다. 어떤 경우가 오더라도 기가 죽지 않기 위해, 스스로가 이미 죽은 목숨이라고 생각할 수 있는 자만 남아라!"

사아아아아.

동요하던 병사들의 웅성거리는 소리가 일제히 사라졌다. 타로스의 말에서 그들은 타로스가 이미 죽을 각오를 했다는 것을 알았다.

장군은 자신과 같이 싸우다 죽을 자를 원하고 있다! 그들은 아무런 말도 할 수 없었다.

"이상이다!"

타로스는 그렇게 말하고는 바로 몸을 돌려 단상 위를 내려왔다. 그 뒤로 부관이 올라가 병사들을 해산시키고, 기사들과 부대장들을 모아 구체적으로 떠날 자들이 어떻게 민간인들을 보호하며 움직일 것인가를 논의하였다.

하지만 타로스는 더 이상 그들의 움직임에 신경 쓰지 않았다.

지금 그가 보고 있는 것은 단상 아래에서 기다리고 있는 그의 아내였다.

평생을 함께 살아온 아내이다. 글조차 제대로 모르는 자신에게 병법을 가르친 사람도 아내이다. 엄격한 반면, 자상하고 순종적이기도 하다.

목소리는 작아도 특유의 잔잔함을 역으로 이용해 오히려 병사들에게 자신보다 더한 영향력을 행사하기도 한다. 그녀와의 추억은 정말로 하나같이 좋은 것뿐이라서 절대로 잊어버릴 수 없었다.

남들이 뭐라고 해도 타로스는 아내와 같이 있는 것이 좋았다. 그런 아내가 지금 자신을 보고 서 있다.

"당신은……."

타로스는 아내에게 떠나라고 말하려 했다. 그러나 그녀의 눈빛을 보고는 도중에 입을 다물었다.

"여보."

이유는 알 수 없지만 그녀는 화를 내고 있었다. 그것도 아주 강렬하게! 비장한 심정의 타로스의 머리 속은 어느새 아내가 왜 화를 내고 있을까에 대한 생각으로 가득 차버렸다.

"저 좀 봐요."

타로스 부인은 그렇게 말하고는 휙 돌아서 집 안으로 들어가 버렸다. 타로스도 그녀를 따라 들어갔다.

집은 과거와 마찬가지로 성벽 바로 아래에 있었다. 그나마 장군의 숙소라고 성 건축자들이 약간 힘을 써서 이제는 2층의 건물에 조그만 뜰까지 딸린 아담하고 멋있는 집이 된 상태였다.

현관을 열고 들어가면 소파가 있는 거실이 나온다. 화려하지는 않지만 수수한 고동색의 소파는 타로스가 좋아하는 가구 중 하나였다.

타로스 부인은 들어가자마자 아무 말 없이 찻물을 끓이기 시작했다. 타로스는 조용히 소파에 앉아 기다렸다.

이윽고 찻물이 끓자 타로스 부인은 아끼던 허브 차의 잎을 넣고는 단 과자와 같이 그것을 테이블로 날랐다.

조용히 타로스에게 한 잔을 내주고, 그녀 역시 소파에 앉아 차의 향기를 음미하듯 마시자 어느 정도 마음의 안정이 되는 듯했다.

"이제 좀 화가 가라앉네요. 어쩌려는 거예요?"

"어쩌다니?"

"아까 연설을 하는 모습을 보니 마치 병사들을 상대로 유서를 쓰는 것 같더군요."

"무슨 소리요?"

"살아날 생각은 하지 말라니요? 이미 죽었다 생각하고 싸우라고요? 그게 말이 되는 소린가요?"

"아니! 그런 각오라도 없으면 어떻게 저 대군을 상대로 싸울 수 있겠소? 사기가 떨어져 떠는 병사는 지금 상황에서 아무런 도움이 될 수 없소."

타로스는 그녀가 자신의 연설에 대해 토를 달자 화가 나서 반박했다. 비장한 심정으로 목숨을 걸고 최후까지 장군으로서 성을 지키기 위해 최선을 다할 생각이었다.

그렇기 때문에 같이 싸울 병사들을 원했다. 마지못해서 싸우는 자가 아닌 진심으로 목숨을 걸고 싸울 수 있는 자만이 이 전투에서 전력이 될 것이다.

그렇지 않은 병사들은 차라리 외부로 내보내 살 길을 열어주는 것이 좋지 않겠는가? 타로스는 아무리 생각해도 자신이 무엇을 잘못했는지 알 수가 없었다.

그러나 남편의 반격을 받은 타로스 부인은 코웃음을 치며 남편에게 물었다.

"그럼 묻겠어요. 당신은 저 대군을 상대로 며칠을 버틸 수 있을 것 같아요? 냉정하게 생각해 보세요."

"으음."

며칠일까? 적의 수는 20만은 된다. 어쩌면 더 많을 수도 있다. 발렌 경의 군이 그들과 싸울 생각을 포기하고 퇴각을 했으니 30만 정도의 수라고 봐야 한다.

내일 병사들 중 몇 명이 남을까? 살 길을 열어주었는데 일부러 죽기 위해 남을 자가? 1천 명? 2천 명?

공격이 시작되면 하루도 버티기 어려울 것이다. 그래도 2차 성벽까지 완성이 되었으니 이틀은 견딜 수 있을까? 잘하면 3일도 가능할지 모른다.

타로스는 그렇게 계산하고는 고개를 들며 말했다.

"3일 정도는 어떻게 될 것 같소."

"이 미친 영감아!"

타로스 부인은 타로스가 대답을 하자마자 소리를 빽 하고 질렀다.

"그럼 3일 뒤에는 우리가 다 죽는단 소리잖아!"

타로스는 황당한 표정을 지었다. 그리고는 약간 화가 난 표정으로 반박을 했다.

"그건 당연하지."

그러나 타로스 부인은 그런 타로스의 말을 끊으며 말했다.

"3일 뒤에 죽을 바에는 전 병력을 모두 후퇴시키고, 당신은 그냥 책임을 지고 자살하는 게 훨씬 피해가 적다는 생각이 안 들어요?"

"그, 그게……."

"싸울 거면 성을 지키기 위해 싸워야 하고, 성을 지키지 못하겠으면 아군의 병사를 한 명이라도 더 살리기 위해 노력해야지. 지휘관이 혼자 죽기 싫다고 피 끓는 병사들에게 사기를 쳐서 같이 죽자고 해? 애꿎은 병사들을 몇 명이나 죽이면 속이 시원하게 죽을 것 같아요?"

"……!"

"난 당신이 병사들을 모아 연설을 하려고 할 때, 한 명도 못 가게 막고 도망가도 모두 처형될 거라고 윽박이라도 지를 줄 알았어요. 지금도 병사 수가 모자란데 스스로 병사들을 성으로 내쫓다니? 그게 장군이 할 짓인가요?"

"으음, 하지만 어차피 승산은 없소."

"왜 없어요! 한 달만 버티면 충분히 승산이 있구만."

그녀는 답답하다는 표정을 지으며 말했다.

"한 달이라고? 말이 쉽지 어떻게 저런 대군을 상대로 한 달을 버틸 수 있다는 말이오?"

"버틸 수 없으면, 글자 그대로 옥쇄를 하겠다는 소린가요? 무슨 수를 써서든 원군이 올 때까지 버티겠다는 각오로 싸우는 것도 아니고, 절대로 이길 수 없는 전투를 그냥 하겠다는 건가요? 무슨 이유로요? 그냥 자기 만족으로요?"

"……."

"당신은 지금 성을 지키기 위해 싸우는 것이 아니라 성을 빼앗기기 위해 싸우는 거예요!"

"……."

타로스는 더 이상 반박을 할 수 없었다. 극도로 화가 나서 쏘아붙이는 아내의 거친 숨소리가 들려왔다.

"지기 위해서, 죽기 위해서 싸우는 거라고요!"

그녀가 하는 말은 그의 가슴을 비수처럼 찌르고 심장을 긁었다. 확실히 그녀의 말을 듣고 보니 자신은 지금 성과 함께 최후를 맞이하려 하고 있었다.

'나는 정말 죽으려고 하는 것인가? 살 생각은 없는가?'

그가 읽은 어떤 병법서에도 그런 말은 없었다. 병법은 모두 승리를 위한 방법을 논한다. 어떻게 장렬하게 패배를 할 것인가에 대해 설명한 책은 없었다.

쿵!

머리 속에 세찬 충격이 왔다. 이 성을 지으며, 이곳이야말로 나의 분신이라고 생각했다. 황제가 사는 성을 지키는 것이 자신의 사명이 아닌가?

그런데 성을 빼앗길 생각을 하자 살아서 폐하를 볼 면목이 없다고 생각했다. 그래서 죽음으로써 사죄를 하자고 결심했다.

아내는 그것을 꿰뚫어 본 것이다!

"투구랑 할버드를 내놔요."

"뭐라고?"

갑자기 들려온 아내의 말에 타로스는 퍼뜩 놀라서 물었다. 갑자기 또 무슨 소리인가?

"내일부터 당신은 그냥 방에 처박혀 있으세요."

"그럼?"

"내가 당신의 투구를 쓰고 할버드를 들고 지휘하겠어요. 저라면 한 달은 충분히 버틸 수 있어요. 남은 병사들이 모두 소모되는 한이 있더라도 성은 지켜 보이겠어요."

"무슨 소리를 하는 거요? 어떻게 당신이……."

"내놔요!"

타로스 부인은 그렇게 소리를 지르며 자리에서 일어나 한쪽에 걸어 놓은 할버드를 향해 걸어갔다.

타로스는 기겁을 하여 얼른 일어나 잽싸게 할버드를 잡고 다른 한 손으로 머리에 쓰고 있는 투구가 벗겨지지 않게 꽉 잡아 눌렀다.

그리고는 그녀가 무서운 눈빛으로 다가오는 모습에 자신도 모르게 주춤주춤 뒤로 물러났다. 할버드와 투구를 빼앗길 수는 없었다.

그러자 타로스 부인은 흥 하고 코웃음을 치고는 말했다.

"지휘권을 저에게 넘기기 싫으신가요? 하지만 생각을 해봐요. 당신이 한 달 동안 저들로부터 성을 지킬 수 있어요? 원군이 올 때까지?"

"……."

"내놔요!"

"……."

사정없이 윽박을 지르는 아내의 모습은 처음이었다. 너무 당황해서 그런 그녀에게 반항을 할 힘이 없었다.

무서웠다.

그렇다고 해서 순순히 넘겨줄 수는 없다. 타로스는 계속해서 뒤로 물러났다.

그러자 타로스 부인은 양손을 허리에 집은 채 버티고 서서 말했다.

"그렇게 아까워요? 할 자신도 없으면서? 그럼 시간을 드리지요. 저녁에 받으러 갈 테니 마음을 정리하고 포기하세요."

그녀는 그렇게 말하고는 몸을 획 하니 돌려서 그대로 방으로 들어가 버렸다.

그곳은 그녀가 혼자 쓰는 방으로, 화장을 하고 옷을 보관하는 등 개인적으로 쓰는 곳인데, 가끔 화가 나면 들어가 몇 시간씩 있다가 나오기도 했다.

탕!

세차게 문이 닫히는 소리에 타로스의 어깨가 움찔했다. 그러나 그는 곧 한숨을 내쉬며 다시 소파에 앉았다. 멍한 얼굴로 천장을 보는 타로스에게는 조금 전의 비장함이란 찾아볼 수 없었다.

해가 지고 저녁때가 되었다. 점심때가 되었을 때에는 타로스 부인이 방문을 열고 나와 아무 소리도 없이 햄 토스트를 구워 과일 주스와 함께 탁자에 놓고는 다시 들어가 버렸다.

타로스는 묵묵히 토스트를 들어 베어 먹고는 주스를 마셨다. 그리고는 똑같은 자세로 멍하니 천장만 보았다.

이제는 어두워져서 천장에 있는 나뭇결의 흠도 잘 보이지 않는다. 평소라면 아내가 환하게 등불을 폈을 텐데……

생각해 보니 이 집에 대해 아는 것은 별로 없었다. 언제나 성벽에 서 있다가 가끔 들어오면 소파에 앉아 아내가 가져다 주는 식사와 차를 즐겼을 뿐이다.

성벽 쪽이라면 그걸 짓는 데 들어간 돌이 몇 개인지도 아는데…….나는 가정에 대해 소홀히 했던 것일까? 타로스는 문득 그런 생각을 했다. 그러면서도 성벽에 대해 생각이 미치자 자신도 모르는 사이 미소를 지었다. 정말로 이곳이 아닌 성벽 위가 자신의 집인 것 같은 기분이 들었다.

달칵.

문이 열렸다. 타로스는 고개를 돌려 방에서 나오는 자신의 아내를 보았다.

"마음의 정리가 됐나요? 그럼 주세요."

그녀는 손을 내밀었다. 그러고 보니 그녀가 입고 있는 것은 여성용 가죽 갑옷이었다. 항상 펑퍼짐한 옷에 앞치마를 입고 있는 그녀였는데 갑옷을 입다니? 타로스는 기가 죽었다.

"어서 주세요. 저는 목소리가 당신처럼 크지 않으니 참모들과 미리 지시 방법에 대해 상의해야 한단 말이에요."

그녀는 마치 이미 군대는 자신이 맡기로 결정된 것처럼 말했다. 타로스는 한숨을 쉬며 그런 그녀에게 말했다.

"그냥 내가 지휘할게."

"당신이요? 당신이 지휘해서 버틸 수 있을 것 같아요?"

"버틸 수 있어."

"적은 20만인지 30만인지도 모르는 대군이에요. 그런 적을 상대로 농성전을 벌여 한 달을 버틸 수 있다고요?"

"있어."

"좋아요. 그럼."

타로스 부인은 그렇게 말하고는 다시 방 안으로 들어갔다. 그리고는 곧 양손에 십여 권의 책을 들고 밖으로 나왔다.

"이거 받아요."

"이건?"

"대군을 상대로 발악하는 방법이 조금이라도 적혀 있는 병법서를 골라봤어요. 이것밖에는 없네요."

타로스의 눈이 커졌다. 생각해 보니 일단 타로스가 본 병법서는 모두 아내가 보관하고 있었다. 그걸 어디에 놔두었는지는 신경 쓰지 않았는데, 알고 보니 아내는 그 병법서를 모두 그녀의 방에 놔둔 모양이다.

"지금까지 이걸 골랐소?"

"그래요. 막상 찾으려니 그동안 모아놓은 병법서가 많기는 많더군요. 특히 수도에서 한꺼번에 너무 많은 책을 들인 것 같아요. 그래도 대충 내용을 기억하고 있어서 그나마 시간이 절약됐네요."

그녀는 어느새 화가 풀렸는지 부드러운 미소를 짓고 있었다. 아니, 애초에 화가 나지 않았던 것이 분명하다. 타로스는 입을 벌리고 자신의 아내를 보았다.

"뭐 해요? 어서 가서 이거 보고 연구해 봐요. 물론 당신이 다 본 거지만, 그래도 지금 다시 보면 혹시라도 좋은 방법이 생각날지도 모르잖아요. 밤을 새워서라도 모두 읽으라고요. 저와 병사들의 목숨이 모두 당신의 손에 달렸잖아요."

"으윽."

이 여자는 감당하기 어렵다. 타로스는 매번 그렇지만 오늘 또 새삼 그렇게 느꼈다. 그렇게 엉겁결에 책을 받아 들고는 찍소리도 하지 못하고는 그대로 소파에 앉아 읽기 시작했다.

과연 아내가 열심히 골라준 책답게 대군을 상대로 농성을 할 때에 쓰는 전법과 체력, 그리고 아군의 사기를 유지시키는 여러 가지 방법이 적혀 있었다.

그동안 타로스 부인은 곧 화려한 저녁 만찬 준비를 해서 그걸 소파 앞에 있는 테이블 위로 날랐다.

"내일부터는 제대로 된 식사를 하기 어려울 테니 오늘 많이 드세요. 싸울 때는 싸우더라도 지금은 먹어야지요."

"그렇지. 확실히 맛있군."

이제는 완전히 마음을 비워 될 대로 되라는 심정이 된 타로스는 기름이 자르르 흐르는 고기와 싱싱한 채소를 번갈아 먹으며 아내의 음식 맛을 즐겼다.

밤은 깊어가고 결전의 날이 바로 앞으로 다가왔지만 타로스는 더 이상 죽음을 생각하지 않았다.

오직 병사를 움직이는 것과 아내의 배려만을 마음속에 담았을 뿐이다.

다음날 아침, 타로스는 특유의 무표정한 얼굴로 집을 나섰다. 새벽이 될 때까지 병법서를 읽고 또 읽었다.

막연히 병법서를 공부할 때와는 달리 적의 규모나 현재 성의 상태

등을 생각하며 머리 속으로 실전을 상상했다.

그러고 나니 새롭게 얻는 것이 적지 않았다. 비록 그 바람에 수면 시간밖이 짧았지만, 피로는 느껴지지 않았다.

살기 위해 궁리를 했고, 이기기 위해 병법을 연구했지만, 아직 해답은 보이지 않았다. 하지만 적어도 지지는 않기로 결심했다.

지금 그의 생각을 가득 메우고 있는 것은 어제 깨달은 것들이 과연 실전에서도 상상했던 것처럼 진행되어지는가에 대한 궁금증뿐이었다. 그것은 말하자면 전의였다.

"다녀오세요."

아내의 짧은 인사말이 아직도 귓가에 남아 있다. 그녀는 집에 남겠다고 했다. 체력이 뛰어나지 못한 그녀였기에 전쟁이 시작되기 전에 조금이라도 쉬려는 의도였다.

'체력 안배라니? 정말 타고난 지휘관이야.'

타로스는 씁쓸한 미소를 지으며 속으로 중얼거리며 도저히 당해낼 수 없다는 생각이 들었다.

하지만 지금은 그런 감상적인 기분으로 있을 수는 없다. 얼마나 남았을까? 타로스는 정신을 차리고 현실에 집중했다.

정말로 다 도망갔다면 끝이다. 그는 어제 병사들이 도망갈 길을 열어준 자신을 후회했다. 그때는 그것이 옳다고 생각했지만, 성을 지키기 위해서는 병사들을 남겼어야 했다.

도망가도 살 길은 없다. 나라를 배신한 자의 오명을 머리에 뒤집어쓴 채 처형될 것이다. 가족들도 모두 다른 사람들의 손가락질을 받을 것이다. 이렇게 협박이라도 하는 것이 옳다.

그렇게라도 해서 단 한 명의 병사라도 더 쓸 수 있다면 이길 확률이 높아지는 것이다. 그 확률이 얼마나 되는지는 지금은 생각하지 않는다.

'하지만 어쩔 수 없지. 과거의 일은 과거의 일. 남은 자들과 싸운다.'

타로스는 그렇게 생각을 정리하며 당당하게 앞을 보고 걸었다.

규칙적인 발걸음으로 성의 구석을 돌아가니 연병장이 한눈에 보였다. 남은 자들이 모여 있어야 할 장소이다.

모서리를 도는 순간 타로스의 심장은 격하게 뛰었다. 하지만 그는 그것을 의식하지 못했다. 그리고 연병장에 모여 있는 병사들의 수를 확인한 순간, 그의 안색이 크게 변했다.

비어 있다! 전열에 있는 기사들 수십 명 이외에는 병사들이 아무도 없었다.

'그런가? 나는 싸워보기도 전에 패한 것인가?'

어이가 없었다. 설마 모두 떠날 줄이야! 하지만 어떻게 생각하면 그게 당연하다. 이곳에서 수십만의 적을 상대로 싸우다가 죽는 것보다는 살아서 돌아가고 싶었으리라. 정말로 죽고 싶은 인간이 어디 있겠는가?

병법서에 쓰여 있다. 살고자 하면 죽을 것이고, 죽을 각오로 싸우면 살 것이라고. 그것을 지휘관의 입장에서 말하자면 병사들에게 싸우지 않으면 죽는다는 생각을 가지게 해야 한다.

비정하고 야비한 일인지는 몰라도, 그렇게 해야 싸워서 이길 수 있다. 살아날 수 있다.

'결국 아내의 말대로 나는 성 위에서 자살이라도 하는 수밖에 없겠군.'

타로스는 그렇게 결심했다. 흔들리는 눈동자를 억지로 고정시키고 마음을 굳히니 다시 걸음을 옮길 수 있게 되었다. 그는 묵묵히 단상 위로 올라갔다. 그리고는 자신을 보고 있는 기사들을 향해 말했다.

"병사들은 모두 떠났나?"

병사들이 떠났다면 기사들도 보내야 한다. 가문의 명예와 제국에 대한 충성심으로 남아 있는 자들을 희생시킬 수는 없다. 희생되는 것은 나 혼자면 된다.

타로스는 속으로 그렇게 중얼거리며 이 기사들을 어떻게 제국의 수도로 돌려보낼까를 생각했다. 그런데 그때 가장 앞에 서 있던 부관이 말했다.

"민간인 2만을 수도까지 책임지고 호송할 임무는 제7부대장이 맡았습니다. 이에 신혼이고 아이가 없는 병사와 아직 아이가 어려 부인 혼자서 양육하기 어려운 병사, 그리고 병이 들어 장기간 싸울 체력이 없는 병사를 골라 총 1,320명을 제7부대로 소속 변경하여 그들의 호위 임무를 맡겼습니다."

"뭐라고?"

생각했던 것과는 이야기가 다르다. 타로스는 놀라서 반문했다.

"그리고 말씀하신 대로 민간인 장인과 그들의 가족들 중 과거 용병의 경험이 있는 자들을 지원병으로 받았습니다. 의외로 많더군요. 그분들은 자신들이 건설한 이 성에 대한 애착이 강한 것 같았습니다. 수는 4천명 정도로 각 부대에 빠진 인원을 보충하고 남은 자들을 제12, 13부대로 새롭게 구성했습니다."

"으음."

"이로써 현재 아군의 총 수는 1만 3천 명으로 13천인대를 구성, 모든 준비가 끝났습니다."

"그런가."

타로스는 엄숙한 표정을 지으며 조용히 고개를 끄덕였다. 그러나 그의 머리 속은 맹렬하게 회전하기 시작했다. 부관이 보고한 내용으로 사태를 파악해야 했다.

가만히 들어보니 말씀하신 대로라는 표현이 섞여 있지 않은가? 그렇다면 결론은 하나였다.

'정말 너무하군. 이건 명령 위조야! 사전에 말 한마디도 안 하고 사람을 놀리다니? 내가 어린앤 줄 아나!'

타로스는 속으로 분통을 터뜨렸다. 아마 저녁때 자신에게 책을 들려 방 안으로 들여보낸 다음 아내가 꾸민 일이리라.

기사들을 조용히 불러 병사들을 붙잡고, 장인들을 회유하라고 말했을 것이다. 바로 대장의 명령이라고 하면서 말이다.

'나중에 전투가 끝나면 꼭 엄하게 따져야겠어. 그렇지 않으면 이 여자가 계속해서 대장 노릇을 하려고 하지 않겠는가 말이야.'

타로스는 굳게 결심했다. 그리고는 기사들을 보며 자신있는 목소리로 말했다.

"좋아, 싸울 병력은 충분하군. 명심해라. 우리가 지키고 있는 성은 흑사자의 성이다. 한 달! 아니, 보름만 지키면 폐하께서 직접 오셔서 저들에게 진정한 공포가 무엇인가를 알게 하실 것이다."

"물론입니다."

기사들은 타로스가 말하는 것을 믿어 의심치 않는 듯했다. 타로스는 속으로 웃었다. 전혀 전의가 떨어지지 않은 부하들이 그의 눈앞에 당당히 버티고 서 있었다. 그가 패배를 확신하고 죽을 결심을 한 것과는 전혀 다른 분위기였다.

'어쩌면 이 성에서 가장 멍청한 지휘관은 바로 나였는지도 모르겠군.'

그는 자신도 모르게 손을 들어 목 아래에서부터 바깥쪽으로 턱을 한 번 쓸었다. 쑥스러울 때 주로 하는 버릇인데, 자주 하지는 않기에 그걸 알고 있는 사람은 아내나 휴케바인 같은 아주 친밀한 사람들뿐이다.

퍼뜩 놀라 얼른 손을 내리고 기사들의 눈치를 보니 아무도 모르는 것 같았다. 다행이다. 타로스는 속으로 그렇게 중얼거리며 방금 전의 자신을 감추려는 듯 큰 소리로 외쳤다.

"그럼 준비하라! 우리들 중 단 한 명이 살아 있어도 이 성은 함락된 것이 아니다! 끝까지 싸우자! 흑사자를 위하여!"

"흑사자를 위하여!"

기사들은 대륙 최강자의 명예를 위해 목숨을 걸기로 한 듯 타로스를 따라 크게 외쳤다. 그와 동시에 흩어져 자신들이 맡은 부대로 뛰어갔다.

타로스 역시 단상에서 내려와 뛰어서 정면에 있는 가장 큰 성문의 위로 올라갔다.

이미 날은 밝았고, 빠져나갈 사람은 다 빠져나갔다. 전투가 언제 시작할지 모르는 실전 상황이었다.

＊　　　　　＊　　　　　＊

"싸울 모양입니다."

마키아는 부관의 말에 고개를 끄덕였다.

"당연하겠지. 적장인 타로스란 자는 10여 년간 흑사자의 성을 지켜온 자라고 들었다. 그런 자는 뚝심이 세지. 이 전투는 상당히 치열하겠군."

"아군은 30만입니다. 그래 봐야 승부는 이미 결정 난 상황이라고 봐도 될 겁니다."

"그런 당연한 소리를 듣자고 자네를 부관으로 임명한 게 아니란 것은 알겠지? 가장 빠른 시일 내에 성을 함락시킨다. 다소의 희생을 각오하고 처음부터 밀어붙이도록 하자."

"알겠습니다."

알기 쉬운 주문이다. 과연 홍염의 광전사답군. 부관은 그렇게 생각하며 경례를 했다. 아무리 성이 튼튼해도 적보다 30배 많은 병력으로 밀어붙이면 함락은 시간문제이다. 지휘관의 관심은 그 시간이라는 것을 단축하는 데 있는 것 같다.

그렇다면 문제는 간단하다. 시체로 성벽을 넘을 교두보를 만들 각오를 하면 된다. 쓸데없이 잔재주로 적의 신경을 긁을 필요 따위는 없는 것이다.

"그럼 전면 공격을 시작하겠습니다."

"좋다."

부관의 말에 마키아는 힘있게 고개를 끄덕였다. 황제가 명하기를, 희생을 두려워하지 말고 적을 치라고 했다. 정말로 마음에 쏙 드는 명령이 아닌가?

'이곳을 일주일 안으로 정리하고 다른 쪽으로 가자. 여기만 끊어놓으면 다섯으로 나뉜 가이안 군 따위는 오합지졸이나 같다. 먼저 집는 자가 주인인 셈이지. 이 기회에 나도 공 좀 세워보겠군.'

마키아는 자신도 모르게 씨익 하고 웃었다.

둥, 둥, 둥, 둥!

사방에서 울려 퍼지는 북소리와 함께 전면의 병사들이 서서히 성벽을 향해 진군했다. 이미 각 공성차에는 거대한 바위가 올려져 일제 사격을 시작할 시간을 기다리는 중이다.

바위가 떨어지면 모래주머니를 쏘아 보낼 것이다. 아무리 방어력이 강한 성이라고 해도 성안을 바위와 흙으로 파묻어 버리면 저들은 절대 버틸 수 없을 것이다.

"정공법으로 밀어붙이는 거지. 가장 뛰어난 정공법은 바로 인해전술이 아닌가? 하하하하!"

마키아는 결국 참을 수 없는 웃음을 터뜨렸다. 화염처럼 불타오르는 그의 붉은 머리카락이 흥분하는 그의 기운에 반응하여 위로 슬슬 치켜 올라가기 시작했다.

*   *   *

"몰려오는군."

타로스는 냉정한 시선으로 적이 움직이는 것을 보았다. 막상 전투가 시작되니 공포심도, 적개심도 사라지고 단지 상황을 있는 그대로 받아들이는 심정이 되었다.

그것은 장관이었다. 마치 수많은 개미 떼가 눈이 닿는 모든 땅을 덮고 꿈틀대는 것 같았다.

"성벽에 기름은 충분히 흘려보냈나?"

"옛, 언제라도 불을 지를 수 있습니다."

부관이 자신있게 대답했다. 원래 제국을 대표하는 거대 성을 건설하는 것이 목적인 만큼 지금 안에 쌓여 있는 여러 물자들은 지난 일 년간 가이안 제국의 힘이 집중된 것이라고 봐도 될 것이다.

기름은 얼마든지 있다. 그 이외에도 공성에 필요한 물자나 식량은 충분하다. 목표인 한 달이 아니라 일 년이라도 배부르게 먹을 수 있는 양이다.

"일단 질러라. 기선을 제압하여 적병이 마음 편하게 성벽을 기어오르지 못하게 한다."

"알겠습니다."

부관은 대답을 하고는 즉시 연락병에게 다시 명하여 다른 곳으로 신호를 보냈다.

일반적으로 군령은 두 개의 파랗고 빨간 깃발로 신호를 보내 전하는데, 그것을 전문적으로 하는 깃발 연락병이 존재한다.

그들이 일제히 움직이자 기름을 담당하는 병사들이 성벽 안쪽에 있는 구멍으로 기름을 흘려보내기 시작했다.

졸졸졸졸.

기름은 계속해서 구멍 속으로 흘러들어 갔다. 그리고는 성벽 안쪽에서 여러 갈래로 갈라져 외벽 부분의 전체에 뚫려 있는 작은 구멍을 통해 성벽을 적셨다.

원래대로라면 적병이 한참 공격을 가하고 성벽을 오를 때 불을 질러야 한다. 하지만 타로스의 명은 지금 당장 지르라는 것이었다.

팍, 화르르륵.

성벽 위쪽에 달린 장치로 불을 지르자 단번에 성벽이 불길에 휩싸였다. 특히 위쪽에는 기름이 고이게 되어 있었기 때문에 성벽은 마치 거대한 불의 벽처럼 수십 미터나 타올랐다. 안에서도 바깥에서도 서로를 볼 수 없게 되었다.

"아! 화염이!"

전면의 병사들은 급히 멈추려 했다. 그들의 얼굴이 조금만 더 다가가면 열기에 수염이 눌러 붙을 것 같았다.

성벽도 성벽이거니와 그 앞에 있는 해자 위에도 기름이 흘러 불바다가 된 상황이다. 이럴 때 해자의 물속으로 뛰어든다는 것은 가장 확실한 자살이 된다.

그러나 한번에 수만의 병사가 움직이는 상황이다. 정지 명령이 없는 이상 뒤쪽에서는 계속 밀고 들어온다.

"멈춰! 멈추라고!"

병사들은 고함을 질렀다. 그때였다. 성 안쪽에서 수천 발의 화살이 비처럼 날아왔다. 그 화살은 불의 기둥을 지나오면서 화살촉 바로 뒤에 매달려 있는 인화 물질에 불이 붙어 모두 불화살이 되었다.

파파파곽!

"아아아악!"

놀라서 방패를 머리 위로 들어 올렸지만 화살의 수가 많으니 피해자가 생길 수밖에 없었다. 비명 소리가 평원 위에 울려 퍼졌다.

둥둥둥둥둥!

짧고 빠른 북소리가 울려 퍼졌다. 정지 신호이다. 전열의 병사들은 그때서야 안도의 한숨을 쉬었다.

기름으로 성벽에 불을 지르는 것은 오래갈 수 없다. 지휘부는 그렇게 판단한 것 같았다.

그리고 동시에 공성차가 돌을 날리기 시작했다. 장거리 무기로 승부를 보자고 해도 미노 제국군은 자신이 있었다.

투투투퉁!

집채만한 바위가 단번에 수십 개씩 날아갔다. 그리고 그것들은 성벽 안으로 날아가거나 성벽 자체를 때렸다.

콰콰쾅!

한 번 부딪친 바위는 요란한 소리를 내며 폭발하듯 깨졌다. 미리 바위에 쇠로 된 정을 박아놓아 큰 충격을 받으면 산산이 부서지게 만들어놓았다.

이렇게 하면 건물을 파괴하는 힘과 동시에 파편으로 인한 대인살상력을 높일 수 있다.

과연 성안에서 비명이 울려 퍼졌다. 돌이 날아와도 안전한 사각지대에 숨어 있던 자들이 파편에 맞아 부상을 입거나 죽어갔다. 그리고 성안에서도 보복이라도 하듯 돌들이 날아오기 시작했다.

"반항하는군. 계속 쏴라!"

마키아는 코웃음을 치며 말했다. 뒤쪽에서는 계속해서 나무를 베어 공성차를 만들고 있었다. 한두 대 정도가 부서지는 걸로는 이쪽의 화력에 별로 큰 지장이 생기지 않을 것이다.

"병사들을 일단 뒤로 물리는 것이 어떻겠습니까?"

부관이 말했다. 지금 병사들은 오도 가도 못하고 화살의 밥이 되거나 돌의 파편에 맞아 희생되고 있었다.

그러나 마키아는 고개를 저었다.

"약간의 희생을 어쩔 수 없다. 저대로 대기시켜라. 불길이 사그라지는 순간 돌격을 감행한다."

"알겠습니다."

부관은 그의 명에 별 저항 없이 따랐다. 사실 사상자가 아무리 많이 난다 해도 천여 명 정도일 것이다.

이런 대군의 싸움에서는 큰 영향을 미치지 못한다. 오히려 적에게 압박을 가하면 결과적으로는 성을 빨리 함락시켜 피해를 줄일 수 있지 않겠는가? 그는 그렇게 판단했다.

그리하여 양군은 성벽의 불길이 약해질 때까지 쉬지 않고 돌을 날렸다.

그런데 예상과는 달리 성벽의 불은 약해지지 않았다. 거의 반나절을 계속해서 탔다.

공성차는 이제 비축해 놓은 돌이 다 떨어졌는지 모래와 자갈 주머니를 쏘기 시작했다. 공급이 수요를 따르지 못하는 상황이었다.

비명 소리는 계속해서 들리지만 성안에서 날아오는 적들의 돌들은 전혀 기세가 죽지 않았다.

마키아는 기분이 별로 좋지 못한 듯 찡그린 눈으로 그 광경을 계속해서 지켜보았다.

"저놈들, 오늘 하루에 모든 기름을 다 써버릴 생각인가?"

"어쩌면 물자가 풍부할지도 모릅니다."

부관이 조심스럽게 말했다. 그 말에 마키아는 신경질적으로 고개를 휙 하고 돌려 부관을 보았다.

"상관없다. 이대로 몰아붙여라. 꺼지지 않는 불은 없다. 적어도 오늘 내로 꺼질 테니 그때까지 공성차가 계속해서 사격을 하도록, 그리고 후방군에게 작업을 서두르라고 일러라!"

"명대로 하겠습니다."

부관이 복명하고 물러가자 마키아는 아직도 타오르고 있는 성벽을 보면서 생각했다.

지금 뒤쪽에서는 열심히 땅을 파고 있다. 그 땅에서 나온 흙으로 공성차에서 쏘아 보낼 흙주머니를 만든다. 그와 동시에 땅굴은 성의 지하를 통해 안으로 들어가게 된다.

앞으로 일주일이면 땅굴이 완성될 것이라고 그쪽을 지휘하고 있는 참모가 자신있게 말했다. 그렇다면 승부는 늦어도 일주일이면 난다는 소리다.

"대군으로 성을 칠 때에는 단순하게 한 가지 방법으로 공격을 하면 안 되지. 앞과 뒤, 그리고 땅 밑에서도 동시에 밀어붙이면 저들의 전력으로는 절대로 감당할 수 없을 것이다."

마키아는 미소를 지으며 자신있게 단정을 내렸다. 성벽에 타오르는 불꽃의 색깔이 그의 머리칼처럼 붉었다. 불길이 약해지면 아군의 병사들에 의해 적의 피로 성벽이 물들 것이다.

그 순간을 상상하면 과거 흑사자에게 허무하게 패했던 마음의 상처가 조금은 아무는 것처럼 느껴지는 마키아였다.

그러나 그의 예상과는 달리 성벽에 타오르는 불길은 3일 밤낮을 꺼지지 않고 타올랐다. 인내심의 한계를 느낀 마키아가 병사들을 돌격시키려 해도 간간이 해자에 기름이 흘러 불바다가 되는 상황이기 때문에 그들은 성에 접근할 수가 없었다.

단지 미노 제국군은 신념을 가지고 수십 개의 공성차로 쉬지 않고 돌과 흙을 성안으로 날려 보낼 뿐이었다. 성을 통째로 파묻어 버리겠다는 의지였다. 그러나 정작 성안에서는 비명 소리 이외에는 별다른 반응이 없었다.

가이안의 병사들은 시작부터 마키아의 상상을 초월하는 힘을 보이면서 훌륭하게 칼질 한 번 안 하고 3일 동안 성을 지켜내었다.

❖ Chap 8 ❖
나의 몸은 나의 것이다

나의 몸은 나의 것이다

"발렌 경의 보고에 의하면 적의 수는 약 30만 전후로 추정됩니다."

"30만이라, 대군이군."

"생각보다는 적지만 대군인 것만큼은 확실합니다."

하이번의 말에 레오는 고개를 들어 그를 보았다. 생각보다는 적다고? 그렇다면 하이번은 적이 그런 대군을 이끌고 몰려올 것을 예상했다는 말이 된다.

옆에 있던 유스도 하이번을 잠시 보다가 전략과 전술에 대해서는 자신이 왈가왈부할 문제가 아니라고 생각했는지 다시 레오를 보며 말했다.

"이상하군요. 발렌 경이 적을 눈앞에 두고 퇴각을 하리라고는 생각지 못했는데, 물론 발렌 경이 적과의 무리한 전투를 포기하고 퇴각한 것은 정말 다행스런 일입니다만."

"나도 의외다."

레오도 동의했다. 의외로 융통성이 있지 않은가? 그 정도라면 가끔씩 사냥을 함께 나가도 될 뻔했다. 아니, 아니다. 아무리 그래도 발렌에게 거기까지 기대할 수는 없다. 레오는 이 심각한 상황에서도 이런 생각을 하고 있었다.

하이번은 그저 조용히 웃다가 그 다음 보고를 했다.

"문제는 성의 건축과 수비를 책임진 타로스 경의 일입니다."

"어, 그렇지요. 타로스 영감님, 아니, 타로스 자작께서는 무사히 퇴각하셨답니까? 혹시 적의 추적이 심한 것은 아니겠지요?"

휴케바인이 얼른 물었다. 적의 침공 소식을 들은 후부터 그가 가장 걱정한 두 사람이 바로 발렌과 타로스였다. 둘 다 알게 모르게 딱딱한 성격이라 대군을 상대로 이상한 생각을 하지나 않을까 하고 얼마나 걱정을 했던가?

그러나 고지식의 대명사 발렌이 퇴각을 한 이상 타로스 역시 포기를 했으리라. 적이 너무 강하면 미련없이 도망을 간다. 유식하게 말하면 작전상 일시적 퇴각을 감행하는 것이다.

가장 중요한 것은 사람, 즉, 동료이다. 영역의 점령은 일시적인 것, 어차피 주군이 나서면 끝나는 문제가 아닌가? 휴케바인은 그렇게 생각했다.

그러나 하이번은 고개를 저었다.

"안타깝게도 타로스 경은 병사들과 함께 농성을 벌이기로 했다고 합니다."

"뭐라고요? 30만을 상대로 농성전을? 타로스 영감님이 무슨 배짱으로 그런 무식한 짓을 한단 말입니까?"

휴케바인은 경악해서 외쳤다. 그런 미친 짓은 자신도 하지 않는다. 1만으로 30만을 막는 바보가 있다니? 자기가 무슨 흑사자인 줄 아는가?

"성은 그의 모든 것일세. 특히 폐하께서 지낼 성이라면, 죽음으로 지켜야 할 대상이지."

유스가 약간 서글픈 음성으로 말했다. 그때서야 휴케바인은 타로스의 지난 세월을 생각했다. 과연 그가 죽음을 각오한다면 그건 성 때문이다.

"그런 바보 같은!"

"휴케바인 경, 바보 같은 짓이 아닐세. 신하 된 자의 도리이지."

에고른이 엄숙한 표정으로 말했다. 여느 때와 같이 휴케바인이 신하로서, 기사로서 가져야 할 것 중 부족한 부분을 지적해 주는 말투였다.

그러나 이번에는 휴케바인도 그냥 묵묵히 당하지 않았다. 그는 무서운 눈빛으로 에고른을 보며 말했다.

"저는 죽음으로 성을 지키는 충성보다는 끝까지 살아서 성을 탈환하는 데 힘을 보태는 충성을 택하겠습니다."

에고른은 그의 말에 아무런 반박도 하지 않았다. 그가 옳은 것은 아니지만 그의 기분을 이해할 수는 있었다.

오히려 휴케바인의 옆에 있던 크로티아가 의아함을 드러낸 눈으로 남편을 보았다.

과거 혈목산의 산적들이 그를 찾을 때에 휴케바인은 분명히 말했다. 죽어도 피할 수는 없다고, 기사는 가끔씩 손해를 보아야 하는 힘든 직업이라고. 그런데 막상 남의 일이 되자 무조건 살아야 한다고 주장하다니?

하지만 휴케바인의 이글거리는 눈을 보면 아무런 말도 할 수 없었다. 크로티아는 조용히 고개를 숙였다.

하이번은 그런 휴케바인을 무시하듯 보고를 계속했다. 그가 이런 반응을 보이리란 것은 이미 예상하고 있었다.

그것이 가장 하이번의 마음을 괴롭히는 것이지만, 일단 계략을 꾸밀 때에는 아군의 희생도 각오를 해야 한다.

그것이 가장 친한 사람의 목숨이라고 해도 예외는 아니다. 혹은 자신의 목숨이라고 해도.

"전갈을 보내온 마법사의 서신에 의하면 3일 전에 농성이 시작되었는데, 타로스 경과 병사들의 각오가 대단하기 때문에 당분간은 버틸지도 모르겠다고 합니다. 성벽에 불을 지르고 모든 기름이 떨어질 때까지 버티기로 했다고 합니다. 다행히도 공사에 사용될 기름이 많아서 3일 정도는 계속 탈 것으로 보인답니다."

"음, 그럼 지금쯤 정식으로 전투가 시작됐겠군."

마법사의 패밀리어가 된 매는 지능이 뛰어나기 때문에 조금도 한눈을 팔지 않고 가장 빠른 시일 내에 소식을 전달한다. 하지만 스틸문으로부터 여기까지의 거리를 생각하면 적어도 3일의 시간은 걸린다.

레오는 그걸 생각해 내고는 나름대로 계산을 했다.

그런데 그 순간 휴케바인이 한쪽 무릎을 꿇고 비장한 목소리로 외쳤다.

"주군, 당장 출병해서 적을 쳐야 합니다! 저를 선봉으로 세워주십시오. 날랜 기마병 1만만 주시면 스틸문까지 단번에 질주해 적의 한가운 데를 뚫어 보이겠습니다!"

"기마병 1만이라."

레오는 휴케바인을 보았다. 이미 그가 완전히 흥분 상태에 들어선 것은 보지 않아도 목소리만으로도 알 수 있었다. 하지만 막상 그의 눈을 보니 이것은 흥분 상태가 아니라 아예 이성을 잃은 것처럼 보였다. 레오는 슬쩍 고개를 돌려 하이번에게 물었다.

"하이번, 어떻게 생각하나?"

"불가능합니다. 아무리 기마병이라고 해도 장거리를 이동하면 보병과 그리 시간적 차이가 없습니다. 그리고 지친 말과 사람들로 적을 상대할 수는 없습니다."

"그런가?"

"지원군을 보낸다고 해도 한 달은 걸릴 것입니다."

"그렇군."

"한 달이든 두 달이든 바로 보내야 합니다! 하루를 빨리 보내면 하루를 일찍 도착하는 것 아닙니까?"

휴케바인이 다시 외쳤다. 1만의 기마병은 그가 생각해도 무리였는지 더 이상 말을 하지 않았다. 그러나 지원군을 빨리 보내야 하는 것만큼은 의심할 여지가 없다.

설령 시간적으로 무리가 있더라도 빨리 보내면 그만큼 구할 수 있는 확률이 늘어나는 것이다.

그러나 하이번은 다시 고개를 젓더니 이번에는 휴케바인 쪽을 보며 말했다.

"지원군은 보내지 않습니다."

"뭐라고요? 하이번 경! 그게 무슨 말이오?"

"스틸문은 함락되어야 합니다. 애초에 그럴 목적으로 그곳을 무리해서 점령하고, 또다시 무리해서 수도 이전을 하자고 말씀을 드린 것이지요."

"그런! 그게 말이 된다고 생각하십니까?"

휴케바인은 말도 안 된다는 표정을 지었다. 다른 사람들도 마찬가지였다. 이것은 폭탄선언도 어지간한 것이 아니다. 그야말로 청천 하늘에 날벼락이 떨어진 셈이다.

"계획한 것이 있는 모양이군. 자세히 설명하게."

레오가 말했다. 사실 그동안 그에게만은 하이번이 의미심장한 말을 몇 번 했기에 대군으로 공격을 당했다고 보고를 해도 당연히 무슨 꿍수가 있어서 30만의 적군을 철저하게 부수고 성을 지킬 줄 알았다.

그런데 성이 함락당하기 위해 있는 것이라니? 그 많은 물자와 사람들의 필사적인 노력이 모두 음모의 재물에 불과했단 말인가?

발튼 후작이나 바로크 백작도 날카로운 눈빛으로 하이번을 노려보았다. 황제도 모르는 것으로 보아 단독으로 일을 꾸민 것 같은데, 이걸 다시 생각해 보면 제국의 힘을 완전히 자기 마음대로 사용한 것이 된다.

무엇보다 하이번의 음모에 자신들 모두가 마리오네트가 되어서 춤을 춘 것 같은 느낌이 들어 더없이 꺼림칙했다.

평소에 좋지 못한 감정이 지금에 이르러 절정에 달했는지 그들의 몸에서는 살기와도 같은 기운이 뿜어져 나오고 있었다.

그러나 하이번은 사람들의 반응도 예상의 범위 안에 있었다는 듯 전혀 개의치 않고 설명을 계속했다. 실제로도 그는 이럴 줄 알고 있었다. 오히려 일부러 이렇게 만들어 나간 면도 있었다.

"밀림의 결계를 깨서 구 시얀 제국 지역의 절대적인 지지를 손에 넣고, 다시 카라엘 제국의 수도를 가이안 제국의 수도로 삼는다면 카라엘 제국 지역의 민심도 얻을 수 있습니다. 그 후에는 천신을 숭배하는 샤이아 교를 국교로 선포하여 대륙 북동부의 샤이아 교도들을 회유하면 가이안 제국은 대륙 전체에 군림할 수 있게 됩니다."

"그런 것인가?"

레오는 확실히 하이번의 말이 옳다는 생각에 고개를 끄덕였다. 그렇게만 된다면 미노 제국의 터전인 대륙 북서부 이외에는 가이안의 세력이 들어오게 되니, 결국 미노 제국의 힘을 넘어설 수 있을 것이다.

하이번은 다시 말했다.

"하지만 이런 것은 미노 제국 쪽도 잘 알고 있는 상황입니다. 그들은 과거 3대 제국 시절부터 4번째 제국이 되기 위해 노력해 온 곳이기 때문에 대륙 전반의 민심에 항상 주의하고 있습니다. 우리 가이안 제국이 스틸문에 자리를 잡는 순간, 가이안의 힘이 미노를 넘어서게 된다는 것을 누구보다 절실하게 느꼈겠지요."

"흠, 과연 우리가 무리를 해서라도 그곳으로 수도를 이전하는 이유가 있다는 것인가?"

"하지만 역시 위험하오. 실제로 지금 적의 대군에게 공격을 당하고 있지 않소?"

발튼 후작이 끼어들었다. 그는 아직도 하이번이 황제의 이름으로 억지로 수도 이전을 시행한 것에 대해 납득할 수 없었다.

슈란의 군무 책임자였던 자신이 애슐론 출신의 그에게 강압적으로 억눌린 것이다.

아무리 그런 과거의 묵은 감정을 잊으려고 해도 태어났을 때부터의 원한은 쉽게 머리 속에서 사라지지 않는 법이다. 아마 그때 느낀 수모는 평생 잊지 못할 것이다.

하이번은 웃었다. 그리고는 말했다.

"말씀드렸습니다. 이것은 작전입니다. 적의 대군은 스틸문을 점령하고 대륙 내에 크게 위세를 떨쳐야 합니다. 그걸 위해 저는 대규모 군사 활동과 대륙 규모의 포위망을 펼칠 수 있는 그럴듯한 주둔지를 선정해 적에게 이쪽을 치도록 유인했습니다. 과연 적은 날카롭게 이쪽의 빈틈을 찌른 것입니다."

"으음, 그게 우리에게 무슨 도움이 되는지 모르겠소."

"적의 대군은 아군의 중앙을 점거한 형국이 됩니다. 다른 네 곳의 군세는 모두 각개격파를 당할 위험에 빠집니다."

"그렇소."

"그리고 정작 위기에 몰린 우리 가이안 제국은 현재 군사 지휘권을 가진 저와 대부분의 무장들과의 사이가 좋지 못하여 지휘 체계가 엉망이 되어버립니다. 아마 대부분의 무장들은 알게 모르게 저를 적대하도록 미노 제국의 첩자가 바람을 넣은 상태일 것입니다."

쿵!

"뭐라고?"

자신도 모르게 탁자를 내려친 발튼 후작은 크게 충격을 받은 표정을 숨기지 못했다. 하지만 그 또한 백전노장, 곧 정신을 차린 그는 웃기지도 말라는 듯 크게 외쳤다.

"결단코 그런 일은 있을 수 없소!"

이것은 심각한 모욕과도 같다. 애슐론의 애송이가 슈란의 충성심을 의심하다니?

옆에 있는 바로크 백작도 지금 하이번이 한 말은 참기 어려운 듯 오른손으로 검을 잡았다. 여차하면 그대로 뽑아서 하이번을 베어버리겠다는 의지가 그의 전신에서 구름처럼 피어올랐다.

"철회하시오. 그 말은 무장의 한 사람으로서 받아들이기 어렵소."

바로크 백작은 낮은 목소리로 으르렁거리듯 말했다. 마스터이자 제국의 프라임 나이트인 그의 말은 상당한 무게를 가진다. 일단 입에서 나오면 다시 주워 담을 수 없다.

그러나 하이번은 자신의 말을 철회하지 않았다. 하이번은 한쪽 손가락을 들어 바로크 백작을 가리키며 말했다.

"경의 둘째 아들은 이미 미노 제국의 첩자와 접촉을 했소. 아마 보름 안으로 바로크 경께서도 첩자와 대면하게 될 것이오. 물론 경의 아들과 경은 그자가 첩자라는 사실은 모를 것이오."

"뭐라고?"

"발튼 후작 각하도 마찬가지입니다. 이번에 새로 들어온 기사가 몇 명 있지요? 그들은 미노 제국 출신입니다."

"그런 일은 있을 수 없소!"

바로크는 정색을 하고 반박했다. 기사를 선출하는 조건은 상당히 까다롭다. 아무리 실력이 뛰어나도 뒤가 구린 사람은 선택 대상이 될 수 없다.

적어도 대대로 귀족이거나 가족들의 신분까지 확실한 자가 아니면 정규 기사로 임명받을 수 있다.

그런데 만약 미노의 첩자가 기사가 되었다고 하면, 그것은 바로 이쪽에서 기사를 선출하기 전에 거행한 신분 조사를 피할 정도로 철저히 위장을 했다는 의미가 된다.

그건 위험하다. 그걸 인정하는 순간 모든 기사들을 의심해야 하는 것이다.

하지만 하이번은 그렇지 않다는 듯 고개를 저었다. 바로크의 심정은 잘 알지만 그들이 첩자인 것은 확실하다는 표정이었다. 그것도 중간에 회유된 것이 아닌 처음부터 신분을 속이고 잠입한 자들이다.

"있을 수 있지요. 왜냐하면 그들의 신분을 일부러 감출 수 있게 우리 가이안 제국의 신분 조사 방법을 흘린 것이 바로 저 자신이기 때문입니다."

"……!"

사람들은 하나같이 경악했다. 레오나 네로조차 놀란 눈으로 하이번을 보았다.

"미노 제국은 이제 우리 군에 얼마든지 첩자를 들여보낼 수 있게 되었습니다. 지금도 빠르게 유입되어, 사실상 새로 증원하는 자들 중에는 의심이 가는 자가 무척 많은 것이 사실입니다."

"그것이 사실이라면 우리 군은 최악의 위기에 빠진 셈이오. 그리고 그걸 방조한 사람이 바로 경인 셈이고."

발튼 후작이 으르릉거리는 목소리로 말했다. 마치 적의 검에 목을 찌르라고 대주는 것과도 같은 행동을 하이번은 실행한 것이다.

하이번은 조용히 미소 지으며 자신을 보고 있는 사람들에게 말하기 시작했다. 그것은 마치 시를 읊는 듯 감정이 들어간 음성이었다.

"역사의 흐름은 쉽게 바뀌지 않지만, 때로는 아주 극적으로 결정되는 경우도 있습니다. 저는 지금이 바로 그런 때라고 봅니다."

거기까지 말한 하이번은 고개를 돌려 레오를 보았다. 마치 너 때문이라고 말하는 것 같았다.

"두 개의 제국이 부딪쳐 한쪽만이 존재해야 하는 순간입니다. 공존은 불가능합니다. 아니, 가능해도 저는 원하지 않습니다."

방 안의 분위기는 어느새 뜨거워졌다. 지금 하이번이 발산하는 열기는 방금 전까지 휴케바인이 흥분해서 내던 열기보다 강했다. 냉정하고 차가운 불길, 그의 몸에서 일어나는 기운은 마치 청염과도 같은 느낌이었다.

"전쟁은 길어지면 안 됩니다. 피해를 보는 것은 병사와 민간인들, 그리고 그 피의 업보는 모두 승자가 짊어져야 할 짐입니다."

"……."

"단번에 승부가 결정나야 합니다. 대륙의 패자를 결정하는 중요한 전쟁이지만, 그런 만큼 빠른 결판으로 모든 피해를 최소한으로 줄이는 것이 나중을 위해 좋습니다. 이를 위해서는 가능한 한 모든 것을 동원하여 가장 치밀하고 완벽한 계획이 필요합니다."

"결론을 말해라, 하이번."

결국 레오가 나섰다. 아무리 좋은 말이라고 해도 연설을 순순히 들을 성격이 아니다. 5분 정도가 한계였던 모양이다. 하이번은 그런 레오를 보며 그의 요구대로 결론을 말했다.

"저의 명예, 발렌 경의 자존심, 그리고 타로스 경의 희생과 새로운 수도에 동원된 물자, 마지막으로 무적을 자랑하는 흑사자의 군대가 가지는 첫 패배까지가 모두 적에게 주는 선물입니다. 다행히도 하늘이 도와 폐하께서 적의 첩보망을 발견하신 덕분에 일이 쉬워졌지요."

"타로스 경의 희생이라고요? 그게 무슨 말입니까?"

휴케바인이 그의 머리 속을 차갑게 식히는 단어에 화들짝 놀라 말했다.

그러나 하이번은 그를 보지 않았다. 만약 지금 휴케바인을 보면 자신의 계획을 계속해서 주장하기는 힘들 것이다. 그런 판단과 함께 마음 한구석에서 이미 버린 것으로 생각했던 양심이 다시 생겨나 그의 시선을 레오에게 고정시켰다.

하이번은 일부러 힘을 주어 진정한 이 작전의 목적에 대해 설명하기 시작했다.

"일단 스틸문이 무너지면, 적은 다른 네 곳의 군세를 일제히 칠 것입니다. 적의 수는 우리의 세 배에 달하니 중앙이 끊긴 이상 폐하께서 어느 쪽으로 가든 다른 한쪽은 전멸에 가까운 피해를 입으며 패할 것입니다."

"그렇게 되겠지."

"그럴 경우 가이안 제국은 끝이라고 봐도 됩니다. 완전히 전선이 무너져 결국 전 국토가 적의 전력에 노출됩니다. 그걸 방어할 방법은 없다고 봐도 될 것입니다."

"그런가?"

레오는 하이번의 얼굴을 빤히 쳐다보았다. 방법이 없다고? 그건 너를 예외로 했을 때의 말이겠지? 레오의 말은 아무런 의심도 없는 순수한 그것이었다. 그 눈이 말하고 있는 것은 바로 그런 의미였다.

하이번은 자신의 몸이 달아오르는 것을 느꼈다. 무한한 신뢰의 눈, 재간을 알아주는 주군을 만나 대륙을 놓고 전략을 짤 수 있으니 이 얼마나 행복한가?

이것을 위해 몸을 불에 태우는 부나비의 심정으로 스스로의 명예와 평판까지 모두 희생한 것이다. 그는 그렇게 마음속으로 되뇌며 레오에게 말했다.

"일단 중앙군이 무너지면 다른 네 곳의 병력은 모두 정해진 경로를 통해 후퇴를 하게 됩니다. 적들은 그것을 집요하게 쫓으며 가이안 제국의 영토를 정복할 것입니다."

좌락.

하이번은 품속에서 한 장의 지도를 꺼내 탁자 위에 펼쳤다. 그가 반년 전에 작성한 작전 지도, 대륙의 지도를 놓고 모든 변수를 생각해서 만들어낸 그것은 바로 하이번 평생의 역작이라고 할 만했다.

그는 이 지도를 볼 때마다 생각했다. 자신이 만든 이 지도야말로 예술품이라고! 그리고 이제 이 지도의 가치를 모든 사람들 앞에서 증명해 보일 시간이 왔다.

"아군이 최종적으로 후퇴할 곳은 이곳과 이곳, 그리고 이곳입니다. 이럴 경우 적들은 단숨에 전 국토의 절반에 가까운 영토를 점령하며 파죽지세로 몰고 내려올 것입니다."

지도에 그려진 선은 아주 알기 쉬웠다. 전술 지도를 거의 볼 줄 모르는 레오라고 해도 단번에 알아볼 수 있을 정도이니 다른 사람들이야 말할 것도 없었다.

아군의 퇴각로와 적의 진군로는 대단히 효율적이고, 그 이상의 길이 없다고 할 수 있었다.

다른 길을 선택할 경우에는 반격의 기회가 생긴다. 적어도 적이 실수를 하지 않는다면 꼭 이 지도대로 될 것이 틀림없다.

특히 발튼 후작은 그것을 보고 등에 식은땀이 흐르는 것을 느꼈다.

방 안에 있는 사람들 중에서 대군을 지휘해 본 사람은 그뿐이었다. 그런 만큼 하이번의 지도가 가지는 선이 무엇을 말하는지를 더욱 자세하게 알 수 있었다.

남들이 모르는 진정한 선의 의미! 그의 눈에는 그 의미가 보였다.

'역시 이자는 천재인가!'

발튼 후작은 지금 이 순간만큼은 하이번에게 가지고 있던 모든 악감정을 넘어서 순수하게 감탄할 수밖에 없었다.

백만에 이르는 군이 여러 갈래로 나뉘어 진군하는 경로를 예측할 수 있다니? 그것도 단순한 예측이 아니다. 아군의 퇴각로를 역이용해 적을 유인하듯 움직임을 제한한다. 이것은……

발튼은 결국 참지 못하고 하이번을 향해 물었다. 그가 지금 황제인 레오에게 보고를 하는 상황이고, 그럴 경우 다른 사람이 함부로 끼어들어서는 안 된다는 군신의 예의는 잠시 그의 머리 속에서 이탈해 버렸다.

"하이번 경, 혹시 그대는 퇴각을 하면서 적의 움직임을 조정하여 한 곳으로 집결시키려는 것이오?"

발튼의 물음에 하이번은 미소를 지었다.

"알아보시는군요. 과연 발튼 후작 각하이십니다."

"역시!"

"한 달이 지나기 전, 적들의 군세는 이곳과 이곳에 자연스럽게 집결하여 마지막 전투를 준비하게 될 것입니다. 바로 파르니안 평원입니다."

그렇게 말하며 하이번은 가이안 제국의 중앙 지역에 위치한 넓은 평원을 가리켰다. 중앙에 강이 흐르는 그곳은 가이안 제국 최고의 곡창 지대 중 하나로, 확실히 적의 대군이 집결하기에 좋은 장소였다.

그가 심혈을 꾸민 작전은 일종의 유인 작전이라고 할 수 있었다. 적을 몰아붙여서 한곳으로 모으는 것이 아니라 이쪽이 퇴각을 하면서도 오히려 적의 움직임을 조정하는 것!

진군하기 시작한 군은 멈추기 어렵다. 그들은 자신도 모르는 사이 한군데로 집결하게 될 것이다.

그걸 위해 그는 겨울 내내 지도와 씨름을 했다.

"으음, 과연 이 선대로라면 그들은 거의 한곳에 집결하게 되겠군."

"그렇습니다. 제 예상대로라면 100만에 가까운 적이 모이게 될 것입니다."

"100만이라, 그 다음에는 어떻게 되는 거지?"

레오는 호기심 어린 눈으로 질문을 했다. 하이번이 어떻게 대군을 상대로 싸울 것인가 궁금했다.

국토의 절반을 빼앗긴 상태에서 제국의 중앙에 집결한 미노의 100만 대군을 어떻게 상대할 수 있단 말인가? 지리적인 이점은 없다고 할 수 있었다.

병력으로 따져도 가이안 제국의 군사를 모두 긁어모아도 50만이 안되는 지금 상황에서라면 상식적으로 승산이 희박한 것이다.

하지만 하이번은 무슨 당연한 것을 물어본다는 듯 오히려 레오를 보았다. 그리고는 태연한 목소리로 말했다.

"폐하께서 계시지 않습니까?"

"뭐?"

"이 작전의 가장 큰 의의는 미노 제국에게 폐하의 존재를 잊게 만드는 것입니다. 그들은 승리와 정복의 기쁨에 취해 결국 우리 가이안 제국의 패망을 확신하게 될 것입니다."

"승리의 확신이라……."

레오는 상당히 기분이 나쁜 듯 작은 목소리로 중얼거렸다. 그러자 하이번은 살짝 미소를 지으며 다시 말했다.

"상식적으로 파르니안 평원에 그들이 집결한 순간, 가이안 제국은 끝이라고 볼 수 있습니다. 단지 폐하가 안 계실 경우에 말입니다."

"그럼?"

레오는 뭔가 이상한 기분이 들었다. 거대한 사기에 말린 것 같았다. 하이번의 전략에는 그 자신과 제국의 절반이나 해당하는 영토뿐만 아니라 자신도 포함되어 있다는 말인가?

하이번은 그런 레오의 의문을 확인이라도 하듯 말했다.

"폐하께서 가이안의 전군을 이끌고 100만의 대군을 괴멸시키면 그 순간 모든 전쟁은 끝납니다. 미노 제국은 1년 안에 패망하게 될 것입니다."

"내가?"

"그렇습니다. 이.제.는. 흑.사.자.께.서. 직.접. 나.서.야. 할. 순.간.입.니.다."

하이번은 마치 진리를 말하기라도 하듯 한자한자 힘주어 말했다.

그의 말에 발튼을 비롯해 바로크, 유스, 그리고 로엔과 네로까지 등에서 전율이 이는 느낌을 받았다.

마치 강력한 힘을 내포한 언령과도 같은 말, 그것은 대륙의 운명을 결정지으려는 인간의 의지였다. 하이번 역시 스스로의 말에 도취된 듯 약간 격앙된 목소리로 다시 말했다.

"100만의 대군이라고 해도 폐하께서 한 번 진노하시면 먼지처럼 흩어진다는 것을 대륙에 보여주십시오. 전신의 힘은 인간의 병력으로서는 어떻게 할 수 없는 가장 무서운 힘이라는 것을 역사에 증명해 보이시는 겁니다."

"맘대로 결정하지 마라."

레오는 기분이 나쁜 듯 말했다. 그러나 그다지 자신이 없지는 않았다.

지도를 보면 마지막에 퇴각한 네 군세가 위치한 곳이 파르니안 평원을 감싸고 있는 듯한 형국이 된다. 알고 보면 대륙 규모로 펼쳐진 포위섬멸진이라고 볼 수도 있는 것이다.

여기에 발렌이 이끌고 있는 10만의 정병과 수도 주변에 있는 10만의 병력을 합쳐 적의 중앙을 깨버리면, 그 뒤에는 학살로 이어질 가능성이 높았다. 적어도 레오의 눈에는 그렇게 보였다.

다른 자들에게도 하이번의 의견이 이해가 되었다. 누구보다 레오의 가까이서 레오의 힘을 느껴온 그들은 아무리 100만의 대군이라고 해도 레오가 군을 이끌고 나가면 틀림없이 이길 수 있다는 생각이 들었다.

유스는 생각했다.

'하이번 후작, 당신이 원하는 것은 결국 처음부터 끝까지 폐하의 신성화였구려.'

단순히 미노 제국의 대군을 무찌르고 승리하는 것은 이미 그의 머리 속에서 중요한 일이 될 수 없었다.

대륙을 통일하는 것뿐만이 아니라 그 이후 오랜 세월 동안 가이안 제국이 대륙의 패자로 남기 위해 모든 사람들에게 새로운 신화를 부여하려는 것이다.

결국 가이안 제국은 다른 무엇도 아닌 흑사자 한 사람의 힘으로 세워진다고 하이번은 말하고 있었다.

그들은 묵묵히 고개를 숙였다. 그들은 모두 마음속으로부터 하이번의 작전의 끝을 보고 싶다고 생각했다.

그러나 단 한 사람, 하이번의 최면과도 같은 언변에 넘어가지 않고 오직 한 가지만을 생각하는 사람이 있었다.

"타로스 영감님은요? 결국 희생되어야 한다는 말입니까?"

휴케바인이었다. 하이번은 그때서야 고개를 돌려 휴케바인을 보았다.

"타로스 경은 흑사자의 성을 지키는 자라는 의미로 통합니다. 그런 분이 성과 함께 희생되면 저들은 자신들의 승리를 의심하지 않게 될 것입니다."

"그걸 위해 타로스 영감님을 죽이자는 말입니까?"

"그럼 타로스 경이 아닌 다른 사람의 목숨은 희생해도 될까요?"

"그건!"

"가장 효율적인 방법입니다. 만약에 제가 희생되는 것이 좋다고 판단되면 제가 그곳에 있었을 겁니다."

하이번은 냉정하게 말했다. 신하로서 당연히 해야 할 일이다. 기사라면 더 더욱 말할 것도 없다.

"하지만……."

휴케바인은 그래도 미련을 끊지 못하겠는지 입을 다물지 못했다. 영지 시절부터 동행한 몇몇은 차마 그와 눈을 마주하지 못하고 머리를 숙이고 있었다.

눈치를 보아하니 다른 사람들은 모두 타로스의 희생을 기정사실화하고 있는 것 같았다.

'훗, 당연한 건가?'

휴케바인은 속으로 허탈하게 웃었다.

객관적으로 생각할 때 그것이 옳다는 것은 휴케바인이라고 해서 모르는 것은 아니다. 하지만 그의 마음속 깊은 곳에 있는 감정의 화염이 그걸 인정하기를 거부하고 있었다.

이렇게 되면 마지막으로 남은 희망은 단 한 명밖에는 없다. 휴케바인은 슬며시 고개를 돌려 레오를 보았다.

적어도 그가 아는 레오는 부하를 희생시켜 일을 성취하는 것을 좋아하지 않는다. 그리고 자신이 싫어하는 일은 절대로 하지 않는다.

'그래, 주군이라면 당장 원군을 보낼 거야. 직접 군을 이끌고 가시겠지. 주군이 이런 작전에 순순히 따를 리가 없잖아?'

휴케바인은 그렇게 마음속으로 자기 자신을 위로하며 레오에게 무언의 애원을 했다.

레오는 여전히 생각을 알 수 없는 무표정한 얼굴을 하고 있었다. 조금 전에 보인 호기심의 표정은 이미 하이번의 설명을 들음으로써 해소되어 사라진 모양이다.

"폐하께서는 이 계획에 찬성하십니까?"

휴케바인은 단도직입적으로 물었다. 에고른과 발튼 후작은 노골적으로 나무라는 시선을 보냈다. 이번 결정은 황제로서도 달가운 일이 아니다. 거기에 저렇게 추궁하듯이 묻는 것은 결코 신하로서 취해서는 안 되는 행동이었다.

하지만 이번만큼은 휴케바인도 물러서지 않았다. 아니, 물러설 수 없었다.

나중에 에고른이 한 달 동안 신하로서 가져야 할 마음가짐에 대한 교육을 한다고 해도 지금 이 순간만큼은 두렵지 않았다. 무슨 수를 써서든 원군이 출동하기만 하면 모두 감수할 수 있었다.

그때 레오가 눈을 돌려 휴케바인을 보았다. 그리고는 말했다.

"나는 이미 모든 병권을 하이번에게 맡겼다. 가이안 제국의 병사들이 어떻게 움직이는가에 대한 모든 권한이 그에게 있지."

"폐하!"

휴케바인이 다시 간절한 음성으로 외쳤지만 레오의 시선은 이미 그를 떠나 하이번에게 향한 후였다.

"그대가 계획한 대로 하라, 하이번 경."

"감사합니다. 그럼 준비를 하겠습니다, 폐하."

하이번은 얼른 대답을 하면서 정중하게 허리를 굽혀 인사를 했다.

휴케바인이 레오에게 말을 건넨 순간 혹시라도 레오가 넘어갈까 봐 상당히 마음을 졸였다. 그런데 다행히도 일이 무사히 넘어가니 말이 바뀌기 전에 재빨리 결정을 지어야 했다.

적어도 하이번이 아는 레오라는 인물은 한 번 한 말은 절대로 바꾸는 성격이 아니란 것을 알기에 안심이 되기는 했지만, 그래도 세상일은 알 수 없는 법이다.

하이번은 즉시 방을 나서 작전 시행 준비를 하기 위해 자신의 집무실로 향했다.

반면에 휴케바인은 고개를 숙인 채 입을 다물었다. 그가 지금까지 알고 있는 레오를 생각할 때 도저히 지금의 결정은 이해할 수 없었다. 마치 다른 사람이 자신의 앞에 앉아 있는 것 같았다.

'그래, 주군은 이미 황제이니 과거와는 같을 수 없겠지.'

레오의 지금 선택이 옳다는 것은 이해할 수 있었다. 그럼에도 불구하고 휴케바인은 가슴속에서 무엇인가가 무너져 내리는 것을 느꼈다. 그는 본능적으로 알고 있었다.

이것은 황제의 선택이다. 하지만 그의 주군인 레오라면 결코 하지 않을 선택이다.

휴케바인은 순간 하늘이 무너지는 듯 절망했다. 그의 주군은 변한 것이다. 과거의 주군은 이제 없어졌는지도 모른다. 황제인 주군만이 남아 있을 뿐이다.

크로티아는 갑자기 남편의 몸에서 힘이 빠져나가는 것을 느끼고 걱정스럽게 바라보았다. 그 순간 황제의 명령이 떨어졌다.

"경들도 이만 물러가게."

"알겠습니다. 그럼 편히 쉬십시오."

레오의 말에 다른 사람들도 인사를 하고 방을 나섰다. 황제의 명이니 무조건 따라야 했다.

휴케바인도 예외는 아니다. 그는 조용히 방을 나서서 자신의 아내인 크로티아와 함께 황궁을 나섰다.

*   *   *

크로티아는 걱정스럽게 휴케바인 쪽을 바라보았다. 벌써 한 시간 가까이 남편은 넋이 빠진 듯 움직이지 않고 있었다.

지금 휴케바인이 뿜어내는 감정은 단순히 타로스에 대한 슬픔에서 비롯된 것이 아니었다. 만일 그렇다면 무언가 좀 더 진한 슬픔이나 분노가 느껴질 것이다.

허무!

마치 혼이 빠진 것처럼 공허하게 초점을 잃은 눈빛, 늘 온몸에 돌던 활기라고는 한 점 찾을 수 없는 그는 마치 시체 같았다.

'저대로 두어도 될까?'

처음 집으로 돌아왔을 때보다 오히려 나빠진 것 같아 보이는 그의 모습에 크로티아는 갈등을 거듭했다.

한껏 힘이 빠진 모습으로 집에 들어선 휴케바인은 무게를 견딜 수 없다는 듯 전신 갑옷부터 벗어 한곳에 팽개치듯 놓았다. 그리고는 거실 소파에 털썩 소리가 나게 앉아 무릎 사이로 고개를 처박고 움직이지 않았다.

"여보."

크로티아는 눈을 크게 뜨고 놀란 표정으로 남편을 불렀지만, 휴케바인에게 그 소리는 들리지도 않는 것 같았다. 다시 그를 부르려던 크로티아는 잠시 멈칫하더니 그가 잘 보이는 한쪽에서 조용히 남편을 지켜보기 시작했다.

휴케바인은 지금 절망하고 있었다. 그의 평생 절망이라는 단어와는 전혀 상관이 없을 줄만 알았다.

'하긴 공자님이 황제가 되실 줄도 몰랐었지.'

휴케바인은 영지 주변의 밤거리를 함께 돌아다니던 때를 떠올리며 피식 웃었다. 그때의 둘째 공자와 제국의 황제가 동일 인물이라니, 전혀 실감이 나지 않는다.

하지만 현실은 그랬다.

'주군은 변하셨어. 이제 정말 황제가 되어버리신 거야.'

휴케바인은 지금과 비슷했던 하나의 상황을 떠올렸다. 그때 레오는 두말없이 전군을 보내고 자신은 위기에 처한 영지를 구하기 위해 뛰어갔었다. 자신이 그것을 보고 얼마나 감격했던가?

타로스가 걱정되었다. 그 또한 자신처럼 생각하며 주군을 기다릴 것이다. 그의 목숨이 제국의 건설을 위해 내어졌다는 것도 모른 채 미련하게 버티고 있다지 않은가?

'후우, 물론 그 영감님이라면 허허 웃으면서 목숨 하나쯤 턱 내놓을지도 모르지! 아니, 확실히 그럴 게 틀림없어!'

자신의 목숨이 필요하면 내놓겠다고 당당하게 말하던 하이번의 모습이 떠오르자 속으로 분통이 터졌다. 타로스가 목숨을 아까워할까 봐 그를 돕자고 한 것이 아니지 않은가?

크로티아가 보기에 남편은 처음엔 분노하고 슬퍼하더니, 결국 허무와 절망 속으로 몸을 내던져 버렸다. 더 이상 기다릴 수 없다고 생각한 그녀는 조심스럽게 몸을 일으켰다.

바로 그때 휴케바인이 벌떡 일어났다. 그리고는 무언가에 홀린 사람처럼 온 집 안을 뛰어다니며 물건들을 챙기기 시작했다. 그중 대부분은 크로티아도 용도를 잘 아는 것들이었다.

'저 사람이 설마?'

그녀는 불안한 마음으로 남편의 행동을 주시하며 몇 번이나 말을 건네려다 멈추기를 반복했다.

"하아아."

결국 그녀는 남편에게 말을 걸지 않았다. 대신 크게 한숨을 내쉬고 경쾌한 몸짓으로 집 안 곳곳을 돌아다니기 시작했다.

넋이 나간 채 앉아 있던 휴케바인은 문득 정신을 차리고 생각했다.

'타로스 영감님에게 말해야 해! 당신의 목숨으로 인해 제국이 완성될 거라고. 그럼 그분은 편히 가실 수 있을 거야. 그분이 성을 지키지 못했다는 죄책감을 가지고 눈을 감게 할 수는 없어!'

이것이 그가 내린 결론이었다. 그리고 결심이 굳어지자마자 그는 빠르게 움직이기 시작했다. 시간이 없었다.

온 집 안을 돌아다니면서 필요할지도 모른다고 생각되는 물건들을 끌어 모았다. 일단 타로스를 만날 때까지는 살아 있어야 한다.

'그 후에는?'

짐을 꾸리면서 휴케바인은 피식 웃었다. 그의 눈빛에는 생에 대한 애착이 이미 사라져 있었다. 아니, 그의 단 하나의 목표인 주군의 변화를 목격한 순간부터 휴케바인이란 인물은 이미 죽어 있었는지도 모른다.

정신없이 짐을 꾸려 일어선 순간 옆에서 부스럭거리는 소리가 들렸다.

'크로티아?'

휴케바인은 조금 전의 자신을 재현하는 듯한 아내의 움직임에 눈을 크게 떴다.

"어? 당신 벌써 끝나셨어요? 잠시만요. 저도 곧 끝나요."

남편의 시선을 느낀 크로티아는 명랑하게 대답하고는 손길을 재촉했다. 그런 그녀를 보는 휴케바인의 시선이 점차 복잡해졌다.

'그녀를 잊고 있었다니……'

그래도 결심을 포기할 생각은 들지 않았다. 단지 그녀와 동행할 수 없다는 것만은 확실했다. 결코 그녀를 끌어들여선 안 되는 길이다.

"그만둬."

"응? 왜요?"

"이번엔 같이 갈 수 없으니까……"

"그런 게 어딨어요? 당연히 같이 가야죠."

둘 다 목적지가 어딘지 말하지 않았다. 그럴 필요가 없었다.

'당신에겐 뭐라 할 말이 없군. 미안하오.'

휴케바인은 자신과 달리 그늘이라고는 한 점도 없는 크로티아의 표정을 보고 속으로 사과의 말을 했다. 그리고 애써 표정을 가다듬고 침착하게 설득을 시도했다.

"이번 길은 생각보다 아주 위험하오. 당신이 함께 갈 수 있는 경우가 아니라고."

"어? 그렇게 위험해요? 그럼 더 더욱 함께해야죠. 당신 등 뒤를 나보다 더 잘 지킬 사람이 있어요?"

크로티아의 천연덕스러운 대꾸에 휴케바인은 말을 잃었다. 그저 여기저기서 주워 들은 대사를 읊었을 뿐인데 자신의 아내에게는 전혀 먹히질 않는다.

그도 그럴 것이 마물의 숲에서의 시간 이후 크로티아는 전투에서도 확실한 한 팔이 되어버렸다. 만약 살 가망이 있는 길이라면, 그녀와 동행하는 것이 당연할 정도로.

결국 그는 아내에게 보이던 가식적인 태도를 버리기로 했다. 이건 그의 문제이다. 아직 어린 그녀를 죽음의 길에 동반할 수는 없었다.

"다시 말하지. 난 죽으러 가는 것이나 마찬가지야. 당신에겐 정말 미안하지만, 나로서는 이게 최선의 선택이거든."

휴케바인은 진심을 다해 아내를 설득하려고 했지만, 크로티아의 반응은 한결같았다.

"다시 말하지요. 당신이 가면 저도 가요. 당신의 선택에 대해서는 뭐라 하지 않겠어요. 단지 당신이 가는 곳에 저도 갈 뿐이에요."

"지금 무슨 말을 하는 거야? 당신은 밀림의 여왕이야! 왜 당신까지 죽으러 간다는 건데?"

계속 말을 해도 먹히지 않자 휴케바인은 화를 버럭 내보았지만, 그의 어린 아내는 눈썹 하나 까딱하지 않고 앙칼지게 대꾸했다.

"그야 전 당신의 아내이고, 당신이 가는 길이니까요!"

"말도 안 되는 소리 하지 마! 당신이 간다고 해도 난 안 데려가. 그러니 그냥 포기하라구. 응?"

절실한 심정이 된 휴케바인은 윽박지르기로 시작하여 거의 애원에 가깝게 달래보았다. 하지만 크로티아는 거기에 넘어가기는커녕 오히려 한술 더 떴다.

"당신이 안 데려간다고 해도 전 따라가요. 만일 당신이 날 버리고 간다면."

여기까지 말을 한 크로티아는 늘 몸 이곳저곳에 감추어놓는 단검 하나를 꺼내 들었다. 그리고 그 끝을 자신의 목을 향하게 하고 말을 이었다.

"이걸로 바로 죽어버리겠어요."

"크로티아!"*

"난 당신과 함께 가요. 당신이 죽으면 저도 죽어요. 그게 나의 선택이에요."

털썩.

휴케바인은 기운이 빠져 그만 자리에 주저앉았다. 그가 아는 그녀라면 절대 고집을 꺾지 않을 것이다. 설득할 가망은 아무리 생각해도 없다.

'포기해야 하나?'

자신의 길에 그녀까지 끌어들여 죽게 할 수는 없다! 휴케바인의 얼굴에 난감하고 복잡한 감정이 떠올랐다.

툭.

휴케바인은 자신의 어깨에 얹힌 크로티아의 손길을 느끼고 뒤돌아보았다. 그의 어린 아내는 조용히 미소 지으며 고개를 저어 보였다.

"포기하지 마세요. 당신의 선택을 저는 존중해요. 다만 그 길에 저도 함께하길 바랄 뿐이에요. 최소한 그때까지는 함께할 수 있잖아요?"

"크로티아!"

휴케바인은 무어라 할 말이 없어 자신이 지어줬던 이름을 한숨처럼 불렀다. 그러면서도 미련을 버리지 못한 듯 다시 물었다.

"밀림은? 당신은 그곳의……."

"홋, 그건 핑계지요. 밀림은 제가 없어도 잘 돌아가요. 그리고 무엇보다 제가 그렇게 된 건 폐하의 힘이었죠. 전 아무것도 한 일이 없는 걸요?"

"휴우, 당신 정말……."

"못 말리죠? 당신도 그래요. 그러니까 우리 마지막까지 함께해요."

두 개의 달이 뜨는 밤이 되었다. 날이 흐린지 밤하늘의 별은 그다지 보이지 않았다. 휴케바인은 수도 외곽에 있는 한 마구간에 있었다.

이 마구간은 수도 내에서 유일하게 거리를 통하지 않고 남쪽 성문을 통해 바로 말을 몰고 나갈 수 있는 마구간이었다. 규모도 상당히 커서 십여 필의 말이 항상 대기하고 있었다.

막 말의 등에 안장을 얹은 휴케바인은 크로티아를 보며 말했다.

"둘 다 죽을 필요는 없어. 난 원래 이런 쪽으로는 미련해. 그냥 왠지 모르게 안 가면 평생 후회할 거 같아서 가는 거니 당신은 남아."

"다행이네요. 저도 그런 쪽으로는 미련해요."

"미치겠군."

휴케바인은 크로티아와 결혼한 후 처음으로 그녀와 결혼한 것을 후회했다. 하지만 그녀의 눈빛을 보니 뭐라고 말을 할 수도 없었다.

밀림의 마물들과 싸울 때 그들은 언제나 하나였다. 그리고 결혼을 한 이후에도 단 한시도 멀리 떨어져 있어본 적이 없었다.

이제는 혼자 산다는 것을 상상할 수도 없게 되었는데, 아마 크로티아도 그럴 것이라고 휴케바인은 생각했다.

'그냥 기절시키고 혼자 떠날까?'

휴케바인은 순간적으로 그렇게 생각했다. 그런데 그의 얼굴 표정에서 그 생각이 드러났는지 크로티아는 정색을 하며 말했다.

"잊지 말아요. 강제로 절 떼어놓고 가면 전 자살할 거예요."

"이봐, 아무리 그래도 그건 너무하잖아?"

"가면 같이 가는 거예요. 죽는 것은 두렵지만, 그보다는 혼자 남는 게 더 두려워요."

"으으으, 그래도 혼자라도 살아남으면……."

휴케바인은 말을 하다가 결국 끝을 맺지 못하고 입을 다물었다. 그녀를 생각하면 이건 너무나 이기적인 선택이다. 그럼에도 그녀는 그의 선택에 토를 달지 않았다. 그저 함께하겠다 주장하고 있다.

그녀의 강한 눈빛은 특유의 고집을 발산하며 휴케바인을 직시하고 있었다. 조금의 흔들림도 없었다.

그렇게 마지막으로 대치하여 서로 시선을 돌리지 못하는 두 사람을 구제한 것은 의외의 목소리였다.

"너희들, 여기서 뭐 하나?"

"주군!"

휴케바인은 놀라서 고개를 돌렸다. 과연 마구간의 입구 쪽에는 한 사람이 서 있었는데, 등 뒤로 달빛을 받으며 서 있는 남자는 틀림없이 레오였다.

"주군께서 이런 시간에 무슨 일로 이곳에……?"

"내가 먼저 물었다."

휴케바인이 당황해서 묻는 것을 도중에 끊으며 레오가 인상을 썼다.

이럴 때 지체하면 발로 차인다. 휴케바인은 반사적으로 차려 자세를 취하며 말했다.

"옛, 타로스 영감님을 구하러 갑니다."

"그래? 잘됐군. 가자."

"네?"

"나도 타로스를 구하러 간다."

"주군께서는 안 간다고 하지 않았습니까?"

황당한 기분이었다. 분명히 낮에 회의를 할 때에는 하이번의 작전에 적극 찬성하지 않았던가? 그로 인해 자신이 얼마나 절망했던가? 평생 처음으로 목숨 따위라는 생각을 하고 아내의 목숨까지 함께 버릴 길을 선택한 것이 아닌가?

그러나 레오는 오히려 무슨 소리냐는 듯 물었다.

"내가 언제?"

"예? 그게, 하이번 경은 분명히……."

갑자기 말을 하려니 제대로 문장이 나오지를 않는다. 휴케바인은 필사적으로 머리를 굴려서 생각을 정리했다. 이 정도 빠른 시간 내에 정리를 한다는 것은 결코 쉽지 않은데, 평소의 영악함을 걸고 그는 해냈다.

"주군께서 허락을 하셨기에 지금 하이번 경을 비롯한 모든 사람들이 준비를 하고 있지 않습니까?"

"허락은 했다."

"그것 보십시오."

"하지만 나는 나 자신이 그 작전에 따른다고 한 적은 없지."

"예에? 그, 그게 말이나 되는 소리입니까?"

완벽한 억지다! 휴케바인은 그렇게 생각했다. 그의 옆에서 마찬가지로 입을 쩌억 벌리고 있는 크로티아도 남편인 휴케바인과 완벽하게 같은 생각을 하고 있었다.

하지만 레오는 당연하다는 듯 다시 말했다.

"나는 하이번에게 제국의 모든 군사를 맡겼지만, 나 자신을 맡기지는 않았다."

레오는 잠시 뜸을 들이다가 변명을 하듯 말을 이었다.

"싫은 건 싫은 거다. 난 부하를 희생시켜서 대륙을 손에 넣으려 한

게 아니라 부하를 지키기 위해 대륙을 얻으려 한 것이다."

"주군!"

"싸우다 죽는 것은 어쩔 수 없다. 하지만 죽을 줄 알면서도 내버려 두는 것은 좋아하지 않는다."

"……."

휴케바인은 말을 잃었다. 고개를 숙인 그의 눈에서는 눈물이 쏟아지고 있었다. 그걸 감추기 위해서라도 그는 절대 머리를 들 수 없었다.

휴케바인이야 듣든 말든 레오의 말은 계속되었다.

"가이안의 절반이 적에게 유린되는 작전을 나보고 참고 지켜보라고?"

이미 레오는 자기 자신에게 말을 하듯 중얼거리고 있었다. 그는 피식하고 웃었다. 그리고는 단호한 목소리로 결심하듯 말했다.

"단 한 명의 적도 내 영지 안에서 날뛰는 것을 용서하지 않겠다!"

옆에서 듣던 크로티아는 아예 말하는 법을 잊은 듯 멍하니 레오와 휴케바인을 보고 있었다.

레오의 말을 들으면서 몰래 눈물을 닦은 휴케바인의 얼굴에서는 공허함이라고는 찾아볼 수 없었다.

"그럼 하이번 경은 어떻게 되는 겁니까?"

고개를 들고 묻는 휴케바인의 얼굴에는 무언가 고소해하는 듯한 느낌이 역력했다. 그는 지금 한껏 신이 나 있었고, 주군의 대답은 그의 기대에 어긋나지 않았다.

"알아서 하겠지. 그가 이걸로 절망하리라고 생각되지는 않는군."

"그렇지요. 하이번 경은 훌륭하게 다시 일어서실 겁니다. 하하하하!"

이거다. 이게 바로 주군이다. 황제가 다 뭐냐? 역시 이 주군은 죽을 때까지 성격 못 고친다! 휴케바인의 두 눈에서 다시 눈물이 흘러 볼을 타고 흘렀다.

레오는 그런 휴케바인을 보며 얘가 왜 이러나 하는 표정으로 보다가 다시 말했다.

"말에 안장을 얹어라. 말이 지쳐 쓰러지면 갈아타야 되니 모두 다 끌고 달린다."

"알겠습니다!"

휴케바인은 즉시 몸을 움직여 마구간 안의 모든 말에 안장을 얹었다. 그리고는 고삐를 길게 연결해서 가장 앞쪽의 두 필에 연결했다. 이렇게 해 놓고 앞에서 달리면 다른 말들은 따라올 수 밖에 없다.

"준비되었습니다."

"그럼, 가자."

"예!"

레오와 휴케바인은 즉시 말 위에 올라탔다. 구경하던 크로티아도 얼른 말에 올랐다.

레오는 잠시 숨을 가다듬고는 그가 가려는 북서쪽의 하늘을 보았다. 어느새 구름이 걷혀 수많은 별들이 보석처럼 반짝이고 있었다.

앞에 기다리고 있는 적들의 수는 저 별들보다 훨씬 많겠지. 레오는 그렇게 생각하며 나직한 목소리로 중얼거렸다.

"가서 다 쓸어버리면 되는 거다. 끼랏!"

팍!

"히히히힝!"

두두두두두두.

그들은 그대로 말에 박차를 가해 남쪽 성문을 향해 달렸다.

『흑사자』 7권에 계속…

❈ 외전이 아닌 외전 ❈

대사자견기(對獅子犬記) 견각

세상에는 수많은 강자가 있다.

견족들로서는 감당하기 힘든 맹수들!

그래서 그들은 무리를 지었다.

개 떼! 그들의 힘은 강대하다.

견족이라면 무리를 떠나서는 살 수가 없다. 개가 혼자 숨어서 풀을 뜯을 수는 없기 때문이다.

먹이를 잡기 위해서는 다른 맹수들과 싸워야 하는데, 혼자서는 오히려 먹이가 되기 딱 좋으니 뭉쳐야 산다. 견족은 사회적 동물이다.

그러나 난 다르다. 나는 태어날 때부터 혼자였다.

어렸을 때 다른 모든 강아지들은 나를 무서워하고 같이 섞이지 않았다.

결국 나는 무리를 떠났다.

견각, 홀로 싸우는 자. 그것이 나의 이름이다.

           *   *   *

"푸후후, 그대가 마사자와 싸우겠다고?"

흰색의 털이 풍요롭게 자란 세인트버나드 족의 수장은 웃기지도 않는다는 듯 코를 벌름거리며 물었다.

황야의 제왕, 악마의 지배자 마사자(魔獅子) 라오! 그는 모든 숫사자들을 초원에서 추방하고 홀로 300의 암사자들을 독차지한 절대 패왕이었다.

견족들은 감히 초원의 근처에도 가지 못했다. 암사자들은 언제나 마사자 라오의 씨를 원했고, 그를 위해서는 맛있는 먹이를 그의 앞에 바쳐야 했다.

개고기는 라오가 가장 선호하는 것으로, 통통한 개다리를 바친 암사자들은 거의 확실하게 라오와의 하룻밤을 허락받을 수 있었다.

"그렇소. 나는 그와 싸울 것이오. 그는 나의 주인인 동물원 박씨를 물어죽이고 탈출한 원수! 주인을 지키지 못한 견족의 잃어버린 명예를 회복하기 위해서 이곳까지 그자를 따라왔소."

그다지 크지 않은 이 부랑견의 말에 세인트버나드 일족은 숨을 죽였다.

부랑견은 날카로운 눈매로 수장을 직시하고 있었다. 전신을 덮고 있는 짧은 털과는 유일하게 다른 풍성한 머리털이 숲의 바람이 가볍게 하늘하늘 흔들리고 있었다.

짧은 꼬리가 그의 투지를 나타내듯 여전히 하늘 위로 뻗어 올라 있었다. 사자의 왕을 입에 올리면서도 꼬리를 내리지 않다니?

이 작은 개는 진심이다!

"그러나 그는 혼자가 아니오. 300의 암사자들, 아무리 나라고 해도 그 모든 암사자들을 상대할 수는 없소. 초원 주변에 살고 있는 모든 견족들의 도움이 필요하오! 그들이 모두 협력한다면 그 수는 무려 3천! 300의 암사자들을 충분히 제압할 수 있지 않겠소?"

"흐음."

상대의 박력에 압도당한 수장은 말을 아꼈다. 이제는 그를 비웃지 않기로 했다.

명예를 소중하다고 말하는 개는 신용할 수 있다.

그러나 그의 의견에 찬성을 할 수는 없었다. 초원 주변의 모든 견족들이 힘을 합치는 것이 가능한가 하는 것도 문제지만, 가장 결정적인 것은 그것이 가능하다고 해도 마사자 라오를 감당할 수 없기 때문이다.

마사자의 표호! 그것은 모든 견족을 마비시키는 궁극의 피어 오라이다. 그리고 악마의 발톱인 단견조와 그 이빨로 펼쳐지는 참견마아(斬犬魔牙)는 무형의 강기로 한 번에 수십의 견족을 죽음으로 몰아넣는다.

세인트버나드 족의 수장은 한숨을 내쉬며 고개를 저었다.

"견각이라고 했나? 안타깝지만 그대를 돕기는 어려울 것 같군. 아마 다른 견족들도 마찬가지일 것이네. 그리고 우리 세인트버나드 족은 성격상 싸움을 좋아하지 않아. 체격은 커도 부족의 성격이 유순하다네."

거절, 그것은 당하는 쪽도 하는 쪽도 가슴 아픈 일이다. 그것도 스스로 사자를 이길 수 없다고 견족의 한계를 시인하는 의미가 포함되어 있기 때문에 더욱 그렇다.

수장은 눈앞의 부랑견 견각을 볼 면목이 없는지 고개를 돌려 한쪽에 있는 소나무를 보았다. 자신의 일족도 매달 몇 마리씩은 그들의 사냥 감이 된다. 가장 풍요로운 초원의 먹이를 독차지하고도 만족하지 못해 숲에까지 들어오는 것이다.

마사자의 제국은 날이 갈수록 더욱 강대해진다. 그의 새끼들이 태어 나기 때문이다. 어쩌면 머지않아 숲도 위험해질지 모른다.

힘을 합쳐 호랑이들을 몰아내고 숲을 차지한 그들이지만 홀로 사는 호랑이와는 달리 무리를 지어 사냥하는 사자 떼를 감당하기는 어렵다.

그러나 그때 견각은 말했다.

"이미 북쪽의 최강견국의 군사견 셰퍼드 일족과 동쪽의 싸움아비 진 도족, 그리고 신비의 정령사 삽살족은 모두 이 싸움에 참가하기로 결정 했소. 심지어는 최강의 레인저들인 도벨만 일족도 그들의 꺾였던 자존 심을 회복하기 위해 힘을 보탤 것이오."

"뭐라고? 그들이 모두 응했다고?"

수장은 경악해서 외쳤다.

초원 주변에서 가장 강한 부족들이다! 그런 그들이 뭐가 아쉬워서 이런 한 마리의 부랑견의 설득에 넘어간단 말인가?

"그대들 세인트버나드 족은 전투를 담당할 필요는 없소. 내가 원하 는 것은 다른 전사들이 싸우다가 사자에게 깔렸을 때, 그들을 구해내 치료하는 것이오. 암사자를 몸으로 밀어 동료를 구할 수 있는 용기와 힘, 그리고 덩치를 가진 견족은 그대들 세인트버나드 일족 이외에는 없 소! 싸웁시다! 저 패왕 라오에게서 풍요로운 초원을 되찾을 수 있소!"

쿠쿵.

수장은 자신의 머리 속에서 강력한 충격음이 울리는 것을 느꼈다. 구조와 치료! 그것은 자신들 일족의 본능이다.

이 부랑견은 보통의 개가 아니다! 모든 견족들의 특기와 본능을 알고, 그것을 효과적으로 조직할 수 있는 능력!

천부적으로 타고나지 않으면 결코 얻을 수 없는 전투 지휘견의 재질이 아닌가?

어쩌면 3천의 개들을 수족처럼 다룰 수 있는 최고의 장군견일지도 모른다는 생각이 들었다.

꿀꺽.

수장은 침을 삼켰다. 믿고 싶었다.

그러나 그는 고개를 끄덕일 수 없었다. 일족의 미래가 걸린 문제, 가장 중요한 것은 패왕 라오이다. 300의 암사자가 없어도 그 혼자만으로 모든 견족은 절단 난다.

"마사자 라오는 어떻게 상대할 것인가? 그에게 수의 우위는 소용이 없다."

최후의 질문, 그의 대답에 따라 승낙인가 거절인가가 결정 날 것이다.

수장은 보고 싶었다. 다른 일족들이 모두 승낙했다는 것은 그에게 어떤 비책이 있다는 소리가 된다. 그것을 듣고 싶었다.

견각은 수장의 질문에 갑자기 고개를 높이 치켜들고 울부짖기 시작했다.

우우우우우우우.

체구에 어울리지 않게 높고 강렬한 음파가 하늘로 울려 퍼졌다. 하늘에 뜬 둥근 달까지 끊이지 않고 도달할 것 같은 견성! 그 안에서는 강력한 내공의 힘이 느껴졌다.

그리고 언제까지라도 끊이지 않을 것 같았던 견성이 끝나자 갑자기 하늘로부터 그의 부름에 답하듯 거센 돌풍이 불어왔다.

휘이이이잉.

"바람을 부르다니?"

일족의 모든 개들은 놀라서 급히 몸을 낮추었다. 오로지 한 마리, 작은 체구의 견각만이 꿋꿋하게 서서 여전히 꼬리를 우뚝 세운 채 당당하게 서 있었다.

휘이익.

돌풍이 그를 감싸고 지나갔다. 그러나 그는 돌풍에 날아가지 않았다. 전신의 짧은 털이 바람을 밀어내는 것 같았다. 호신모기(護身毛氣)! 일체의 외부의 압력을 피부로 접근시키지 않는 힘이 그 짧은 털에 있었다.

단지 유일하게 머리에 난 그의 긴 털 부분이 거세게 휘날렸다. 그곳에는 호신모기의 기운이 없는 것 같았다.

그런데 그 털이 바람에 휘날리며 그 안에서 무엇인가 드러났다.

"아니? 저것은!"

컹.

컹컹.

우우우웅.

개들이 짖기 시작했다. 극도의 흥분으로 본능이 자극되어 참을 수 없었다.

심장이 뛰었다. 이제는 나이가 들어 쉽게 흥분하지 않는 수장마저도 놀라서 입을 벌리고 혀를 내밀었다. 긴 혀가 그의 뜨거운 입김에 후룩 후룩 흔들렸다.

"그, 그것은 무엇인가?"

가까스로 정신을 차린 수장은 급히 혀를 넣고는 견각에게 물었다. 머리 속에 불현듯 떠오르는 오랜 전설이 생각났지만, 한 번도 그것이 눈앞에 현실로 나타나리라고는 생각하지 못했다.

견각은 여전히 몸을 일으켜 세우지 못하고 자세를 낮추고 있는 세인트버나드들을 한 번 둘러보았다.

직접 힘을 보았다. 그들은 이미 몸으로 알고 있을 것이다.

이제 입으로 말해 그들의 머리 속에 자신을 새겨 넣기만 하면 된다. 그렇게 한다면 200의 세인트버나드 일족은 사자와 싸울 용기를 얻게 될 것이다.

바람이 가라앉았다. 그러나 여전히 아무도 몸을 일으킬 생각을 못했다. 이상한 기운에 그들은 몸이 굳은 것처럼 움직이지 못하고 있었다.

견각이 드디어 입을 열어 말했다.

"개 뿔이오. 나는 뿔 난 개 견각, 바람을 부르고 단신으로 사자와 싸울 수 있소."

"그럴 수가! 오오, 전설이 현실화되다니?"

수장은 크게 감탄했다. 견족이 위기에 빠졌을 때에 나타난다는 무적의 투견! 바람의 지배자라는 뿔 난 개가 바로 자신의 눈앞에 있었다.

"알겠다. 우리 세인트버나드 족도 전투에 참가하지! 최선을 다해 동료들을 구할 것을 나 수장인 파트라슈가 일족을 대표해서 맹세하겠네."

우우우우웅.

마침내 수장의 선언이 내려지자 일족의 모든 개들이 보름달을 향해 짖기 시작했다. 그들의 머리 속에는 더 이상 사자에 대한 공포가 남아 있지 않았다. 투지! 그들의 심장을 가득 채우고 있는 것은 바로 투지였다.

"그럼 다음달 보름에 전쟁을 시작하겠소. 사자와의 전쟁, 시간은 충분하니 각오는 해두시오."

견각은 그렇게 말하며 몸을 돌려 세인트버나드 족의 영역 밖으로 걸어가기 시작했다.

이제 가장 커다란 견족들은 모두 협력을 약속받았다. 하지만 남은 견족들도 빠짐없이 참가하지 않으면 안 된다.

풍요의 대지 초원! 그곳을 지키고 있는 최강의 적을 상대하려면 한 마리의 개도 더 필요하다는 것을 그는 느끼고 있었다.

견각은 문득 달을 보았다. 엄격하면서도 자상했던 주인의 얼굴이 떠올랐다. 뿔 난 개인 자신을 정성껏 길러준 인간이다.

아직 어려서 힘이 모자랐기 때문에 그자를 막지 못했다. 하지만 지금은 다르다! 이제는 바람의 힘도 능숙하게 쓸 수 있고, 이빨도 사자의 가죽을 뚫을 수 있게 튼튼해졌다.

동굴에서 스승인 은자견 콜리를 만나 3년간 한 수련은 그에게 필승의 신념과 무적의 자신감을 가지게 해주었다.

'기다려라, 라오! 이제 너에게 또 한 걸음 다가갔다!'

우우우우우우우우우.

견각은 달을 보며 울부짖었다. 바람은 그 소리를 초원 안까지 날랐다.

그것은 뿔 달린 개가 사자의 왕에게 보내는 도전장이었다.

도둑 길드

약소하지만 받으시죠

평소에 비해 적은듯한데..

요새 불경기라 말이죠 하하

도둑 주제에 불경기다 뭐다 말은 많군

그 도둑의 간을 빼먹는 놈은

어디의 누구?

그러게 말입니다..?

그의 취향

삼촌 머리가 길어졌으니 잘라드릴게요

그러럼

잠시 후

끝

로엔 지금 너

나에게

...

거울

장난 치니?

어? 이상해요?

조카의 취향을 알아버렸다

by 로체스티[rochesty.com]

그들(만)의 기사단   기념일

by 로체스티[rochesty.com]